書下ろし

欺《ぎ》瞞《まん》のテロル

新・傭兵代理店

渡辺裕之

祥伝社文庫

目次

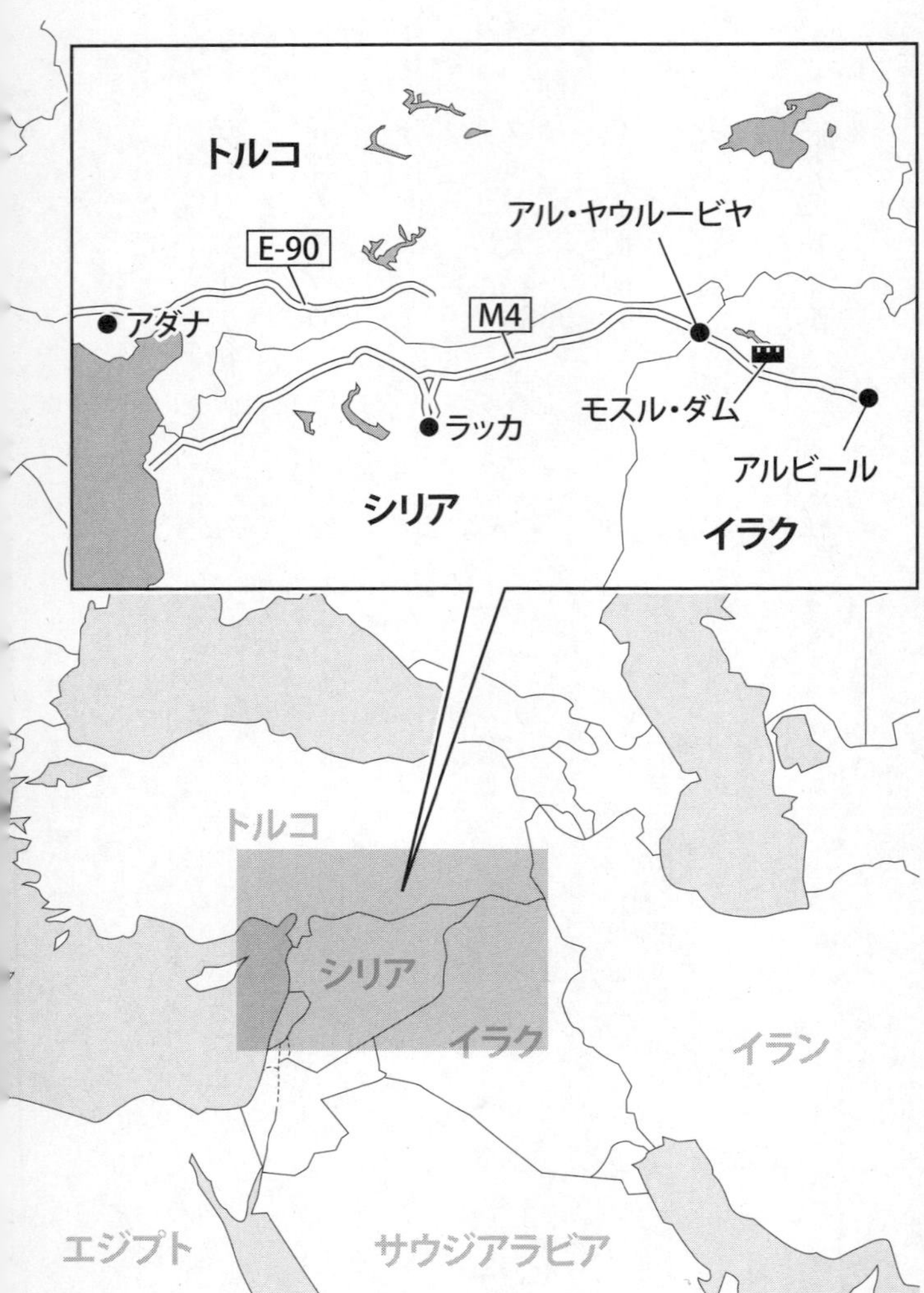

トルコ
E-90
アル・ヤウルービヤ
アダナ
M4
モスル・ダム
ラッカ
アルビール
シリア
イラク
トルコ
シリア
イラク
イラン
エジプト
サウジアラビア

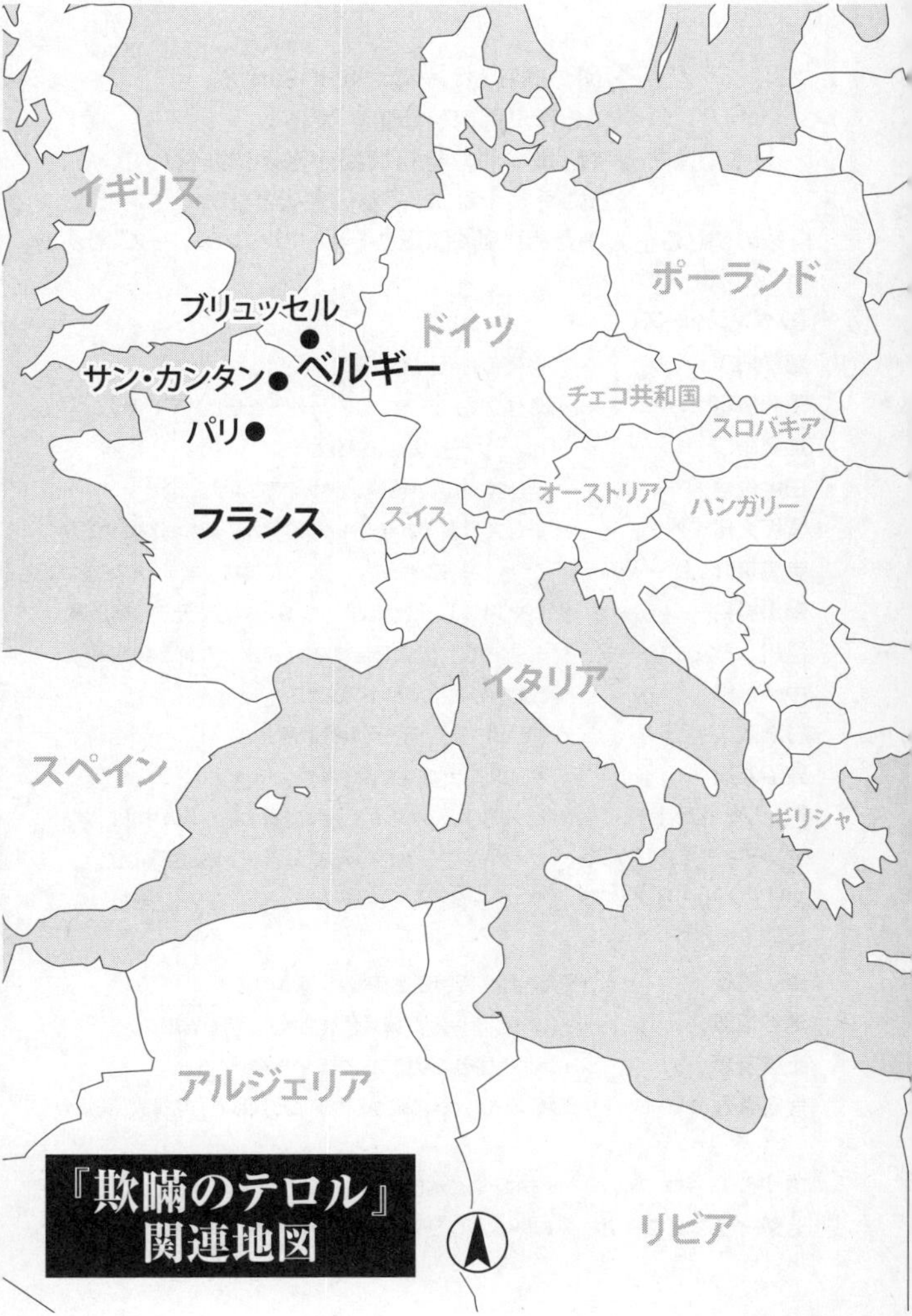
イギリス
ポーランド
ブリュッセル
ドイツ
サン・カンタン
ベルギー
チェコ共和国
パリ
スロバキア
オーストリア
ハンガリー
スイス
フランス
イタリア
スペイン
ギリシャ
アルジェリア
『欺瞞のテロル』
関連地図
リビア

各国の傭兵たちを陰でサポートする。
それが「傭兵代理店」である。
日本では防衛省情報本部の特務機関が密かに運営している。
そこに所属する、弱者の代弁者となり、
自分の信じる正義のために動く部隊こそが、"リベンジャーズ"である。

【リベンジャーズ】

藤堂浩志 ……………「復讐者」。元刑事の傭兵。
浅岡辰也 ……………「爆弾グマ」。浩志にサブリーダーを任されている。
加藤豪二 ……………「トレーサー」。追跡を得意とする。
田中俊信 ……………「ヘリボーイ」。乗り物ならば何でも乗りこなす。
宮坂大伍 ……………「針の穴」。針の穴を通すかのような正確な射撃能力を持つ。
寺脇京介 ……………「クレイジーモンキー」。Aランクに昇級した向上心旺盛な傭兵。
瀬川里見 ……………「コマンド1」。元代理店コマンドスタッフ。元空挺団所属。
黒川　章 ……………「コマンド2」。元代理店コマンドスタッフ。元空挺団所属。
中條　修 ……………元傭兵代理店コマンドスタッフ。
村瀬政人 ……………「ハリケーン」。元特別警備隊隊員。
鮫沼雅雄 ……………「サメ雄」。元特別警備隊隊員。
ヘンリー・ワット ………「ピッカリ」。元米陸軍犯罪捜査司令部(CID)中佐。
アンディー・ロドリゲス…「レイカーズ」。ワットの元部下。ラテン系。爆弾に強い。
マリアノ・ウイリアムス…「ヤンキース」。ワットの元部下。黒人。医療に強い。

森　美香 ……………元内閣情報調査室情報員。藤堂の恋人。
池谷悟郎 ……………「ダークホース」。傭兵代理店社長。防衛省出身。
土屋友恵 ……………傭兵代理店の凄腕プログラマー。
片倉啓吾 ……………「C-3PO」。外務省から内調に出向している役人。美香の兄。

アリ・シハーブ …………イラクからの移民。
セダ・イスマイロール…クルド人民防衛隊(YPG)女性部隊リーダー。

プロローグ

鹿児島県薩摩川内市久見崎町《さつませんだいしぐみざきちょう》は、東シナ海に面し、沖合に浮かぶ甑島《こしきじま》列島を見渡すことができる風光明媚《めいび》な土地である。町内を抜けて海に注ぐ川内川の河口に近い海沿いに、白い建屋に囲まれた巨大なタンク型の建物が二つ屹立《きつりつ》していた。

二〇一一年三月に発生した東日本大震災後に運転が停止された原子力発電所の中で、四年後の二〇一五年に初めて運転が再開された川内原子力発電所である。再稼働に当たって何かと注目を集めたが、周囲は緑豊かな土地で立ち入り禁止区域も多いため、わざわざ自然にそぐわない風景を見に来る酔狂は、マスコミ以外にはいない。

震災による福島第一原発事故を受けて民主党政権は、全国十七基の原子力発電所の操業を停止させた。当時、原子力推進派議員は、原子力発電を止めると電力が不足しろうそくを灯《とも》すような生活になるとし、また各電力会社も夏の電力消費ピーク時の自主的停電などで国民を恫喝《どうかつ》したが、結果は一度たりとて電力不足による停電はなかった。

電力会社の欺瞞《ぎまん》を知った国民は、ストレス・テスト（安全評価）そのものにも疑問を抱くようになり、現在（二〇一六年三月時点）も大部分の原子力発電所の停止状態は続いているのである。

だからといって原子力発電所が無人になることはなく、各電力会社は新規制基準にかかわる適合性の審査を申請し、原子炉再稼働に向けた準備を日夜続けているのが現状だ。

二〇一五年十二月二十九日午前十時、川内原子力発電所の敷地内中央制御室。

雲ひとつない天気ではあるが、冷たい海風が吹き、外気は七度と冷え込んでいる。予報では午後から雨が降るという。師走《しわす》にもかかわらず職員の数は、早々と正月休みに入った本社と違い、原子炉を管理する重要な施設だけに普段と変わることはない。

だが、気持ち的には誰しも再稼働後初めての年越しも無事迎えられるという安堵《あんど》感があり、職員の表情は明るい。また、空調のおかげで室内は控《ひか》えめではあるが二十五度に保たれ、上下グレーの制服だけで快適に過ごすことができるだけに緊張感も自《おの》ずとほぐれる。

本社から発電所に転勤して今年で三年になる鹿内康夫《しかうちやすお》は、なんとか年内に仕事を一区切りさせるべく朝から書類の整理に追われていた。

制御室と言われるだけあって中央コンピュータに繋《つな》がれた各種制御パネルが、部屋の四方の壁に埋め込まれている。だが、職員の各デスクにパソコンが置かれているかというと、そういうわけではない。監視すべき機械類はパソコンではなく、制御パネルだからである。

　また、インターネットに繋がるデスク上のパソコンは、制御室にあるコンピュータとリンクしていない。ハッキングされて、中央コンピュータがウイルスに感染する恐れがあるからだ。

「うん？」

　鹿内は耳障《みみざわ》りな音楽が鳴っていることにふと気が付いた。

「誰だ、携帯の着信音の音量が大きいぞ」

　離れた席で仕事をしている年配の社員が、迷惑そうな顔をしている。

　中央制御室にいる五人の職員が、互いに顔を見て首を振った。

「鹿内、おまえだろう」

　四人の職員が、しかめっ面《つら》で鹿内を指差した。確かに音は彼の近くから聞こえる。よく聞くと、携帯やスマートフォンの電子音ではなく、アナログの演奏に歌声も混じっているようだ。

「僕じゃ、ありませんよ」

　首を左右に振った鹿内は両手を振って否定し、ポケットから自分のスマートフォンを出して見せた。画面に電話の呼び出しはない。

「それじゃ、一体、何の音なんだ？」

　年配の職員が首を捻《ひね》った。

「こっ、これは」

鹿内は隣りのデスクに置かれたパソコンのモニターを見て呆然《ぼうぜん》としている。

「なんだ、これは！」

近くにいた職員が、鹿内の肩越しにモニターを見て声をあげた。

黒をベースとした画面には、白い文字が綴《つづ》られ、中央にある歪《いびつ》な白地の円の中にも黒抜きの文字が書かれている。

「……アラビア語だ」

鹿内は震《ふる》える声で言った。

「誰だ、変なサイトを見たのは？」

モニターの前の二人の脇から覗《のぞ》き込んだ年配の職員が、苦笑して見せた。

「これは、うちのサイトのトップページですよ」

振り返った鹿内の顔は、血の気が引いたように白い。

「トップページって？」

年配の男が首を捻った。

「当社のホームページが、乗っ取られたんですよ！」

鹿内は甲高《かんだか》い声で叫んだ。

未明の知らせ

一

森美香《もりみか》は、防衛省の北門近くにある〝パーチェ加賀町《かがちょう》〟というマンションの一階にあるバー〝デスティニー〟の出入口ドアの前に立つと、さりげなく周囲を見渡した。

時刻は午後九時を過ぎている。マンションがある通りは防衛省の広大な敷地に面しており、普段から人通りが多い場所ではない。また住宅街ということもあり、人影もなくひっそりと静まり返っていた。もっとも年が明けたばかりということも、影響しているのかもしれない。だが、美香は習慣的に尾行の有無を確認した。

木製のドアには、〝destiny〟と英語で綴《つづ》られた金色のプレートがスポットライトで照らされている。店内は見えないが、細長い高窓から漏《も》れる光が帯となり壁にアクセントを与えていた。おしゃれではあるが、看板やメニューもなく、実に素《そ》っ気《け》ない店である。

「ふーん」

微《かす》かに笑みを浮かべた美香は、ドアを開けて中に入った。彼女も渋谷《しぶや》に、地下一階にある店を持っているが、ドアに〝Mystick（ミスティック）〟と金色のプレートがあるだけで、ネオンも看板もない。素っ気のないことでは同じだからだ。

「あっ、いらっしゃいませ」

カウンターの人相の悪いバーテンダーが、眉間《みけん》に皺《しわ》を寄せて挨拶《あいさつ》をしてきた。笑っているらしいが、怒っているように見えるのは顔にある無数の傷跡のせいだろう。

「お久しぶりです」

カウンター席に座っている頬《ほお》に傷跡がある大柄な客が、振り返って笑った。

「ご無沙汰《ぶさた》しております」

その隣りに座っている無精髭《ぶしょうひげ》の同じく大男がぺこりと頭を下げた。カウンター席は八つあるが、他に客はいない。

「あら、二人とも常連なの？」

三人の顔を順に見た美香が、苦笑を漏らした。

コンクリートの打ちっ放しの天井と壁が間接照明で照らされ、ステンレスと木材を組み合わせたカウンターがシックで大人の空間を作り出している。バックヤードに並ぶ洋酒の瓶《びん》が、スポットライトを浴びて店に彩《いろど》りを与えていた。それだけにいかつい三人の男たちが浮いて見えるのだ。

「俺たちは常連じゃありませんよ。店が暇《ひま》そうなんで、協力しているだけですから。バーテンダーがあまりにガラが悪いと、評判らしいんですよ」

頬に傷跡がある男が言った。爆弾熊のあだ名を持つ浅岡辰也《あさおかたつや》で、爆弾処理と同時に爆弾作りのプロフェッショナルでもある。

「何言っているんですか。今日は一月の四日ですよ。まだ正月明けだから、客がこないだけですよ。そもそもこの二人が来たら、まともな客は敬遠するでしょう」

バーテンダーが、また眉間に皺を寄せた。今度は怒っているらしい。男は寺脇京介《てらわききょうすけ》、仲間からはクレイジーモンキーと呼ばれ、凶悪な面構《つらがま》えをしているが、気のいい男である。

「どうかしら」

美香はくすりと笑い、辰也の隣りに座った。

最近、彼女は自分の店にあまり顔を出さないが、美人で話し上手の村西沙也加《むらにしさやか》と青井麻理《あおいまり》の二人が店をきりもりしており、昨日から営業しているが盛況である。

「京介、おまえには言われたくない」

辰也は苦々しい表情で、グラスのウイスキーを呷《あお》った。

「まったくだ」

相槌《あいづち》を打った隣りの男は、宮坂大伍《みやさかだいご》である。仲間からは針の穴と呼ばれ、銃弾を針の穴に通すほどの狙撃のスペシャリストだ。

三人とも藤堂浩志《とうどうこうじ》率いる傭兵特殊部隊〝リベンジャーズ〟に属するプロの傭兵であるが、京介は〝デスティニー〟の雇われマスター兼バーテンダーとして昨年から働き始めた。

辰也と宮坂はトレーサーマンと呼ばれる追跡と潜入のプロである加藤豪二《かとうごうじ》との三人で、相変わらず練馬《ねりま》で〝モアマン〟という自動車修理工場を経営している。

〝リベンジャーズ〟は、他にも元米軍デルタフォースの指揮官ヘンリー・ワット、自衛隊出身の瀬川里見《せがわさとみ》と黒川章《くろかわあきら》、操縦の天才田中俊信《たなかとしのぶ》、村瀬政人《むらせまさと》、鮫沼雅雄《さめぬままさお》、元ワットの部下であるアンディー・ロドリゲスとマリアノ・ウイリアムスと、ここ二、三年メンバーに変わりはない。

「何にしましょうか？」

京介は辰也を無視して美香に尋《たず》ねた。

「ラフロイグの十年ものをストレートで」

美香はアイラ系のシングルモルト・スコッチウィスキーを頼んだ。

「かしこまりました」

ニコリと笑った京介は、慣れた手つきでバックヤードからラフロイグのボトルを出してストレートグラスに注いだ。

「今日は、わざわざ、こんな店に飲みに来たんですか？」

辰也は美香をちらりと見て言った。彼女がいつものファッショナブルな服装と違い、地味なダークグレーのパンツスーツを着ているからだろう。

「池谷《いけたに》さんと九時半に約束しているんだけど、早く来過ぎたからちょっと寄ってみたの。とてもいいお店ね」

美香はストレートグラスに注がれた琥珀《こはく》色の酒を見つめながら言った。池谷とは傭兵代理店の社長である池谷悟郎《ごろう》のことだ。

「ほらね。分かる人は分かるんだよ」

京介はミネラルウォーターを入れた背の高いグラスをコルクのコースターに載せ、ストレートグラスにそっと添《そ》えた。チェイサーの出し方もかなりこなれている。

〝パーチェ加賀町〟は三年前に完成しており、一階の店舗は当初カフェだったが、昨年バーにするために改装した。というのも、カフェの運営を池谷は代理店スタッフでもある瀬川里見と黒川章に任せていたのだが、経験のない二人ではどうにもならなかったのだ。赤字経営でも問題ないのだが、押し付けられた瀬川らのやる気がないのではどうしようもなかった。

そこで飲食関係で働いてきた経験が豊富な京介の提案を受け入れる形で店舗の改修をし

て、彼を使っているのだ。京介はバーテンダーの本格的な修業も若い頃しているので適任と言えた。

いずれにせよ傭兵代理店の秘密が漏洩《ろうえい》する恐れがあるため、外部の人間を使うことができないという前提条件があってのことである。

「店の器がいいと美香さんは褒《ほ》めているんだ。おまえじゃない。勘違いするな。美香さん、代理店に行くのなら、案内しますよ」

辰也は腕時計を指して言った。午後九時二十五分になっている。

「あらやだ。こんな時間になっている。車を置いて歩いてきたら、案外時間がかかったのね」

美香はグラスのラフロイグを一気に飲み干《ほ》すと席を立った。

「それじゃ」

辰也も腰を浮かした。

「大丈夫よ。エントランスの番号は聞いているから」

美香は三人に手を振ると、急いで店を出た。

店からマンションのエントランスまではわずか数メートルである。

自動ドアのエントランスに入り、内側のセキュリティロックされているガラスドアの前に立った美香は、インターホンパネルのボタンを押して〝＃９９９〟と表示させた。

「いらっしゃいませ。エレベーターにお乗りください」

待つことなく男の声がスピーカーから響き、目の前のガラスドアが開いた。声の主は池谷である。数字は部屋番号ではなく、地下三階にある傭兵代理店のセキュリティルームに通じる番号であった。用心深い池谷は監視映像でエントランスに入った美香を確認しているに違いない。

「こんにちは」

インターホン脇の監視カメラに向かって軽く会釈《えしやく》した美香は、大理石が敷き詰められたエレベーターホールに入り、エレベーターの呼び出しボタンを押した。

今日は、珍《めずら》しく池谷から相談に乗って欲しいと呼び出された。彼は美香が現政権で極秘に設立された新しい情報機関に属していることを知っている。その上での相談ということであれば、政治的にきな臭い話かもしれない。池谷にはこれまで世話になっているので無下にはできないが、立場上聞けない話もあるだろう。

地下階から上がってきたエレベーターのドアが開き、池谷が馬のような長い顔をぬっと出した。

「あっ」

美香は思わずのけぞった。明るいからまだしも、暗闇だったらギョッとしたに違いない。

「ご案内します」

池谷が慇懃《いんぎん》に頭を下げた。

二

〝パーチェ加賀町〟の最上階には間取りが広い3LDKが二部屋あり、池谷と傭兵代理店スタッフである土屋友恵《つちやともえ》がそれぞれ使用し、その下の四階はワンルームだけで瀬川と黒川と京介、それに代理店スタッフの中條《なかじょう》が住んでいる。三階は住人がいないため、現在は空き部屋となっているが、マンションのオーナーである池谷は資産家であるため、金に困ることはない。

二階は、地下三階の傭兵代理店の実務的なオフィスとは別に接客用の贅沢《ぜいたく》な作りのオフィスになっていた。

「なんだか、高級ブランドのショールームみたい」

池谷に二階に案内された美香は、天井のシャンデリアや壁に掛けられた金箔で彩られた日本画を珍しそうに見ている。彼女は審美眼があるだけに興味があるのだろう。

「お客様が、ホテルのラウンジにでもいるように、贅沢な気分でくつろげるようにしたかったのです。もっとも傭兵の皆さんには不評ですが」

池谷は肩を竦《すく》めてみせるが、質実剛健をよしとする浩志らがきらびやかな雰囲気を好むはずがないのは当然である。下北沢《しもきたざわ》の質屋の地下に代理店があった頃は、池谷はグレーの事務服を着ていたが、加賀町に移転してからはスーツを着用していることが多くなった。場所柄防衛省をはじめとした政府関係者が来訪する機会が増えたためだが、それすら浩志ら傭兵には不評なのだ。

「そうでしょうね。私は好きだけど」

美香はくすりと笑って相槌を打った。今や夫となった浩志の好みを彼女は知り尽くしている。

浩志は正規の戸籍を失っているため結婚届は出していないが、昨年の四月に二人は仲間に見守られて地中海のマルタ島で結婚式を挙げていた。だからと言って、二人の生活が変わることはないが、美香にとって浩志は間違いなく夫なのである。

「お掛け下さい。コーヒーにしますか、それとも紅茶ですか？」

革張りのソファーを勧めた池谷は、大理石のカウンターの前に立った。

「コーヒーをお願いします」

美香はモダニズム建築家ル・コルビジェデザインの革製のソファーに腰を下ろした。最近はデザインを模倣《もほう》したもどきの製品が世の中に出回っているが、本場フランス製は厳選された革と良質のクッションで実に座り心地がいい。

「藤堂さんは、お元気ですか？」

コーヒーメーカーに水を注ぎながら池谷は尋ねてきた。

「特に連絡はないから、変わりはないと思うけど」

幾分首を傾《かし》げて美香は曖昧《あいまい》に答えた。というかそれ以上の答えはないからだ。

結婚式をあげる前から、二人は互いを尊重し、相手の仕事に口出しをすることはない。

浩志はフランス領コルス島にある外人部隊最強と言われる第二外人落下傘《らっかさん》連隊（空挺《くうてい》連隊）の基地に、昨年の十月から三ヶ月の短期講師に就《つ》いている。

彼自身連隊の出身者でもあるが、傭兵としてのキャリアと実績を買われてのことで、外人部隊だけでなく、英国特殊部隊ＳＡＳやマレーシアの特殊部隊からもオファーがあるため、一年の大半を海外で過ごすことが多い。

連隊での訓練はすでに終わっているのだが、浩志はマレーシアのランカウイ島に住む旧友である大佐ことマジェール・佐藤《さとう》の水上ハウスを訪ねている。

もともと冬は療養を兼《か》ねて常夏の島で過ごすことが多かったが、癌《がん》を克服《こくふく》して元気になった大佐に会うのが目的だった。美香も合流する予定だったが、新しい組織での仕事に忙殺されて機会を逸《いっ》している。

「今年は暖冬なんですね。冬だという感じがしません」

池谷はなかなか本題に入ろうとしない。

「でも、来週から寒波がやってくるらしいですよ」

美香は焦《あせ》ることなく、世間話に付き合っている。わざわざ出向いてきたが、面倒な話なら聞かずに帰ってもいいと思っていた。

池谷はコーヒーメーカーのデカンタから二つのカップにコーヒーを注いだ。会話が途切れたが、池谷はあえて話そうとはしない。よほど深刻な事案を抱《かか》えているに違いない。

「夜分、お呼び出ししてすみませんでした。コーヒー豆は、私の好きなキリマンジャロですが、お口に合いますか」

香り立つコーヒーを入れたカップをガラステーブルに置きながら、池谷は美香の向かいのソファーに座った。笑顔もなく、さりとて深刻な表情でもない。

美香が官庁での仕事帰りに寄ったのは、昼過ぎに連絡をもらった際、なるべく早くと言われたからである。そのため、着替えもせずに直接やって来たのだが、地味なスーツは好みでないため早く帰りたいというのが彼女の本音である。

「それで、お話とは」

コーヒーカップを手に美香はさりげなく話を促《うなが》した。

「本来なら藤堂さんにお話しすべきことなのですが、正直言ってどうしたらいいのか、私では判断しかねまして」

額《ひたい》に皺を寄せた池谷は、ジャケットの内ポケットから三つ折りになっている一枚の書類を出し、丁寧《ていねい》に広げるとテーブルの上に置いた。

「死亡報告書？……こっ、これは」

書類のタイトルを何気なく読み上げた美香は、詳細を見て声を上げた。

「昨夜、当社のコンピュータが自動ロボット検索で、警視庁のサーバーからその書類を見つけました。土屋君がダウンロードしたのです。私も書類を見て声を失いました。これで、私が藤堂さんにどうご報告したらいいのか悩んだことを、お分かりになっていただけたと思います」

スタッフの土屋友恵は天才的なハッカーで、日本の省庁だけでなく、他国の在日大使館や米軍などのサーバーを独自に開発したプログラムでキーワード検索し、極秘の情報を手に入れている。傭兵代理店が様々な裏情報に強いのはこのためだ。

「……」

池谷の言葉に、美香は黙って頷《うなず》いた。

三

翌日美香は、帝国ホテル本館一階のラウンジでコーヒーを飲みながら本を読んでいた。

今日は官庁に登庁する必要はないが、品のいいブラウンのタイトスカートのスーツを着ている。また、髪は後ろにまとめ、度が入っていない黒縁のメガネをかけているため普段より随分歳上に見えた。

彼女は以前内閣情報調査室、いわゆる内調で、特別な任務を遂行するチームに属していたが、二〇一一年に退職届を出してフリーランスになった。

内閣官房に属する情報機関である内調は、内閣府庁舎の六階にある。米国のCIAを雛《ひな》形《がた》にした組織だったが、二〇一五年においてもその規模は、二百数十人とおよそCIAの百分の一だ。人数だけでなく、情報収集能力においての比率の差はさらに酷《ひど》かった。総理大臣直下の組織にもかかわらず、世界的に見ても恐ろしく零細《れいさい》な情報機関なのだ。

美香が辞めた理由は当時中国で行方《ゆくえ》不明になった浩志を捜すためであったが、国力に伴わない貧弱な組織に嫌気がさしていたこともある。

内調からは何度も復帰を求められたが、頑《かたく》なに断ったのはそのためだ。また、彼女が内調を辞めた後に実の兄である片倉啓吾《かたくらけいご》が、外務省から転属してきたのも、復帰を拒《こば》む理由の一つであった。兄妹仲が悪いわけではないが、同じ情報機関に肉親がいるというのは何かと不都合が多いからだ。

二〇一五年に内調とは別の総理大臣直下の情報組織〝特別情報部〟が極秘に創設された。CIAでなく、日本の国情に合わせてより規模が小さい英国の情報機関である〝秘密情報部（SIS）〟を見本としている。非公開の組織のためごく限られた人員で組織作りがなされ、その創設メンバーの特別情報員として美香は加わった。

内調のオファーを断り続けた美香が日本版ＳＩＳを気に入った理由は、組織の自由度と日本の情報機関のトップにあるという権限である。

〝特別情報部〟は、任務を帯《お》びて海外に行く場合もあるが、内調と違って自由に行動して自《みずか》らの裁量で情報をかき集めることを基本としていた。個々の情報員が信用されていることもあるが、既存の情報機関から極めて優秀な人材が集められたからである。

もっとも、少人数で効果を上げるには、組織より個人の能力を最大限に生かすほかないという現実もあるのだろう。ただ一つだけ美香が気にくわないのは、庁舎が経済産業省総合庁舎本館の地下ということである。五十平米の部屋が二つあてがわれており、現段階で職員は二十名弱なので広さ的には問題ないのだが、登庁する際は地味なスーツ着用が義務付けられているのだ。

設立に際し、主な業務が海外での商取引の促進、改善、整備などもっともらしい内容の商務外事局を新設して隠れ蓑《みの》にしており、庁舎の地下にたまたま広いスペースがあったことが経済産業省を利用する一番の理由であるが、国の予算取りでも矛盾《むじゅん》がないようにする必要もあった。

美香の目の前にトレンチコートとバッグを小脇に抱え、少々くたびれたスーツを着ている男がウエイターに案内されてやって来た。やたらと周囲を気にしている。高級ホテルのラウンジの雰囲気に不慣れなのかもしれない。

「商務外事局の森さんですか？」

席の間隔は離れているので気にする必要はないのだが、男は小さな声で尋ねてきた。ラウンジの責任者に待ち人を案内するように、伝えてあったのだ。

「警視庁の只野《ただの》さんですね。初めまして森美香です」

美香は立ち上がると、商務外事局の名刺を出した。住所も電話番号もすべて本当のものである。もっとも彼女の本名は片倉梨紗《りさ》であるが、内調に在籍していた頃、極秘の任務で戸籍を現在の森美香に変えてそのまま使用していた。

「生活安全局、生活安全企画課の只野信二《しんじ》と申します」

只野はウエイターが近くにいるせいか、警視庁は付けずに名乗った。

美香の名刺を恭《うやうや》しく両手で受け取ると、すかさず自分の名刺を両手で渡してきた。歳は四十代前半だろうか。ズボンの折り目から見て独身に違いない。

「近くに気の利《き》いた喫茶店がないので、わざわざご足労願い、申し訳ありませんでした。コーヒーでよろしいでしょうか」

苦笑を浮かべた美香は、ウエイターにコーヒーを頼み、前の席を勧めて座った。

「私たちもいつもそれで悩みます」

只野は首の後ろを叩《たた》き、緊張しているのかぎこちない笑顔を浮かべて腰を下ろした。

警視庁と経済産業省の庁舎は五百メートルほどしか離れていない。官庁街だけにレストランや喫茶店などの民間の飲食店はほとんどないのだ。

「お電話でもお聞きしましたが、この死亡報告書の件で現地の警察署とやりとりしたのは、只野さんですよね」

美香は、昨夜池谷から渡された死亡報告書を只野に渡した。

「はい、私が処理しました。……何か問題でも?」

只野は訝《いぶか》しげに美香を見た。詳しい話は電話ではできないので、直接会って話を聞きたいと呼び出したのだ。また、帝国ホテルのラウンジを選んだのは、一番近い落ち着ける場所ということもあるが、会話の内容を電話口で他の職員に聞かれたくなかったからだ。

「処理上の問題ではなく、亡くなった方が、上司の縁故という可能性があるのです。世間的な問題があるので、庁舎の外でお話しがしたかったのです」

美香は死因を指差し、小声で言った。死亡報告書の死因には、溺死《できし》と書かれている。

「なっ、なるほど。確かに死体が発見された当初、他殺、自殺の両面での捜査がなされたようですが、目撃者が現れて他殺の線は消えたらしいです。いずれにせよ、世間的には聞こえは良くないですね」

只野は首を上下に振ってみせた。

「書類では、死体の引取人がいないために市町村長に引き渡されたとなっていますが、詳しく説明していただけますか？」

「島根県の出雲《いずも》警察署から遺族の捜査を依頼されましたので、私は送られてきた免許証のコピーから戸籍を調べました。その方は、三十年前に離婚されており、唯一の親族となる息子さんも二〇〇九年三月に海外で死亡されたということで、戸籍から抹消《まつしよう》されていました。その旨《むね》を出雲警察署に報告し、あちらで死体は処理されたのです。どのように処理されたのかまでは聞いておりません」

只野は申し訳なさそうに、上目遣いで答えた。

身元が分かっても引取人がいない死体は、法律に基《もと》づいて発見された市町村長に渡されて処理がなされる。とはいえ、それは書類上の話で、市町村長は書類に判子を押すだけで、死体は警察署から最寄りの葬儀場に移されて荼毘《だび》に付され、無縁仏として葬《ほうむ》られる。

「なるほど、それでは私が出雲市に出向いて直接調べますので、現地の担当官を教えてもらえますか？」

美香は眼鏡のズレを直し、姿勢を正した。有無を言わせぬ態度である。

「あらかじめ、まとめておきました」

肩をびくりとさせた只野は、バッグから書類を出して渡してきた。

「ありがとうございます」

書類を受け取った美香は、丁寧に頭を下げた。

「ところで、亡くなられた方は、公務員だったんですか？」

経済産業省の職員が、追跡調査をじかにするというのだ。只野が興味を持つのも無理はない。

「詳しくはお話しできないんです。この件は絶対に庁内でも口外しないでくださいね。あなた自身のためだから」

美香はニコリと笑ってみせた。だが、その視線は射《い》るように鋭い。

「はっ、はい」

只野は背筋を伸ばして答えた。

極秘要請

一

マレーシア、ランカウイ島から約五十キロ南に、巨大な岩礁《がんしょう》ともいうべき大小二つの切り立った岩からなるセガダン島がある。

マレー半島西岸でダイビングスポットがあるのは、ランカウイ島とパンコール島、それにペナン島近辺だけだ。中でもセガダン島は魚の種類も多く、美しいイソギンチャクやサンゴも見られると評判の場所である。

南側にある大きな島であるサウス・オブ・セガダンの岸壁近くに二十八フィート（約八・五メートル）のプレジャーボートが繋留されている。船長と思《おぼ》しき中年男と二人の若いマレーシア人が、それぞれの受け持ちの方角を監視していた。

周囲に障害物のない無人島だが、海にうねりがあり、気を抜けば船は流されて岸壁と接触してしまう。それだけに潮や風の変わり目にも注意が必要なのだ。島の周囲はドロップオフ（断崖《だんがい》）で二十数メートル落ち込んでおり、そこから先は砂地が続く。プレジャーボートから百メートルほど離れた水深二十三メートルの海中に、二人のダイバーが潜《もぐ》っていた。

二人の頭上に尾ひれが黄色いイエローフィンバラクーダの群れが泳いでいる。体長は四、五十センチ、大きいものは一メートル近くあるだけに、大群ともなれば圧巻の眺めだ。小魚の群れとは違うので、自《おの》ずと迫力がある。

その群れに、体長百八十センチクラスのギンガメアジが突っ込んだ。大型の肉食魚である。瞬《また》く間にバラクーダを飲み込むと、群れの外に飛び出した。捕食されたバラクーダも一瞬だけ群れを乱したが、すぐに態勢を整えて泳ぎ始める。

美しい海中ショーに二人のダイバーはしばし見とれていたが、ダイバーの一人が傍《そば》のダイバーに左手に持った残圧計を右手で指差した。するともう一人のダイバーはオーケーサインを出し、親指を上に突き出して上下に振った。浮上するという意味である。

二人のダイバーは、急ぐこともなくコンパスで位置を確認しながら移動し、プレジャーボートから出されているロープを見つけて、水深五メートルの位置で停止した。

それぞれの左腕にはダイコン（ダイブコンピュータ）があり、二人のダイバーは水深と時間を確認している。浮上前に水深五メートルで三分ほど停止し、体内に溶け込んだ窒素《ちっそ》を排出することで減圧症を予防するのだ。

減圧症とは、呼吸ではなかなか排出することができない窒素が、急激な浮上による気圧の低下により体内で気泡化して呼吸器や神経系に弊害《へいがい》をもたらす症状で、潜水病とも呼ばれている。

通常のダイバーならロープを摑《つか》んで停止するのだが、二人とも腕を組んでゆっくりとフィンを動かし、同じ水深を保っている。初心者はこの安全停止がうまくできず、知らず知らずのうちに浮上してしまうことが多い。

三分経過し、二人は慌《あわ》てることなく息を吐きながら水面まで上がった。

ボート後部にあるラダーから乗船した二人は、フィンを取り外《はず》して船尾デッキに上がり、レギュレーター（呼吸装置）とマスクを外してタンクが取り付けられたＢＣＤ（浮力調整装置）も脱《ぬ》いでデッキに置いた。

「疲れた！」

年配の男がその場に尻餅《しりもち》をつくように座り込んだ。

「どっちがガイドか分からないな」

後から乗船したよく日に焼けた男は、首を横に振った。藤堂浩志である。

昨年の十二月三十日にフランスからタイ経由でランカウイ島に来ていた。毎年のようにこの島に訪れて年を越している。

以前は冬になる度《たび》に古傷が寒さで疼《うず》き、療養を兼ねて大佐の家に厄介《やっかい》になっていたが、数年前から本格的に古武道を習って体質改善をした結果、痛みが出るようなことはなくなった。

フランスの外人部隊での講師の契約も終了し、体力的にかなり消耗《しょうもう》していたが体の故障はない。そのため、療養というより、ランカウイ島では毎日朝からトレーニングに励《はげ》んでいる。ダイビングもレジャーを兼ねた訓練の一つなのだ。

「リハビリをはじめて半年なんだぞ。体力がまだ戻っていないだけだ」

床に手をついて立ち上がった男は、苦笑いをした。大佐ことマジェール・佐藤である。

彼はランカウイ島の自然を紹介するナチュラルツアーを企画運営する会社を経営しており、ダイビングで海中の自然を案内する事業も昨年立ち上げた。若い頃からダイビングには親しんでいたらしいが、午前中に一本潜り、昼を挟《はさ》んで二本目のダイビングでかなり疲れを見せている。

「年なんだから無理をしないことだ」

浩志はタンクからレギュレーターを取り外し、次いでBCDも外してデッキに用意された塩抜き用の水槽に入れ、タンクのバルブのキャップを閉めて片隅に置いた。この手の作業は怠《おこた》ると機材の劣化《れっか》を招くが、慣れればダイビング後の儀式のようなものである。

ウェットスーツのファスナーを下ろして上半身だけスーツを脱ぐと、これでもかというほど銃創や切り傷の痕《あと》がある浩志の鋼《はがね》のような肉体が露《あら》わになった。長年傭兵という過酷な職業をしてきた証《あかし》である。

「無理はしてないつもりだがな。まだまだ完全に回復するには時間がかかるということだ。しかし、浩志は久しぶりと聞いていたが、問題なかったな。どこかで潜っていたのか?」

苦笑いをした大佐も、装備を片付けながら尋ねた。

「本当に久しぶりだ。そもそも俺が潜っていた頃は、ダイコンはなかった。潜水時間と潜った水深を記録して計算するほかなかったからな」

浩志は左腕に付けているダイコンを指差し、鼻で笑った。

ダイコンは装着しているダイバーの潜水時間と潜水深度を記録し、減圧症を防ぐために次回のダイビング可能時間を自動的に計算してくれる。また、急激な浮上に対して警告音を発するなど、それまでダイバーが手作業で行っていたことを瞬時にしてくれる優《すぐ》れものだ。欧米のダイビングスポットでは、ダイコンを所持しないダイバーのダイビングを禁止しているほどである。

浩志はリハビリを兼ねて潜るという大佐に付き合ったのだが、正直いって十年近く潜っていないので多少のトラブルは仕方がないと思っていた。だが、大佐から最新の装備を借りたおかげでまったく違和感なく潜ることができたのだ。

ダイビングはフランスの外人部隊で特別カリキュラムを受けさせられ、ライセンスを取得している。当時特殊部隊は編成されていなかったが、今から考えればその準備をしていたようだ。おかげでダイビングに関しても、軍隊式で徹底的にしごかれた。

「これでも昔はスキンダイビング（素潜り）も随分《ずいぶん》やったものだがな。さすがにそれは無理だ。だが、そのうち体を鍛《きた》え直して、ダイビングのガイドも務められるようにしようかと思っている」

大佐も上半身ウェットスーツを脱いで、デッキの椅子《いす》に腰掛けた。無数の傷跡があるのは同じだが、腹が出ている。闘病生活から復帰したものの、体力だけでなく筋肉も以前とはだいぶ様子が違うようだ。

「好きにしてくれ。戦地で死ぬよりは、マシな死に方が出来るだろう」

浩志はウェットスーツを裏返しに脱ぐと、デッキに備え付けのシャワーで軽く流した。

「嫌味な男だ。さすがに傭兵としてやれるとは、もう思っとらんよ。それより、彼女は来ないのか。アイラが会いたがっていた」

彼女とは美香のことで、アイラは大佐の二十歳も年下の女房である。

「何か、急用ができたとかメールが来ていた」

浩志はバスタオルで頭を拭《ふ》きながら素っ気なく答えた。冷たいようだが、これでも以前よりは彼女のことは気にするようになった方だ。

「結婚しても生活スタイルを変えないのは二人の自由だが、子供を作ることだ。世界観が変わるぞ」

大佐は大きな声で笑って見せた。彼は今年で六十三歳になるが、昨年遅まきながら、アイラとの間に子供を授かっている。

「勝手に言っていろ」

浩志は首を横に振った。

二

一時間後、ダイビングを終えた浩志と大佐を乗せたプレジャーボートは、ランカウイ島の南側にある港、クア・ジェティーの桟橋《さんばし》に到着した。

時刻は午後四時を過ぎているが、気温はまだ二十七度あった。日が落ちればもっと下がるのだが、乾季のため湿度は低く、さほど暑さは気にならない。

桟橋には高速艇も停泊しており、ツアー客でごった返している。かつては日本人と欧米人が多かったが、今では中国人が圧倒的な存在感を示していた。マナーが悪くどこでも騒ぐ中国人に発見されたランカウイ島は、もはや日本人や欧米人にとっての隠れリゾートではなくなったようだ。

二人は、桟橋の近くにある駐車場に停めてあった浩志のランドクルーザーに乗った。四年落ちの中古車で買ってから、九年は経《た》つ年季の入った車である。普段は大佐が預かってくれているため、整備が行き届き足回りは抜群だ。島の車は塩害で寿命が短いものだが、さすがにブランドが誕生して六十二年（二〇一六年現在）という歴史を持つだけに持ちはいい。

「そういえば、最近、日本に帰ってないんじゃないのか？」

助手席でぼんやりと景色を見ていた大佐が尋ねてきた。

「一昨年、帰ったけどな」

浩志はふんと鼻から息を漏らした。帰りたくても帰れない事情がある。

中国共産党の裏組織であるレッド・ドラゴンに日本に帰れば暗殺される、という情報を得ているからだ。これは、米国の犯罪組織アメリカン・リバティに対抗すべく、レッド・ドラゴンに身を投じたトレバー・ウェインライトからの極秘情報である。

浩志は、彼からホットラインの代わりとして、GPS機能のないスマートフォンを渡された。暗殺命令が取り消されたらまた連絡すると言われている。命を惜《お》しむわけではないが、他人が巻き添えになることを恐れているため、帰国を見合わせていた。

「さっきは冗談《じょうだん》と思っていたようだが、彼女ともっと向き合ったらどうだ。結婚したんだろう？」

「結婚式は挙げたが、それは形式に過ぎない。世間一般の結婚生活という物差しで考えないことだ」

浩志は首を振って答えた。

子孫を残すというのが、生きとし生けるものの義務なのかもしれない。だが、社会的動物である人間は子孫を残すにも、無秩序《むちつじょ》に増やすわけにはいかない。そのために結婚して家族を構築し、社会で最小の単位を確立する必要があると一般的に考えられているのだ。だが、長年傭兵を生業《なりわい》とし、社会からはじき出されている人間に一般人の法則を適用するのは無理がある。

「おまえはまだ現役の傭兵だからな。分からないのは、しょうがないか。だが、おまえも若くはない。子供は早いとこ作っておくことだ。私は何度も死にかけているが、歳を取って思ったことは、子供に看取《みと》られたいということだ」

大佐はしみじみと語った。四年前、癌に冒《おか》されたことを悟った大佐は、決死の覚悟で浩志と一緒にロシアに渡り、国際犯罪組織と闘って凶弾に倒れた。だが、浩志らに救われて日本で最高の外科医によって癌の手術も受けて健康体に戻っている。その間、生死をさまよい思うところがあったのだろう。

「考えたこともない。だが、刹那《せつな》的に生きているとは思っていない。俺は必要とされて生きているからな」

美香と結婚したのは、彼女の願いを聞いたからにほかならない。彼女も結婚したからといって、浩志を縛《しば》るつもりがないことは分かっている。だからと言って、まったく以前と変わらないというわけではなく、少なくとも彼女を命がけで守るという気持ちを強くしたことは事実である。

傭兵としては歳を取り過ぎているとは思っているが、混乱した世界情勢による犠牲者の業《ごう》を背負《せお》っている限り、今の職業は辞められそうにない。

「そう言われると、返す言葉もない。おまえほどの傭兵はいないからな」

大佐は大きな溜息《ためいき》を漏らした。

「いまさら、世辞もないだろう」

「おまえにお世辞を言ってどうなる。所詮《しょせん》傭兵なんて、雇われ兵だ。考えもなしに闘う輩《やから》が多いが、おまえは違う。確固たる自分の信念で戦っている。だからこそ、おまえを慕《した》って仲間が集まるんだ」

「誰だって、自分の信じるものに従って闘う。じゃなきゃ命はかけられないからな」

宗教や政治などを指標にして善悪を判断し、多くの人間は善と信じるものにしたがって闘うのだが、その指標があまりにも違うために戦争になるのだ。

「おまえと話していると禅問答をしているようだ。私は寝る」

会話が成り立たないと思ったのか、大佐は腕を組んで目を閉じるとすぐにいびきをかきはじめた。２ダイブだったが、かなり疲れたらしい。

浩志はカーステレオのスイッチを入れ、ランカウイFMにチャンネルを合わせた。と言ってもランカウイで聞けるのは2チャンネルだけだ。スピーカーから軽快な女性の歌が聞こえてくる。マレーシアで人気の美人歌手シティ・ヌルハリザだ。独特の節回しを聴いているとやはりこの国は、イスラム圏だと分かる。

急ぐこともなく浩志はランカウイ島の中央部を抜ける道路を北に向かい、四十分ほどで島の北東に位置するタンジュン・ルーに着いた。ジャングルに囲まれた駐車場に車を置いて、二人は船着き場に向かった。

河口の小さな栈橋に大佐が経営するナチュラルツアーの屋根付き八人乗りのモーターボートが二艘《そう》繋留してある。

「変だな。今日のツアーは終わっているはずだが、遅れているのかな」

栈橋に出た大佐は、ボートが一艘戻っていないのを見て首を捻った。

時刻は午後五時を過ぎている。予定ではボートでマングローブのジャングルをめぐるツアーは、すべて終了しているらしい。

大佐がボート後部の操舵《そうだ》席に座ると、浩志は栈橋に繋がれている舫《もやい》ロープを解《ほど》き、手早く束《たば》にして乗り込んだ。大佐は河口から少し上流にある水上ハウスに住んでいる。付き合いも長いだけに、浩志も船の扱いには慣れた。

河口の船着き場から水上ハウスまでは、大した距離ではない。天気がいいため、大佐もボートのスピードを上げずにゆっくりと遡上《そじよう》している。

数分とかからず、水上ハウスが見えてきた。

前方から屋根付きモーターボートが下ってくる。

「客か？」

大佐は口元に手を当てて声を上げた。

「そうです」

操船している男が、質問に答えてすれ違っていった。大佐の客を従業員がボートを使って送ってきたらしい。

「あれが客らしい」

浩志は水上ハウスのデッキに立つ男を見て苦笑を浮かべた。

「ご無沙汰しております」

男は浩志に気付き手を振っている。美香の兄であり、内調の特別分析官である片倉啓吾であった。

三

啓吾とはほぼ一年ぶりである。彼は一昨年ＣＩＡのエージェントである佐伯恵利《さえきえり》と極秘の任務を帯びて台湾に行ったのだが、中国との二重スパイだった彼女の裏切りで窮地《きゅうち》に陥《おちい》った。

美香に誘われて台湾にいた浩志は恵利の差し向けた追手から啓吾を救い出すのだが、そもそも美香は内調からの依頼で啓吾をバックアップする任務に就いており、浩志は旅行をだしに連れ出されていたというわけだ。

浩志が啓吾を見て苦笑を漏らしたのは、彼は問題がある時以外に顔を見せないからである。Tシャツにジーパンと普段着であるが、足元にブリーフケースが置かれていた。遊びで来ているわけではないことは分かる。

浩志はボートから舫ロープを啓吾に投げ渡した。

「その節は、大変お世話になりました」

啓吾は舫ロープをデッキの杭《くい》に結びつけながら笑顔を見せた。表情からして切羽《せっぱ》詰まった雰囲気はない。

「……」

ボートから水上ハウスのデッキに飛び移った浩志は、無言でボートをデッキに引き寄せて大佐を下ろした。歓迎はしていないが、警戒していないだけましである。

「お元気そうで」

啓吾は浩志の背中越しに声をかけてきた。

「遊びに来たんじゃないんだろう？」

浩志はデッキの中央に置かれている木製のテーブル席に腰を下ろした。

「はっ、はい」

啓吾が頭を下げながら浩志の対面に座った。この男は生真面目《きまじめ》であるが、関わる仕事は破天荒《はてんこう》なものが多い。彼は十数カ国語を自在に操り、その他にも派生する言語も理解できるため、言語能力を問われる難題な仕事が入ってくるようだ。

「これでも飲むんだな」

先に家に入っていた大佐は、二人に三百五十ミリリットルの日本のビール缶を投げてよこした。酒税がかからないランカウイではジュースよりも安く買える。地元でも日本製は人気があるのだ。

「実は私は国際情勢が不安定なため、新たに設立された官邸主導の組織に、出向することになりました」

ビール缶を受け取った啓吾は、言いにくそうに口を開いた。内調からまた出向ということはトップシークレットだからだろう。

「どうせ〝国際テロ情報収集ユニット〟だろう」

浩志は表情も変えずに言った。

パリの同時多発テロを受けて、同年十二月八日に首相官邸の直轄《ちょっかつ》組織〝国際テロ情報収集ユニット〟が発足《ほっそく》したことは発表されている。外務、防衛、警察、公安調査などの各省庁から約二十人が招集された。少人数だがテロ専属の情報収集を行う精鋭組織を目指しているそうなので、啓吾が呼ばれたとしても驚くことではない。

「よっ、よくご存知で」

啓吾は両眼を見開いて頷いている。

「その程度のことはな。それで？」

浩志はインターネットのあらゆるニュースサイトに毎日目を通している。常夏の国にいても、最新の世界情勢を把握《はあく》するように努《つと》めているのだ。

「藤堂さんがこちらにいらっしゃる時は、電話連絡を一切断たれると聞いていましたので、やってきました」

浩志の質問に啓吾は神妙な顔になった。一切というのは、建前である。仲間との回線まで閉じることはない。

「仕事か？　なんで代理店に行かなかったんだ？」

ビール缶のプルトップを開けた浩志は、夕日を見つめながら言った。沈みかけた太陽がジャングルにかかり、マングローブの木々が赤く燃えて見える。憂《う》さを忘れて、大自然に乾杯したくなる美しい光景だ。

「実は中東で情報収集の仕事をしていたのですが、新たな任務を受けました。藤堂さんにご相談するには、日本に帰るよりもこちらの方が時間的にも近かったので、池谷さんにお断りしてこちらに参りました。少し時間の制約がありますので」

啓吾もビールを開け、一口飲んで答えた。基本的に仕事は代理店経由でなければ、相手が誰であろうと引き受けない。むろん電話で引き受けることはないのだ。

啓吾はもともと中東の分析官である。シリア紛争の分析のために近隣諸国にでもいたのだろう。

「内容だけ聞こう。だが、引き受けるとは限らないぞ」

厳しい目付きで浩志は啓吾を見た。

「……これを見ていただけますか？」

少し間をおいて難しい表情になった啓吾は、ブリーフケースから9・7インチのパッド型PCを取り出し、画像を表示させた。

「これがどうした？」

画面を見た浩志は、右眉《まゆ》をピクリと動かす。

黒ベースのバックの中央に白い円が描かれている。円の上にアラビア語で〝アッラーのほかに神はなし〟と白文字で書かれ、円の中に黒抜きの独特な文字が描かれていた。これは、預言者ムハンマドが署名代わりに使っていた印鑑の文様と言われたものだ。

シリアとイラクで勢力を伸ばすテロ組織ＩＳ（イスラム国）が象徴として使っているデ

ザインで、旗印にもなっている。

中東でＩＳとは何度も対峙《たいじ》し、彼らの卑劣《ひれつ》な手口を知っているだけに、浩志にとって不愉快極まりない絵柄にほかならない。

「五日前、十二月二十九日、インターネットの川内原子力発電所に関するページのトップが、この絵柄に差し替わりました。サイトがＩＳに乗っ取られたのです。その時の画面のキャプチャーをプリントアウトしたものです」

大佐は気を使って家に入っている。二人の会話を聞いている者は誰もいないが、啓吾は声を潜《ひそ》めて答えた。

「馬鹿な。いくら俺が海外にいるからって、それほどの重大な事件なら知っているはずだ」

大佐の水上ハウスでも衛星テレビは見られる。

「それが、ハッキングされたのは社員用のトップページで、一般人が見られないのです。そのため政府指導の下、箝口令《かんこうれい》が敷かれ、マスコミに知られるのを免《まぬか》れました」

「なおさら分からない。あいつらの恫喝《どうかつ》は、広く知れ渡った方が効果的だ。閉じられた社員用サイトじゃ、意味がないだろう」

浩志は首を傾げた。ＩＳは世界中のホームページを乗っ取り、力を誇示している。昨年は日本でも数社のサイトのトップページが乗っ取られ、被害は拡大する傾向にあった。

「一般のページを乗っ取るのは、彼らの常套《じょうとう》手段ですが、それは宣伝活動に過ぎません。

むしろ、今回のようによりセキュリティが高いサイトがハッキングされた方が、事態は深刻なのです」

そう言って啓吾はパッド型ＰＣの音量を上げた。電子音楽をバックにアラビア語の歌が聞こえてくる。

「悪魔の十字軍の手先となった日本に天罰を与える。日本は、放射能にまみれて滅びるだろう」

歌を聴きながら浩志は、アラビア語の歌詞を日本語に訳した。十字軍とは中世の騎士団のことであるが、イスラム系のテロリストの間では欧米諸国を指す。

「さすがです。彼らは日本の原子力発電所を襲撃すると言っているのです。しかも画面の右下にカウンターがあります。左から日にち、時間、分で、秒のカウントはありません」

眉間《みけん》に皺を寄せた啓吾が、画面の右下を指で示した。〝20・14・47〟と数字が並んでいる。

「まさか、カウントは減っているのか？」

「そのまさかです。現在は先頭の数字は15、もしこれがテロ実行日のカウントダウンだとしたら、残り十五日、決行は一月十八日ということになります」

啓吾は青ざめた表情で言った。政府は迷った末に、啓吾を動かしたようだ。

「だが、所詮はホームページを改竄《かいざん》されたに過ぎない。ただのこけ威《おど》しだろう。俺たちが出しゃばることか？」

「この写真を見ていただけますか？」

啓吾は新たな写真を手渡してきた。フェンスの向こうにトラックが一台写っている。日付は二〇一五年の十二月二十九日になっていた。

「川内原子力発電所のフェンスのすぐ近くに盗難車が乗り捨ててありました。荷台には大量のスラリー爆薬が積まれていました。後で分かったのですが、山岳道路の建設現場から盗まれたものです。起爆装置も積んでありましたが、組み立ててありませんでした。そういう意味では危険はなかったのですが、ＩＳの旗が運転席に置かれていたのです」

啓吾は渋い表情で浩志を見つめた。

スラリー爆薬は耐水性がある含水爆薬で、安全性が高いためダイナマイトに代わって使われるようになった強力な爆薬である。

「ただの脅しじゃないというのか」

「ＩＳの狙いは、日本の原子力施設でテロを起こし、米国主導の有志連合による空爆を阻《そ》止《し》することだと思われます。米国も同盟国でテロ事件を起こされれば、動きが取りにくくなりますから」

「ふーむ」

浩志は腕を組みながら唸《うな》った。

四

美香は警視庁の只野から資料をもらった翌日の六日朝、羽田《はねだ》を発《た》っていた。

東京は今にも雨が降り出しそうな空だったが、鳥取上空も厚い雲に覆《おお》われている。

日本海に面した美保《みほ》湾上空で着陸態勢に入り、雲を抜けたＡＮＡ機の左翼側の窓からうっすらと雪化粧《ゆきげしょう》した美しい山が見えた。

標高千七百二十九メートル、伯耆《ほうき》富士とも呼ばれる中国地方最高峰の大山《だいせん》である。初冠雪は昨年十一月の二十五日だが、平年より二十四日も遅れ、観測史上においても最も遅かったらしい。

「きれい」

窓際の席に座る美香は、視界が悪い中でも出迎えるかのように雄姿を見せてくれた大山にほっと胸を撫《な》で下ろした。

現在所属している内閣府の情報組織である〝特別情報部〟には、島根原発を調べると申告している。昨年暮れに全国の電力会社の原発に関するサイトが、ＩＳに乗っ取られたことを理由にしたのだ。

本来ならば、〝特別情報部〟が前面に出て対処してもいいのだが、美香の兄である片倉啓吾に直接辞令が下った。彼のこれまでの実績が買われたのである。もっとも今や中東問題の第一人者となった彼に任せることに政府内で異を唱《とな》える者はいなかったのだろう。また、全国の原子力発電所は警備を厳重にし、警察官も常時敷地内に配備されているため〝特別情報部〟の出る幕はなかった。

一昨日の夜に傭兵代理店の池谷から相談を受けた情報で、美香は動いている。だが、経済産業省の商務外事局という表の肩書きを使いたいために、あえて休暇を取らずに仕事と絡ませたのだ。

美香を乗せたANA機は、宍道《しんじ》湖と連結汽水湖である中海《なかうみ》に突き出す米子《よなご》空港に定刻通りに着陸した。空港ビルは小さいため、到着ロビーの反対側にあるレンタカーのカウンターで手続きを済ませ、隣接する空港駐車場に用意されていたトヨタのハイブリッド車プリウスに乗り込んだ。本当ならスポーツ車を借りたかったが、経済産業省という肩書き上渋々断念した。

とりあえず仕事の体裁《ていさい》を繕《つくろ》うために島根原発に向かった。内調を辞めて〝特別情報部〟に鞍替《くらが》えしたが、情報員といえども国家公務員である以上何かと制約が多いのは致し方がない。内調時代よりは自由度が高いが、それだけに国家の安全に寄与しているという姿勢を常に問われるのだ。

空港を出て国道338号を西に向かうと、いきなりジェットコースターのような急傾斜の橋が眼前に現れる。勾配《こうばい》は鳥取側が五・一%、下りの島根側は六・一%、高さは四十四・七メートルにまで達する桁橋《けたばし》として日本第二位（二〇一六年現在）という中海と江島《えしま》にかかる江島大橋だ。

橋を越えて江島に渡れば国道は、堤防道路となり中海を突っ切る。天気が良ければ気持ちがいいのだろうが、生憎《あいにく》の曇《くも》り空で湖の風景にも色がない。

仕事でなければ、愛車であるアルファロメオのスパイダーで東京から飛ばしてきただろう。長年美香はアルファロメオのスパイダーに乗っているが、昨年末に発売された4気筒オールアルミニウム千七百五十ccの直噴ターボエンジンを搭載した4Cスパイダーを一目で気に入って買い換えている。

これまでの鼻先が丸いデザインでなく、カーレースに出られそうなシャープなデザインだ。浩志が日本に帰ってきたら早速助手席に誘うつもりだが、四駆しか興味がない彼はすぐうたた寝することだろう。

「まったく」

美香は助手席に座るとすぐに寝てしまう浩志を思い出し、苦笑いを浮かべた。

今回島根県に来たのは、他ならぬ浩志に関係することだった。

池谷が警視庁のサーバーから手に入れた死亡報告書に記載されていた名前が、藤堂浩一《こういち》となっていた。傭兵代理店の社員でありハッカーの友恵が作製した自動ロボット検索システムが、警視庁のサーバーから藤堂というキーワードでヒットしたデータをダウンロードしたのだ。浩志と名前も似ているために友恵は、すぐさま反応したらしい。

池谷はすぐさまダウンロードした死亡報告書と、書類を作成した担当官の資料を取り寄せて調べた結果、藤堂浩一は浩志の実の父親であることが判明した。代理店には傭兵のプロフィールはあるが、家族構成まで書き込む者は少なく、浩志に関してもすぐには判別できなかったのだ。

死亡報告書に記載された死因は溺死となっていたのだが、自殺か事故なのかもはっきりしないまま、現地の警察署では処理がなされていた。昨年の十一月十八日に死体は海岸で発見されている。亡くなったのはそれ以前ということではっきりしていなかった。池谷は浩一の死の原因がはっきりしないため、浩志に直接知らせた方がいいのか美香に相談してきたのだ。

浩志なら理由がたとえ他殺であったとしても興味は示さないかもしれないが、美香は愛する男の肉親の死をうやむやにはしておけなかった。それに浩志は長年国際犯罪組織から命を狙われているため、父親が巻き添えになった可能性も捨て切れないこともある。犯人が犯罪のプロだとしたら事故死に見せかけることなど容易《たやす》いことだからだ。

国道338号から国道431号を経由し、松江《まつえ》の郊外の県道で山間部を抜けて五十分ほどで日本海に出る。そこから曲がりくねった県道を伝って山を抜け、再び海側に出るとフエンスに囲まれたゲートが突如現れた。島根原発のゲートである。監視カメラがこれでもかというほど付けられており、単なる発電所でないことは一目瞭然《いちもくりょうぜん》だ。

美香はゲートの守衛室の前に車を停めて身分証明書を提示し、中に入った。坂を下りて原発の敷地に入ると、工事車両が行き交《か》い、要所に警備員が目を光らせている。制服姿の警察官も数人警備に就いていた。それなりに警備は強化されているらしい。

島根原発では、地震や津波に備えて防波堤や隔壁、予備電源装置などの補強工事は二〇一三年にほとんど終わっているが、現在三号機の建設で忙しい。途中で出迎えに現れた広報担当者に一時間ほど工事状況などの説明を受けた美香は、発電所を後にした。担当者も経済産業省の聞きなれない局からの客だっただけに、当惑したようだ。

そのまま松江市内に予約したホテルに直行してもいいのだが、美香は高台にある島根原子力館を抜けて、山を下ることにした。というのも隣接する敷地に、故意による航空機衝突やテロリズムにより、炉心の損傷が発生するおそれがある、または発生した場合に対応する〝特定重大事故等対処施設〟の建設がされているからだ。

発電所と〝特定重大事故等対処施設〟の警備態勢を報告すれば、なんとか仕事の体裁はつく。あとは周辺地域の警察署を調べたとでも言えばいいのだ。発電所の敷地内部もあえて隠しカメラで撮影してきた。普通のカメラを向けたのでは、構えられてしまうからだ。

原子力館は見晴らしのいい高台に建てられており、発電所と反対側の斜面に〝特定重大事故等対処施設〃の建設が進められている。周囲は有刺鉄線の柵が張り巡らされ、監視カメラと防犯センサーが数メートルおきに設置されていた。これを見れば、あえて潜入しようと思う者はいないだろう。

「うん？」

工事現場を見ながら坂道を下っていた美香は、ブレーキを踏んだ。前方を走る白いワンボックスカーが、異常に遅いからである。しかも後部ハッチの窓はフィルムが貼ってあるため、中が見えない。車種はトヨタのエスティマだろうか。離れているためにエンブレムが見えない。美香はスポーツ車の知識は豊富にあるが、今一つ普通車やバンについては疎《うと》いのだ。

「怪しいわね」

美香の車が近寄ろうとした途端《とたん》、ワゴン車はスピードを上げて坂を下りはじめた。

首を捻《ひね》った美香は、アクセルを踏んだ。

五

白いワンボックスカーは島根原発の〃特定重大事故等対処施設〃の工事現場から山道を下り、県道37号に出たところで速度を緩めて走り出した。

カーブが続く狭い道路を美香が苦もなく追って来たので、逃げるのを諦《あきら》めた可能性もあるが、美香の車が〝わ〟ナンバーということに気がついたのかもしれない。

美香は百五十メートル前方を走る白いワンボックスカーのテールランプを、漫然と見つめながらハンドルを握っていた。A級ライセンスを持ち、ハンドルテクニックには自信がある。だからと言って気を緩めているわけではないが、運転中にもかかわらず別のことを考えていた。

前日警視庁の只野から資料を受け取った直後から、美香は動いている。只野の所属する生活安全局生活安全企画課は、家出人や行方不明者の届け出を受け付ける窓口で、出雲警察署からの依頼を受けて、浩一の死体から発見された運転免許証から登録されている本籍地と現住所を割り出した。

只野は規定通り作業を進め、本籍地から戸籍を当たり家族構成を調べている。だが、浩一の両親はすでに他界し、妻佐知子《さちこ》とは三十年前に離婚していた。その上、一人息子である浩志は、二〇〇九年に死亡を確認したとして戸籍から抹消《まっしょう》されていたのだ。

当時浩志は軍政下のミャンマーに潜入し、国際犯罪組織の一員である国軍の要人を殺害した。だが、ミャンマーからの脱出は熾烈《しれつ》を極めた。そのため、国軍の追手をかわすために、自ら死を偽装したのだ。また、代理店の池谷も暗殺者から浩志を守るため、裏から手を回して戸籍を抹消する手続きをした。

只野の調査は戸籍を参照した時点で終わっている。死亡を報告する遺族がいないためそれ以上調べる必要がないからだが、美香はさらに免許証のデータから現住所を調べて、浩一が住んでいた調布《ちようふ》市八雲台《やぐもだい》の自宅に足を運んだ。閑静《かんせい》な住宅街の一角にある立派な日本家屋だったが、二年前に他人に売却されていた。

近隣で聞き込みをしたが、近所付き合いもあまりなかったらしく、浩一がいつ引っ越したのか知っている住民すらいなかった。ただ、年配の住民から、大手商社の経理部を定年退職した浩一は几帳面《きちようめん》な性格で、以前は釣りが趣味らしく一人でよく車で出かけていたが、ここ数年は引きこもり気味だったという情報は得ている。

仕方なく日本家屋の現在の持ち主に住宅の斡旋《あつせん》をした不動産屋を聞き出し、不動産業者に浩一のことを尋ねてみた。何を勘違いしたのか、不動産業者は美香が経済産業省の役人であることが分かると、契約に不正はなかったと住宅の売買契約書の写しを渡してきた。逆に別の不正を疑いたくなる行為である。

契約書には移転先の住所は書かれていなかったので役には立たなかったが、契約料が五千六百万円であることと、振込先の銀行も判明した。もっとも銀行の口座までは捜査権がないためにさすがに調べられない。

改めて市役所で調べてみると、二〇一四年一月十五日の日付で島根県への転出届けが出されていた。引っ越しの二日前である。運転免許証は前年に更新されていたので、転出先での住所変更はしなかったようだ。美香の東京での調査は、ここまでで半日で終了せざるを得なかった。

浩志から家族に関することを聞いたことは一度もない。とはいえ、美香も自分のこととなると、それとなく実の兄が片倉啓吾であることは浩志に教えたが、母が他界していることや父親がＣＩＡの幹部である誠治《せいじ》であることも教えていない。互いに過去に囚《とら》われない関係だけに教える必要もなかったのだ。

ただ、昨年マルタ島の教会であげた結婚式では、本名の片倉梨紗で誓《ちかい》を立てている。さすがに神前で偽名を使うのは憚《はばか》られたからだ。浩志は初めて美香の本名を聞いたはずだが、眉をピクリとも動かさなかった。

「あっ」

美香は白いワンボックスカーが、交差点の信号で停止したのを見て舌打ちをした。いくら車間距離を開けても車の通りが少ないため、ワンボックスカーのすぐ後ろに車を停めなければならないからだ。こちらの車のナンバーを知られるだけならまだいいが、美香自身も顔を見られてしまう。顔を隠すような真似《まね》をすれば、さらに怪しまれる。

美香は、信号機手前にあるガソリンスタンドに車を乗り入れ、道路側の給油機の前で停止した。

ワンボックスカーは、松江市の中心部に向かっているに違いない。ものの十数分の距離である。

「レギュラー、満タンで」

スタンドの店員に挨拶した美香は車を降りて車道近くまで出ると、停車中のワンボックスカーを見た。このまま見逃しても仕事になんの影響もない。だが、気になるのだ。

「そうだ」

手を叩いた美香はスマートフォンを出し、傭兵代理店の友恵に電話をかけた。池谷が浩志の件で美香に直接連絡してきたように、彼女も代理店のスタッフの個人のアドレスや電話番号まで把握している。

「友恵ちゃん？」

ガソリンスタンドの店員に聞かれないように美香は、スタンドの端《はし》に寄った。

——美香さん、一昨日応接室にいらしたんですね。会いたかったなあ。

友恵が甘えた声で答えた。彼女とも付き合いが長い。数年前に美香が米国で手術を受けた際にも付き切りで看病してくれたこともある。今では姉妹のように仲がいいのだ。

「ごめん。至急調べて欲しいことがあるの」

交差点を見ていると信号が変わり、ワンボックスカーは走り去った。かなりスピードを上げたらしく、あっという間に見えなくなる。

——なんでしょう？

「今、ワンボックスカーを追跡していたんだけど、巻かれてしまったの。車の番号を言うから、持ち主を探せるかしら？　〝島根５００　た２１・××〟よ」

――お任せください。

友恵は自信ありげに答えてきた。

こんなことを言って即答できる人間は、美香の所属する〝特別情報部〟という国家最高の情報機関でさえ皆無《かいむ》だ。

――分かりましたので、メールで住所を送っておきます。

番号を告《つ》げると、二十秒足らずで友恵から答えが返ってきた。

「ありがとう、助かったわ。今、島根県にいるの。お土産《みやげ》買っていくね」

――待ってください！

電話を切ろうとすると、友恵が甲高《かんだか》い声を上げた。

「どうしたの？」

――大変です。お聞きしたナンバーの車は、一週間前に盗難届が出ていました。

友恵は地元の警察のサーバーまで瞬時に調べたらしい。

「そっ、そうなんだ」

美香は思わず額を手で押さえた。

六

松江郊外のガソリンスタンドで給油した美香は、すぐさま白いワンボックスカーを追ったが、数分前に立ち去った車を見つけることなどできなかった。

気を取り直した美香は、本来の目的である浩志の父親の島根県での足跡を辿《たど》ることにした。だが、調布市に出されていた転出届に記載されていた住所は、松江市内にある正妙《しょうみょう》寺《じ》という寺の墓地であった。

墓地に隣接するアパートがあったため、大家に尋ねたところ記憶はないと言う。浩一は地図上で適当に調べた住所を記載したのかもしれない。転出届は移転先の行政サービスを受けるためには重要だが、社会と一切関わりを持たなければ不要なのだ。あるいは当面ホテル暮らしをするために、適当に書いたのだろうか。その後に地元の不動産業者で新居を物色した可能性も考えられなくもない。だが、嘘《うそ》の記載をしても何の益もなく、届け出する必要はなかったはずだ。

美香は仕方がなく、出雲警察署の担当官に連絡を取った。すると、遺品は出雲署ではなく、松江にある島根県警察本部が保管していると返答された。というのも、他殺か自殺か、あるいは事故かを判別するために捜査を担当したのが、県警本部の刑事だからである。

死亡報告書など書類の作成と死体の処理のみ法律に基づき、発見された出雲警察署で行われたようだ。火葬された遺骨は出雲市の福祉担当部署が管轄《かんかつ》する施設に保管されているはずだが、電話でははっきりと答えてはくれなかった。そのためとりあえず、遺品の回収をするべく、松江にある島根県警察本部の刑事を訪ねた。

県警の受付を通した美香は、三階応接室に通された。事前に連絡をしたのだが、女性警察官がお茶を持ってきてから十分ほど経っている。

時刻は午後四時四十八分、曇りということもあり、窓の外はすっかり暗くなっていた。美香は座っていた革張りのソファーから立ち上がり、窓の外の景色を眺めた。警察署の裏手は松江城の外堀に面している。

冷たい風にそよめく堀の柳《やなぎ》が、街灯に照らされていた。寂《さび》しげではあるが、風情《ふぜい》のある風景である。一、二階では裏手にある建物で川沿いを見ることができないため、景色が見えるように三階に通されたという計らいだったかもしれない。

美香は学生時代から海外旅行に行くことが多かった。仕事で海外を転々としていた父親の影響だろう。そのため意外と日本のことはよく知らない。松江に来たのも初めてだが、県庁所在地にもかかわらず、街全体が静かということに正直驚かされた。都会のイメージは人と車と喧騒《けんそう》である。それが、この街には当てはまらないのだ。

ドアが開き、脇にダンボール箱を抱えた中年男が入ってきた。

「お待たせしました。捜査第一課の村上輝男《むらかみてるお》です」

男はダンボール箱をテーブルの上に置くと、名刺を差し出してきた。肩書きは警部、顔に刻《きざ》まれた深い皺、たたき上げの刑事であることを物語っている。

「商務外事局の森美香です。個人的な件で、お手数をおかけします」

美香は丁寧に頭を下げて名刺を交換した。

「森さんの上司が、仏さん、いや、亡くなった方のお知り合いだそうですね。本来は身内の方ではありませんので許可できないのですが、このままでは無縁仏になってしまいますので、遺品をお見せすることに私の独断で決めました。もし、心当たりがあるようでしたら、特別に譲渡の手続きをします。それでは、遺品を確認していただけますか」

もったいぶった口調の村上はダンボール箱から、メモ帳と免許証と財布を取り出した。

浩一の死体が発見されたのは、海岸だったという。免許証は意外と綺麗《きれい》だが、メモ帳と財布は海水を含んだらしく傷《いた》んでいる。

「拝見しても、構いませんか？」

「どうぞ。証拠品というわけではありませんから」

「ありがとうございます」

美香はメモ帳を開こうとしたが、ページがくっついている。

「無理すると破れるので、諦めました」

村上は苦笑して見せた。

「殺人事件の可能性もあったのに、証拠品を調べなかったのですか?」

美香は鋭い視線を向けた。メモ帳は真水に浸《ひた》して塩分を取り除き、ゆっくりと乾燥させればなんとかなりそうである。

「私はすぐに死体が発見された日御碕《ひのみさき》で聞き込みをしました。すると亡くなられた藤堂さんが、崖の上の展望台に一人で立っていたという目撃者が数人現れました。日付は昨年の十一月十五日の日曜日、死体が発見される三日前です。事件性はありませんよ」

村上は大袈裟《おおげさ》に首を竦《すく》めて見せた。

「しかし、事故か自殺かの判断はしなかったのですか? 検死解剖は?」

美香は矢継《やつ》ぎ早《ばや》に質問をした。

「事件性がないので、検死解剖はしていません。展望台の脇にある岩の上にいたという目撃者も現れたんです。足を滑らせたのかもしれませんね。そこは柵の外ですから、事故とは考えにくいですよ。ただ、遺書は今の所見つかっていません。我々としては、結論は出せませんでした。もっとも彼に莫大《ばくだい》な保険金がかけられていたというのなら、別ですが」

村上の言うように他殺でなければ、最悪警察としては結論を出さなくてもいい。どちらかの判断が必要なのは、遺族の問題だからだ。だが、その遺族もいないとなれば、自殺にせよ事故にせよ、死体が無縁仏になることに変わりはない。

「……なるほど」

美香はよほど浩一が家を売却した五千万以上の金を持っていたはずだと言いたかったが、ぐっと堪《こら》えた。

「遺品は持ち帰りますか？」

村上はポケットから折り畳《たた》んだ譲渡のための書類を出して尋ねてきた。最初から遺品は渡すつもりだったようだ。美香に早く帰って欲しいのだろう。

「そうします。それから、遺骨もできれば知人に渡したいのですが？」

書類にサインした美香は、手帳と財布を手元に引き寄せた。

「……それが……」

急に村上の歯切れが悪くなった。

「どうしたんですか？」

美香は咎《とが》めるように口調を強めた。

「……なくなってしまいました」

消え入りそうな声で村上は答えた。

緊迫のパリ

一

二〇一五年十一月十三日、パリ市内と郊外のサン・ドニ地区でイスラム国、ＩＳの戦闘員が無差別銃撃と爆弾を使った同時多発テロが発生した。死者百三十名、負傷者三百名以上というヨーロッパにおけるテロとしては、戦後最大となる悲惨な事件である。

実行犯はモロッコ系ベルギー人四名、アルジェリア系とシリア系フランス人三名、イラク人二名というジハーディストの犯行であったが、ＩＳとの関わりは当初よく分からなかった。だが、年が明けて二〇一六年一月二十四日、実行犯九人の動画を公開したＩＳは、正式に犯行を認め、欧米諸国にさらなるテロを起こすと恫喝《どうかつ》している。

パリ10区の中でも比較的治安がいいとされているサンマルタン運河にほど近い、アリベール通りとビッシャ通り、それにマリー・エ・ルイーズ通りが交差する五叉路の交差点に、三人の男が佇《たたず》んでいた。男たちは、交差点の一角をなすサン・ルイ病院の枯れ蔦《かつた》が絡まる薄汚れた壁を背にしている。

一月六日、時刻は午前八時五十六分、気温は七度、パリっ子が活動するにはまだ早い。

「俺は、この店の生春巻きとカレーが好きだった。別の店舗もあるが、この店が一番うまかったんだ。残念だよ」

スキンヘッドの男が、反対側の角にあるシャッターが閉じられた店を指差した。シャッターの前には、無数の花束が捧《ささ》げられている。店の名は〝ル・プティ・カンボージュ〟、パリで人気のアジア料理店だった。

パリ同時多発テロは、二〇一五年十一月十三日の二十一時二十分、パリ郊外にあるスタッド・ド・フランスというスタジアムで幕が切って落とされた。

当時スタジアムでは、ドイツとのサッカーの国際親善試合のためにオランド大統領も観戦していた。だが、犯人は持ち物検査で入場できず、スタジアムの外で自爆し、犯人を含む四人が死亡している。

その五分後に、〝ル・プティ・カンボージュ〟とビッシャ通りを挟んで反対側の角にある〝ル・カリオン・バー〟が武装グループによって銃撃されて十五名が死亡し、次いで

〝ル・プティ・カンボージュ〟が襲われて十一名が亡くなった。犯人は客が多い人気店を狙ったのだ。ちなみに〝ル・プティ・カンボージュ〟は、約四ヶ月後の二〇一六年三月十五日に営業を再開している。

「どうせ、女房の受け売りだろう。おまえにパリの人気店は似合わない」

隣りに立っていた浩志が小さく首を振った。スキンヘッドの男は、ピッカリことヘンリー・ワットで、二人の会話を苦笑がてら聞いているのは、片倉啓吾である。

浩志と啓吾は、クアラルンプール経由で昨夜パリに到着した。ワットはイギリスに住んでいるため、自家用車であるフォードのピックアップに乗って浩志らをパリ市内のホテルで拾ってここまでやって来たのだ。

浩志は二日前の四日に啓吾がもたらした〝国際テロ情報収集ユニット〟の仕事をリベンジャーズとして引き受けていた。ホームページを乗っ取り、日本の原子力施設を攻撃すると恫喝しているのは、はたして本当にＩＳなのか調査することと、攻撃計画があるのなら阻止するという任務である。

国内の原子力施設は地元の警察が警備を強化し、さらに自衛隊では特殊部隊が施設奪回などの極秘訓練をするなど態勢は整えてあった。テロ実行日とされる一月十八日まで厳重な警備をこのまま続けられる。だが、テロがどういう形で実行されるのか、予想もつかない。そのため元を断つべくリベンジャーズが駆り出されたのだ。

とりあえず浩志とワットが啓吾とともに先発し、明日辰也、瀬川、宮坂、田中、黒川、加藤の六人がパリに入ることになっている。残りの京介、アンディー、マリアノ、村瀬政人、鮫沼雅雄の五人はすぐに出発できるように待機させてあった。

傭兵代理店の友恵に乗っ取られたサーバーを調べさせたところ、ハッカーはパリにいる可能性が高いことがわかった。そのため、先発として浩志とワット、それに今回も同行を望んだ啓吾と一緒に行動することになったのだ。

捜査の進捗《しんちょく》により、現地警察に任せるか、あるいはリベンジャーズを招集して密《ひそ》かに敵を殲滅《せんめつ》するかはまだ決定していない。浩志は状況次第で臨機応変に行動するつもりである。先進国での軍事行動は、たとえ敵が犯罪集団であっても武器を使えばこちらもテロリストとみなされてしまう。行動は慎重に行わなければならないのだ。

「俺がパリの街に似合わないとでも言うのか？　冗談じゃない。俺もイギリス暮らしが長くなった。パリにもしょっちゅう来るんだ。それにしても戦場でもない平和な街で、百三十人も死ぬなんてやってられないな」

寒さで赤い鼻をしているワットは、白い息を吐いた。

ワットがイギリスに住み始めたのは、米国嫌いのペダノワがヨーロッパに住みたいと強く希望したからである。彼女はロシア出身だけに古い文化のない国は馴染《なじ》めないらしい。片やネバダ州の片田舎《かたいなか》カーソンシティー出身のワットが、苦手な都会暮らしをするのは、それだけペダノワを愛しているからだろう。その証拠に今では二人の子供がいる。

「いきなり銃を乱射されて逃げることもできなかった被害者は、血の海で呻《うめ》き声を上げるほかなかったはずだ」

険しい表情になった浩志は交差点の角に立ち、二つの店を交互に見た。五叉路と言っても〝ル・プティ・カンボージュ〟の前のアリベール通りを除いて一方通行の狭い道ばかりで、信号機もない上に交差点も決して広くはない。

犯人らはおそらくマリー・エ・ルイーズ通りがある西側から交差点に入り、〝ル・カリオン・バー〟に腰だめの連射モードで銃撃し、歩きながら〝ル・プティ・カンボージュ〟に向かって銃弾を撃ち尽くすと、立ち去ったに違いない。照準を合わせなくても大勢の人がいただけに、テロリストがばらまいた銃弾は容赦《ようしゃ》なく人々の体を貫いたはずだ。

この現場での犯行に使われた銃や銃弾までは発表されていないが、他のテロリストがAK47を使用していたという情報があるので、未使用のマガジンを装塡《そうてん》した同じ銃を使ったとして、装弾数は三十発、発射速度は毎分三百発である。テロリストが二人だったとしても二十六人を殺害するのは、ものの数秒だったに違いない。襲撃時に被害者らは悲鳴を上げる暇もなかっただろう。

「九時を過ぎた。行くか」

浩志は腕時計を見て啓吾を促した。

「そうですね」

頷いた啓吾は、交差点を渡ってビジャ通りとマリー・エ・ルイーズ通りに挟まれた反対側の交差点角の店、マリア・ルイーザに入った。

二

マリア・ルイーザは、この界隈《かいわい》ではピザが有名なイタリアンの店である。

同時多発テロが発生した当時、犯人らはこの店に背をむける形で銃を乱射したとみられる。ピザ店の客は実に幸運だった。だが、眼前で起きた地獄絵のような出来事は彼らの心に深い傷を残し、生涯《しょうがい》悪夢に苦しめられることだろう。

五叉路の角にあるため、店は入口から奥に広がる台形になっている。白壁に黒板が掲げられており、イタリア語でピザのメニューが書かれていた。イタリアンサラダであるカプレーゼが十九ユーロ（約二千四百円）と意外に高いが、その他は十・五から十五ユーロと手頃である。

出入口近くのテーブルには椅子《いす》が逆《さか》さまに載せられ、店の側面のシャッターも閉じられていた。まだ開店準備をしているようだが、奥の一角にある四人席にスーツ姿の二人の白人が座っている。二人は浩志らに気が付くと、慌てて立ち上がった。どちらも身長は一七五センチ前後、一人は髪がシルバーグレーの四十代後半、がっちりと厳《いか》つい感じである。対照的にもう一人は金髪の優男風で、三十代半《なか》ばと若い。

「ボンジュール、ジェラール・ミュラーさんですか？　啓吾・片倉です」

浩志らの前に出た啓吾は、流暢《りゅうちょう》なフランス語で二人に語りかけた。

「ボンジュール。私がジェラール・ミュラー、こっちは同僚のジャン・トレゾールです」

年配の男が啓吾に握手を求めながら簡単に仲間を紹介し、浩志とワットを交互に見た。二人はフランスの情報機関である国内治安総局（ＤＧＳＩ）の捜査官だと啓吾から聞いている。待ち合わせ場所も彼らが指定してきた。テロの事件現場をあらかじめ見せておこうという魂胆《こんたん》なのだろう。

ＤＧＳＩは、国内のテロやサイバー犯罪に対処する内務省直下の情報機関で、二〇一四年に国家警察総局の管轄から移行した。

また、国外のフランスの安全保障に関する情報収集や対フランス破壊活動の探知と予防を主な業務としているのは、国防省傘下の対外治安総局（ＤＧＳＥ）である。

内調は公式ルートを通じてフランス政府に協力を求めた。フランス国内で捜査を進める上で現地の捜査機関、あるいは情報機関の協力がなければ、身動きが取れないからだ。というのもＩＳの捜査だけに、ＤＧＳＩが犯人を追っている場合、彼らの捜査を妨害《ぼうがい》する可能性があり、その逆もあり得るからだ。

「今回、日本政府に協力してもらっているリベンジャーズの浩志・藤堂とヘンリー・ワットです」

啓吾は、一歩下がって二人を紹介した。政府が雇っていると言わないところが、この男の気遣いである。

浩志とワットは無言で頷いた。

「お二人とも、お目にかかれて光栄です。特にムッシュ・藤堂は、先月まで古巣の外人部隊で仕事をされていたと聞いております。我々としては、協力を惜しみませんよ」

媚《こ》びるような笑顔を浮かべたミュラーは握手を求めてきたが、右眉をピクリと動かした浩志は腕を組んで無視した。

ミュラーが有能だと言わんばかりに外人部隊の話を持ち出したのが気に入らない。外人部隊の講師に就いたことは極秘であり、外部に漏れればテロの対象となる。知っていても黙っているのが礼儀なのだ。

古巣だと、浩志が外人部隊出身であることをあえて言ったことも余計である。というのも、外人部隊では出身国ではなく、フランスに忠誠を誓うことが絶対条件だからだ。仲間意識を示したつもりでも、退役《たいえき》後にフランス国籍を取得しなかった浩志にとって、フランスの犬と言われたように聞こえる。

「フランス政府が全面的に協力してくれるのなら、助かるぜ」

隣りに立っていたワットが、横取りするようにミュラーの手を握りしめて笑った。

「まったく、愛想の悪い男は、これだから困る」

ワットは笑いながら、浩志に日本語で耳打ちした。彼はこの二、三年で急速に日本語が上達した。リベンジャーズの共通語は英語だが、メンバーの大半が日本人のために意思疎《そ》通《つう》を図ろうと日本人の講師を雇って特訓しているらしい。それに海外で周囲に気を使うことなく会話するのに一部の親日国を除いて日本語は役に立つ。

浩志とワットは、英語、フランス語、中国語、アラビア語も話せるが、アラビア語を除いて、これらの言語は欧米に限らずアジア圏でも密談には向いていない。アラビア語に関しては、下手にコソコソと話していると、テロリストと間違えられるので理解されなくても使わないほうが無難である。

「カプチーノでも飲みながらお話ししませんか?」

他のテーブルから自分用の椅子を下ろしたミュラーは、席を勧めながら浩志の顔色を窺《うかが》った。どうして浩志が不機嫌《ふきげん》なのか分からないようだ。

全員が座ると、一番端に座った浩志に視線が集まった。

「任せる」

浩志は肩を竦めた。いつまでも腹を立てているのも大人気《おとなげ》ない。

ミュラーはキッチンを覗《のぞ》き、カプチーノを注文した。開店後はすぐに満席になりかねない人気店なので、ミュラーはオーナーの知り合いなのかもしれない。

「ピザは頼めないのか？」

黒板のメニューを見ていたワットが、右手を上げた。浩志とワットは、ホテルのレストランで朝飯をしっかりと食べている。

「まだ窯《かま》に火が入れられていないので、開店前はピザができないんだよ」

ミュラーは苦笑して見せた。そんなことも知らないのかと言いたげである。

「そうかい。残念だな」

ワットは右手でスキンヘッドを叩いて笑った。この男はよく冗談やとぼけたことを言って相手を油断させる。自分をあえて蚊帳《かや》の外に置き、相手を観察するのだ。人畜無害と見せかけているが、自宅から持ってきたグロック26を懐《ふところ》に忍ばせていつでも対処できるようにしている。

味方にとってはこれ以上頼もしい仲間はいないが、敵にとっては文字どおり油断も隙《すき》もない男なのだ。ちなみに浩志もお堅い啓吾には内緒で、ワットから別のグロック26を借りている。

「それでは、本題に入ります。ＩＳが原子力発電所を破壊すると日本政府を恫喝していると聞きましたが、正直言って我々は驚いていません。なぜなら彼らの目的は、この世から非イスラム教徒の抹殺を最大の目的としているからです。彼らはそのために手段を選びません」

ミュラーは興奮気味に話し始めた。今やフランスの最大の敵となったＩＳのこととなると、彼に限らずフランス人は感情的になるようだ。

「我々の調査では、電力会社のサーバーをハッキングした犯人は、パリで行動しているようなのです。おそらくノートＰＣを使っているのでしょう。正確な位置までは掴むことができませんでした。ただ、ハッキングできるような能力を持つ者は、そんなにいないはずです。フランス当局の監視プログラムのジハーディストをしらみつぶしに調べれば、見つかるのではないでしょうか？」

啓吾はミュラーとは対照的にゆっくりと丁寧に話した。場を落ち着かせようとしているのだろう。

友恵は電力会社のハッキングされたサーバーからハッカーの軌跡《きせき》を辿り、発信者のパソコンの固有識別番号であるＩＰアドレスを突き止めた。だが、ＩＰアドレスだけではコンピュータの所在地までは分からない。そこで、このＩＰアドレスあてに彼女は自作のウイルスを送り込んだのである。

このウイルスは特定のＩＰアドレス上で働き、他のパソコンには感染しない。だが、狙われて感染したパソコンからメールや個人情報を抜き出し、友恵が指定した米国の公共機関のサーバーに勝手にアップロードする仕組みになっている。

友恵は集められたデータを、そのサーバーからダウンロードして情報を解析した。たとえ犯人がウイルスの存在に気付き、プログラムを解析したとしても、何の関係もない米国の公共機関のサーバーまでしか辿り着けないというわけだ。

「本来なら、監視プログラムは極秘のため協力はお断りすべきところです。しかし、仏日がお互いの情報を交換することでISを追い詰めていくことができると上層部は判断し、我々と行動を共にしていただくことになりました」

ミュラーは店のオーナーらしき男がカプチーノを持って来たので、話を中断させた。

「ありがとうございます」

啓吾は日本式に頭を下げた。

「ただし、条件があります」

テーブルにカプチーノのカップが並び、店の人間が厨房《ちゅうぼう》に消えると、もったいぶったミュラーが人差し指を立てた。

「何でしょうか？」

笑顔を消した啓吾が首を捻った。

「我々と行動を共にしていただきますが、あなた方は我々の指揮下にいると心得てください。勝手に現場に立ち入らないでください。それから所持されていないと思いますが、銃の使用は厳禁です。テロリストに直接対処するのは、我々にお任せください。また、現場で何か発見された場合は、直《ただ》ちに我々に報告してください。以上の三点を守っていただくことが条件です」

ミュラーは、鋭い視線で浩志とワットを見た。イニシアチブを取ろうという魂胆なのだろう。パリに憧《あこが》れて旅行に行ったものの有色人に対する差別意識が強いことを知って傷つく日本人は多い。パリ症候群と呼ばれているほどだ。浩志は外人部隊出身のためにフランス人の気質はよく分かっている。ミュラーの態度は、フランス人の典型と言える。

「もちろんだ。そもそも銃なんてどうやってフランスに持ち込むんだ。飛行機にだって乗れないだろう」

ワットは大袈裟《おおげさ》に両手を上げて首を横に振った。

「同感だ」

にやりと笑った浩志は、苦味の利《き》いたカプチーノを飲んだ。

三

ヨーロッパ諸国にとって戦後の移民政策は、ナチスドイツのホロコーストを繰り返さないという視点から、人種差別やナショナリズムを否定し、移民に寛容であることを基本にしている。

フランスにおいては、十九世紀後半から出生率の減少による労働力の不足を補《おぎな》うために積極的に移民を受け入れ、第二次世界大戦後もヨーロッパ諸国の先端を行く形で欧州最大の移民受け入れを行ってきた。現在はイスラム系だけでも四百五十万人から五百万人、他の人種も含めて全体で七百万人近い移民がおり、国民の十パーセントを移民が占めている。

だが、冷戦後の不況で移民労働力への需要《じゆよう》が減ったことでフランスにとって移民は「労働力」ではなく「異質な存在」となり、政府は報奨金を出して移民を帰国させる政策すらとった。だが、一度流入した移民は、激増することはなくても減ることはない。貧しさや政治的な差別で国を捨てた彼らに、もはや帰るべき祖国などないのだ。

そこで政府は近年、フランスで生まれた外国人の子供が十八歳になれば自動的にフランス国籍を取得できる法律を作る一方で、移民の求人を特定の業種や地域に限定する差別を合法化する制度を作った。

移民にとって住みにくくすることで、流入を防ごうというのだ。失業率が高い中で自国民を保護する制度であり、ドイツやイギリスでも導入されているが、移民が貧困層から脱却できない仕組みでもある。

フランスの富裕層である支配階級は、大学とは別に高度な専門職を養成する教育機関である〝グランゼコール〟出身者である。ここを出た一部のエリートたちが国を動かし、国家の富のほとんどを牛耳《ぎゅうじ》っていると言っても過言ではない。彼らからすれば、移民にしろ低所得者にせよ、働く奴隷《どれい》であって彼らが貧困からのし上がれないのは当然と考えているのだろう。

参考までにオランド大統領は〝グランゼコール〟の国立行政学院、カルロス・ゴーン氏は同じく〝グランゼコール〟のエコール・ポリテクニークの出身である。彼らはフランスで支配層になるべくして育った人間であることは言うまでもないことだ。

パリ18区、モンマルトルの丘の東側にメトロ4号線のバルベス・ロシュシュアール駅があり、そこから歩いて二、三分の距離にパリで一番安いと評判の巨大ディスカウントショップ〝TATI〟がある。

月曜から金曜日までの営業時間は午前十時から午後七時まで、現在時刻は午前九時五十五分、開店時間を待って出入口前のシャッターに客が集まり始めていたが、突然降り始めた雨で人影もまばらになった。

アジアや中東やアフリカ系の移民に混じって白人のフランス人の姿も見られる。だが、よくよく見ると、近辺の店の看板にはアラビア語が併記され、ウインドウのディスプレーがイスラム教徒向けということに気付く。というのもバルベス・ロシュシュアール駅周辺はアラブ人街であるからだ。

浩志と啓吾はワットが運転するフォードのピックアップに乗り、〝ル・プティ・カンボージュ〃のあった交差点から移動し、〃TATI〃のある表通りから左折し、ベルヴィック通りの駐車スペースに車を停めていた。道の両端に駐車スペースがあるが、一方通行なので同じ向きに車が停めてある。日本では見られないが、フランスではむしろありふれた光景だ。

十メートル先の歩道にミュラーと相棒のトレゾールが乗っていたルノーが停めてある。通りの左手は〃TATI〃の裏側の壁が続き、右手は一階が店舗になっている小さなホテルが軒《のき》を並べていた。

「それにしても、物々しい捜査だな。DGSIは、内務省直下の情報機関と聞いていたからもう少しスマートかと思ったが、違ったらしい」

ワットはハンドルに両腕を載せ、右手にある古い建物を見ながらぼやいた。

ミュラーとトレゾールは数分前に五人の警察官を伴い、通りの中央にあるホテル・ベルビック・モンマルトルに入っている。しかも通りの両端はパトカーで通行止めにしてあった。一般人を寄せ付けないためにしているのだが、大袈裟である。

「出てきましたよ」

後部座席に座っている啓吾が、ホテルの入り口を指差した。警察官に両脇を摑まれてアラブ系の男がホテルから出て来ると、その後ろにミュラーとトレゾールが大きな旅行カバンを持って現れた。男の手荷物なのだろう。

「また、いきなり逮捕したようだな。大丈夫か？」

ワットが苦笑を浮かべた。

ミュラーらはホテル・ベルビック・モンマルトルに隣接するアングレテ・ホテルで、すでに二人のアラブ系の男を拘束《こうそく》して護送車に乗せている。

「ここはフランスだからな」

浩志は鼻で笑った。

日本を恫喝したハッカーの捜査のため地道に聞き込みをするのかと思っていたが、どうやらとりあえず逮捕してから尋問《じんもん》するようだ。彼らは移民が弁護士を雇ってまで訴えるとは思っていないのだろう。人権は自国の国籍を持っている者にあるという考えが、フランスに限らず欧米諸国にはある。彼らが理念とする寛容の精神は建前に過ぎないのだ。

ミュラーとトレゾールは持っていた荷物と拘束したアラブ系の男をホテルの前で待機していた別の四人の警察官に引き渡すと、再び警察官隊を引き連れて浩志らが乗っている車の目の前にあるホテル・パリに消えた。

四人の警察官らは通りの端に停めてある護送車に拘束したアラブ系の男を乗せた。まるで引っ越しの荷物を渡された業者のように警察官らは機械的に男を護送車に乗せ、荷物をパトカーに積んだ。

「あいつら、この界隈《かいわい》のホテルで目星をつけていた連中を、片っ端から逮捕するつもりなのか」

ワットは両手を上げて伸びをしながら、大きな欠伸《あくび》をした。ここに来て二十分近く経つが、三人ともただ待つほかかない。誰もが手持ち無沙汰なのだ。

「フランス当局の監視プログラムでマークされているジハーディストの中でも、さらに絞っているはずです。ただ、人物が特定されていない現段階では、候補者は数十人ほどいる可能性がありますね。だとすれば、護送車は一台じゃ足りませんが」

啓吾は渋い顔で溜息を吐いた。彼はミュラーらに対して、ピックアップしたジハーディストのリストを要求したが、拒否されている。

待つこともなくホテル・パリから出てきたミュラーらは、三人のアラブ系の男を拘束して、護送車に乗せた。

「場所を移動する」

浩志らの車の脇を通る際、ミュラーが声をかけてきた。まだ逮捕するつもりらしい。

「俺たちは、見ているだけか？」

ワットが運転席の窓を開けて尋ねた。

「君らは、大事な客人だ。危険な目に遭わせるわけにはいかない。それに逮捕権も持っていない外国人が捜査に加われば、非難されるのは当局だ。だろう？」

ミュラーはわざとらしく念を押してきた。

「尋問は立ち会わせてくれるんだろうな」

車を下りた浩志は、ミュラーの前に立った。

「無論です」

ミュラーは浩志の視線を僅《わず》かに外して答える。幾多の紛争地を経験してきた鋭い視線に圧倒されたのだろう。

「その言葉、忘れるなよ」

浩志は表情もなく頷いた。

四

午後七時。フランス国内治安総局（DGSI）がバルベ地区のアラブ人街で行ったジハーディスト不審者の一斉摘発に付き合った浩志らは、クリニャンクール通りに面したパリ18区警察署にいる。

DGSIの情報員であるミュラーらは、アラブ人街で十一人のジハーディストを拘束した。ところが、DGSIで一度に多人数を拘留する留置所がないという理由で地元の警察署に移送したのだ。それほどDGSI本部が手狭《てぜま》とは思えないが、18区警察署はアラブ人街と七百メートルほどしか離れておらず、逮捕に協力させた警察官もそのまま使えるので便利というのが本当の理由かもしれない。

浩志とワットと啓吾は、薄暗く狭い部屋で椅子に座り、ガラス窓越しに隣りの部屋の様子を窺っていた。

窓ガラスはマジックミラーの裏側で、隣室は取調室だ。ミューラーが一人のアラブ人を相手にフランス語で尋問している。相手はシリア訛《なま》りのアラブ語で返事をしており、まったく嚙《か》み合っていない。ミューラーは浩志に尋問に立ち会わせると言っていたが、観覧させるの間違いだったようだ。

「ミューラーは、アラブ語が話せないのか？　それともフランス人だからか？」

ワットはガラス窓に顔を突き合わせて首を捻った。

パリっ子は、外国人に英語に限らず外国語で話し掛けられた際、理解できてもフランス語でしか答えない。パリに来たらフランス語を話すのは当然と思っているからで、パリが世界で一番優れた都市だと自負しているフランス人ほど、他国を見下す傾向があるようだ。

「シリア訛りだと聞きづらいかもしれませんね。それともミューラーは、フランス語が理解できるかどうか、試しているのかもしれませんよ」

啓吾はガラス窓の脇に備えているスピーカーの音量を上げた。

「ユーセフは、犬野郎と罵《ののし》っている」

浩志はぐるりと首を回した。アラビア語で犬は、相手を蔑《さげす》む言葉である。ガラス窓の正面にユーセフ・パシャルと名乗った三十代半ばのシリア人が座り、ミュラーは背を向けて座っていた。そのため彼の表情は分からないが、言葉に反応している様子はない。ユーセフは、尋問室に入って来るなりアラビア語で捲《まく》し立て、パスポートがないのは難民だからだと説明した。もっともそれを証明する手立てはない。

浩志が尋問すれば、シリアやイラク情勢を知っているだけに違う聞き出し方はできるだろう。あるいは中東諸国の訛りまで理解できる啓吾に尋問させ、その反応をみる手もある。

「確かにな。俺がミュラーだったら、ユーセフの首を絞めているかもな」

ワットは腕を組んで笑った。

――どいつもこいつも、もういい。次だ！

スピーカーからミュラーの苛《いら》ついた声が響いてきた。

「捕まった連中は馬鹿じゃない。まともに口は利《き》かないだろう」

浩志は尋問室から出て行く男を見つめながら言った。この男も含めて十人の男をミュラーはすでに尋問しているが、十人ともフランス語はほとんど口にしなかったのだ。

「どうする？　ここにいるだけで、時間の無駄だ」

ワットは両掌を広げて、首を傾げた。

「まったく無駄でもない」

浩志は手元に小さなメモ用紙を持っていた。捜査の途中で抜け出して、ディスカウントショップ〝TATI〟で買ったものだ。

「そういえば、何をメモしているんだ？」

ワットがメモ帳を覗き込んできた。

「尋問された連中の名前と特徴だ」

尋問室に入ってきた男たちはフランス語が分からないのか、あえて話さないのかは不明だが、少なくとも尋問されるという状況は理解していた。そのため、十人中八人が名前を名乗っている。

また、どこから来たのか、具体的に話している者もいた。浩志は彼らが話した内容を箇条書きにし、同時に彼らの態度も書き込んでいる。彼らが、真実を話しているかどうかは、彼らの目線や仕草で分かる。刑事時代に養ったテクニックは忘れるものではない。だが、彼らの言語も理解していなければ、それが嘘かどうかは判断できない。ミュラーにとっては意味もない尋問だとしても、浩志にとっては人物を見極める手立てにはなっているのだ。

「さすが元刑事だな。俺のような根っからの軍人じゃできない」

メモ帳を見たワットは、大きく頷いて感心している。

尋問室に新たなアラブ系の男が連れてこられた。アラブ人特有の眉毛が太く、奥まった目は黒々としている。身長は一八〇センチほど、首が太く体格はいい。少なくともパソコンが得意なタイプではなさそうだ。年齢は三十代半ばか。

——まずは、名前と年齢だ。

ミュラーは懲《こ》りもせずにフランス語で尋ねた。

——私の名前は、アリ・シハーブ、イラクから来ました。

アリと名乗った男は多少発音がおかしいが、正確なフランス語で答えた。怯《おび》えた様子はなく、堂々としている。

——やっと、まともに話すことができるやつが現れたか。フランス語は話せるんだな。

ミュラーはトレゾールと顔を見合わせて笑った。本当にＤＧＳＩの職員か疑わしくなってくる。

——大学で習いました。

——どうしてパスポートを持っていない？

——国境を越える際になくしました。それでトルコから貨物船でやってきました。沢山《たくさん》お金使いました。

アリは首を振って、悲しげな顔をして見せた。

トルコはアジアから欧州への玄関口になっている。そのため、中東に限らず、アジア諸国からの移民や難民の経由地となっており、密航ブローカーも多い。だが、法外な値段を要求され、密航者は隠し持っていた金品を巻き上げられるのだ。

トルコ西部アイバチック周辺は、ギリシアへの密航基地となっている。二〇一五年十一月にトルコ治安当局により、密航ブローカーが逮捕され、千三百人の違法移民が収容所送りとなった。

――ムッシュ・シハーブ、もし、協力してくれるなら、私が移民局に話を通してもいいんだぞ。

ミュラーはこれまでに聞いたこともないような猫なで声を出した。

――考えさせてくれ。もし、通訳のようなことをすれば、フランスの犬だと思われる。下手したら殺されるかもしれない。

アリは俯《うつむ》き加減に答えた。

――いいだろう。協力する気になったら、声をかけてくれ。

ミュラーの言葉にアリは、力なく頷く。

――もちろんだ。もし、身分を先に保証してくれるなら、何でも協力する。

アリはぎこちなく笑って見せた。

――今のフランスで移民は厳しい扱いを受ける。私の気を惹《ひ》いといた方がいいぞ。

立ち上がったミュラーは、振り返ってニヤリとした。自分の尋問を自画自賛しているらしい。この男は使えると言いたいのだろう。

だが、浩志の見方は違っている。拘束された十一人の中で、アリが一番嘘をついているはずだ。彼が会話中にわずかに小鼻を膨《ふく》らませたり、眉を動かしたりしたのを元刑事である浩志は見逃さなかった。誰でも嘘をつくときは、体が反応するものだ。

「ふうむ」

二人のやり取りを見ていた浩志は、低い声で唸《うな》った。

「どうした？」

ワットが浩志を見て首を捻《ひね》る。

「作戦を立てるか」

浩志は立ち上がると、ニヤリとした。

五

翌日の午前十時、パリ18区警察署。

地下一階の拘留所に手錠をかけられた二人の男が、四人の警察官とともに現れた。

二人ともジーパンに薄汚れたジャンパーを重ね着している。

「俺たちは、難民だ。テロリストじゃない！」

スキンヘッドの男がアラビア語で叫んだ。ワットである。もう一人の疲れた様子で歩いているのは、浩志であった。

「何を言っているのか、さっぱり分からない。さっさと入れ」

先頭を歩いていた警察官が、二人の背中を突き飛ばして拘置室に押し込むと、鉄格子《てつごうし》の扉をスライドさせて閉めた。

「手錠《てじょう》を鉄格子に近づけろ！　分かるか？　手錠だ、手錠」

警察官は両腕を鉄格子に近づけるようにジェスチャーで示した。鉄格子の隙間は、腕が通るほど開いていない。テレビや映画で囚人が中から腕を出して監守の首を絞めるシーンがあるが、あれほど間抜けな状況は現実ではありえないのだ。

浩志らは無言で鉄格子に腕を押し付けて、隙間から手錠の鍵の部分を出した。

「さっさと、外してくれ。ムッシュ」

アラビア語で話した浩志は、ムッシュだけフランス語で嫌味を込めて付け加えた。浩志らのアラビア語は、酷く訛っている。

「それでいいんだ」

警察官は二人の手錠を外すと、異常がないか他の拘置室も調べて出て行った。

「パリなんかくるんじゃなかったな」

ワットは廊下に向かって唾を吐いた。

「騙《だま》されたんだ！　この国に自由はない。中国と大して変わらない糞《くそ》だ」

浩志は激しい口調で相槌を打った。

「おまえたちは、どこから来たんだ。何を言っているのか、よく分からない」

拘置室には先客が二人おり、どちらもミュラーに尋問を受けた男たちである。そのうちの一人が、フランス語が話せるアリ・シハーブであった。

「俺たちは、ウイグル人だ。ちゃんとアラビア語を話しているつもりだがな」

浩志は手首をさすりながら答えた。

ウイグル語はウズベク語と似ており、アラビア語やペルシャ語やロシア語などからの語彙《ごい》が多く含まれる。ウイグル語を知る啓吾に指導してもらい、浩志とワットはアラビア語を基にロシア語や日本語の単語を適当に入れて、ウイグル人がアラビア語を話した場合を想定してそれらしく聞こえるようにしていたのだ。

浩志は彫《ほ》りが深く日に焼けて、髭が濃いのでアラブ系の顔に見えなくもない。また、ワットはアングロサクソン系白人とメキシコ人の混血のため肌は小麦色をしており、ウイグル人と言われても違和感はない。現に中国では共産党軍の兵士にウイグル人と間違えられてリンチされたこともある。

「ウイグル人か、確かに二人とも中央アジアの顔をしているな。俺はイラク人でアリ・シハーブ、こっちは、シリア人のユーセフ・パシャルだ。昨日捕まった」

アリは傍の男を紹介した。

ミュラーにこの二人が一緒の部屋になるように浩志は、指示をしている。というのも拘束した十一人のアラブ人の中で、この二人だけが抜きん出て怪しいと浩志は睨《にら》んだからだ。

「俺はアジャティ・モハメド。こいつはアセン・シャブルだ」

名前も啓吾に付けてもらった。アジャティは解放を意味し、アセンはイスラム教の聖者の名前である。

尋問ではダメだと判断した浩志は、拘束したジハーディストと直接会話できるようにミュラーを説得した。いわば潜入捜査だ。

浩志だけでなくワットや啓吾までもアラビア語が堪能《たんのう》だと聞かされると、さすがにミュラーも折れるほかなかったのだが、昨夜提案して許可が出たのは一時間前のことである。それから古着を買って、様々な準備を整えた。

「おまえたちもパリに難民としてきたのか?」

ユーセフと顔を見合わせたアリが、尋ねてきた。

「弾圧が厳しくてトルコで働いていたが、国に帰れなくなった。最近じゃトルコも居づらくなったから、フランスに来たんだけどな」

浩志は歯切れ悪く話し、訳ありだと思わせるために肩を竦めてみせた。

清《しん》朝の支配下にあったウイグルは東トルキスタン共和国として独立を図ったが、石油や天然ガスなど地下資源が豊富な地域の独立を中国が許すはずがなく、一九四九年に人民解放軍が圧倒的な兵力で蹂躪《じゆうりん》して、一九五五年、新疆《しんきよう》ウイグル自治区となった。以来ウイグルは中国の同化政策により、弾圧を受け続けている。

中国はこの地に漢《かん》民族を積極的に移住させて、現在では総人口約千九百万人のうち三分の一を占めるまでになった。

現政権の習近平《しゆうきんぺい》国家主席は、この地域の中国化をさらに推《お》し進めるべくイスラム教すら否定する政策に乗り出し、逆らう者はすべてテロリストだと位置付けている。また海外でテロ事件が起きる度にその報道を利用して国内テロ対策強化だと称し、暴政を正当化しているのだ。

「俺たちも街が戦場になったから、やむなくヨーロッパに逃げてきたんだ。似たようなものだな。故郷では何をしていたんだ?」

アリは浩志らと適当に話を合わせながら、探りを入れているらしい。戦地を流浪してきた者は疑り深く、境遇が似ているからといって初対面の人間を信用することはないのだ。

「仕事はなかった。何もできなかったんだ。だが、中国人からテロリスト呼ばわりされ、いつ殺されるかビクビクしていた」

浩志は気だるそうに言った。

「そうかい、大変だったな。眠くなった。横になる」

話は続かず、アリとユーセフは、部屋の隅に置かれていた毛布をかけて床に直接横になった。

「俺たちも疲れたな」

無理に会話をすれば、怪しまれる。浩志らも毛布を尻に敷いて座った。暖房は入っているが、コンクリートの床は冷えるのだ。

拘置室は大小六つあり、窃盗などの容疑者に加え昨日はイスラム系が十一人も勾留《こうりゅう》されて満杯になっている。

「うん？」

浩志は館内が急に騒がしくなったことに気が付き、立ち上がった。

「どうした？」

ワットも体を起こして耳をすませている。

叫び声に続き、銃声がした。

ジャケットに隠し持っているスマートフォンが反応した。もちろん振動も呼び出し音もしない。浩志はいつも使っている超小型のブルートゥースイヤホンを耳に入れており、さりげなく耳元を押さえて通話スイッチを入れた。

装備というほどのものではないが、リベンジャーズでは数年前から超小型のブルートゥースイヤホンとそれに対応する小型の無線機やスマートフォンは、任務では必ず携帯することになっている。ただし小型の無線機は通信距離が短いため、今回はスマートフォンを使っているのだ。

——大変です。警察署にテロリストが乱入し、射殺されました。

啓吾からの連絡だ。

浩志は通話スイッチを切ると鉄格子のドアに近づき、ポケットに隠していた釘を出して鍵穴に差し込んだ。鉄格子は電子式ではなく、南京錠《ナンキン》にも使われている旧式のウォード錠で、仕組みさえ分かっていれば釘一本で開けられる。

ものの数秒で手元の鍵がカチッと音を立てて、鉄格子のドアは開錠された。浩志は身をかがめて周囲を見渡した。ミュラーには拘置室に入り、同室のジハーディストに探りを入れると提案したが、それだけで大した情報が得られるとは、最初から思っていない。ミュラーがどこまで許容範囲を持っているかは疑問ではあるが、潜入捜査である以上その場の状況判断で行動すると言っておいた。

「逃げるつもりか」

アリがむくりと起き上がった。

「俺たちは、中国に送還されたら死刑だ。おまえらと違う。外が騒がしい。何かあったのだろう。逃げるのなら今だ」

浩志は人差し指を口に押し当てて答えた。中国では圧政に堪えかねて出国した者はすべてテロリストと判断し、見つけ次第処罰される。基本は死刑だが。

中国政府がウイグルでイスラム教の風習を禁じるなど、すべてのウイグル人が罪を犯すように仕向けているのは、民族抹殺つまりジェノサイドを行い、新疆ウイグル自治区からウイグルの文字を消し去るためである。

「俺たちも逃げる」

アリとユーセフも立ち上がった。やはり二人は乗ってきた。やましいことがなければ逃げる必要はない。浩志の勘は当たったようだ。

「いいだろう」

廊下の様子を窺っていた浩志は鉄格子を開けた。

六

二〇一六年一月七日正午、パリ18区警察署に大小二本のナイフを持った男が、「神は偉大なり」と叫んで乱入し、警察官に射殺された。男はイスラム国ISの旗を描いた紙や、ISの関与を匂わせるデータが入った携帯電話を所持していたそうだ。

ちょうど一年前の二〇一五年一月七日、覆面《ふくめん》をした複数の武装過激派が、出版社の〝シャルリー・エブド〟本社を襲撃し、編集者や警察官を含む十二人を殺害した。同社がイスラム教の預言者ムハンマドを題材にし、イスラム過激派を挑発する風刺画を週刊新聞〝シャルリー・エブド〟に掲載したことが直接の原因である。

一年前の事件と同じ日付で18区警察署が襲撃されたので関連性は指摘されたが、犯人が射殺されたため犯行の動機は解明されなかった。

まさにこの襲撃事件を利用した浩志は、ワットと二人のジハーディストを連れて警察署地下の拘置室を脱出した。もともと夜までに何も情報が得られなければ、拘置室から脱出を装《よそお》ってアリたちを泳がせて反応を見るつもりだった。

他の三人を階段下に待たせた浩志は先に一階に上がり、フロアを覗いた。玄関前は大勢の警察官が右往左往している。

「おっと」

慌てて階段下に浩志は隠れた。上の階から数人の警察官が下りて来たのだ。

やり過ごした浩志は、ワットと二人のジハーディストに手招きをして非常階段をそのまま上に向かった。

「どこに行くんだ？」

慌ててアリが尋ねてきた。

「警官で溢《あふ》れかえった正面玄関から、四人のジハーディストがのこのこと出られると思うのか？」

浩志は質問で切り返した。拘置室からの脱走は、ミュラーらはもちろん18区警察署も感知していない。知っているのは、啓吾だけである。彼は署内の動向をスマートフォンを通じて知らせることになっていた。

「大丈夫なのか？」

アリは不安げな表情で、ユーセフと顔を見合わせている。

「アジャティが言うのなら間違いない。疑うな」

首を振ったワットは、アリの肩を叩いた。

「いいからついて来い」

浩志は自信ありげに頷くと二階のフロアを覗き、さらに階段を上がった。

ワットはさりげなく一番後ろにつき、アリとユーセフを先に歩かせた。

「あったぞ」

三階を覗いた浩志は他の三人についてくるように合図を送ると、鑑識スタッフルームと書かれた部屋に入った。

浩志は入口近くのロッカーを調べてデジタルカメラを三台探し出した。鑑識が使うもので、一眼のデジタルカメラである。途中で浩志の意図に気付いたワットは、ストロボやショルダーバッグなどを近くのテーブルの上に並べた。

アリとユーセフは、浩志たちが何を考えているか読めずに傍観しているだけだ。

「これを首にかけろ」

浩志は二人にストロボを組み合わせたデジタルカメラを渡した。

「……」

アリとユーセフは受け取ったものの首を捻っている。

浩志は薄汚れた上着を脱いで近くのゴミ箱に捨てると、カメラを首にかけた。

「まだ気がつかないのか。下の騒ぎは、ただ事じゃない。俺たちは現場に一番に駆けつけた中東のジャーナリストだ」

ワットは、短い金属製の棒の先に布製のガムテープを巻きつけながらニヤリとした。しかも、いつの間にか別のロッカーから見つけたキャップ帽を被って頭を隠している。

「ジャーナリスト……」

アリはまだ納得していないようだ。

「走るぞ」

浩志は構わず、部屋を出て階段を駆け下りた。

一階と正面玄関はまだパニック状態である。救急車を手配したらしく、遠くからサイレンが聞こえてくる。

「アセン、頼んだぞ」

浩志はワットの背中を叩くと、玄関の手前で野次馬状態になっている警察官らをかき分けて前に出た。

玄関先に数発の銃弾を受けた男が倒れている。近くに全長四十センチ前後あるアラビアンナイフと二十センチほどのサバイバルナイフが落ちていた。

浩志がカメラのシャッターを切ると、慌ててアリらもカメラを使い出した。

「アルジャジーラの取材です。誰か責任者はいませんか？」

ワットはフランス語で近くに立っていた警察官に右手に持った金属棒を向けた。現場のリポーターのつもりなのだろう。不思議なことに金属棒が、マイクに見える。

「アルジャジーラだと⁉　詳しくは後で発表する。まだ現場検証もしていない。帰ってくれ」

目を釣《つ》り上げた年配の警察官が飛んできて、右手を振って追い払う仕草をした。アルジャジーラは、本社がカタールのドーハにある衛星テレビ局である。そのため欧米人には目の敵《かたき》にされているようだ。

「仕方がない。撤収《てつしゆう》するか」

肩を竦めた浩志はアラビア語でアリたちに伝え、三人を引き連れて警察官の群れの外に出ると、ゆっくりと歩いて警察署前のクリニャンクール通りから一本東のバルベス通りに出た。

「うまくいったな」

ワットはさりげなく金属製の棒を路上駐車している車の下に投げ捨てた。

「当てはあるのか？」

アリが浩志と並んで尋ねてきた。

「インシャラー」

神の御意志で、という意味だ。潜入捜査に筋書きなどない。

浩志は苦笑して首を振った。

パリ19区

一

　昨日の空はなんとか一日持っていたが、夜が明けるのを待っていたかのように雨は降り出した。午前十時二十分、気温は七度と底冷えがするが、雪にならないのは上空の寒気がそれほど強くないためだろう。

　美香はプリウスを松江城の大手前駐車場に停め、ホテルで借りたブルーの傘を手に車から降りた。

　一月七日木曜日、まだ市内の小学校は冬休みなのだろうか。平日にもかかわらず子供連れの姿が見受けられる。だが、観光客が大勢いるわけでもない。

「冷えるわね」

　思わず傘を持った手に暖かい息を吹きかけた美香は、城郭《じようかく》を見上げた。さすが大坂の陣で活躍し、徳川《とくがわ》家に厚い信頼を受けていた京極忠高《きょうごくただたか》が築城しただけはある。立派な石垣と黒壁の城壁は質実剛健だ。

美香は大手木戸門跡の広場を抜け、太鼓櫓《たいこやぐら》下の石段を上った。

彼女が仕事にかこつけて島根県に来たのは他でもない浩志の父浩一の死亡報告書を基に死の真相を究明すると同時に、遺骨を捜すことである。

昨日会った島根県警捜査第一課の刑事村上から、浩一の遺骨が出雲市の福祉担当部署が管轄する施設からなくなったと報告を受けた。遺骨を盗む者がいるとは考えられず、手違いで県内の別の場所に紛《まぎ》れ込んだ可能性もあり、現在捜索中だという。

また、海岸で発見された浩一が所持していた遺品のメモ帳を、美香は村上から受け取っている。彼女は市内のホテルにチェックインすると、すぐに洗面所に水を溜めて海水で閉じられたメモ帳を浸した。一晩かけて塩分を抜き、早朝から慎重にページを開いては水気を拭《ふ》き取って最後はドライヤーで乾かした。

幸いなことにボールペンで書かれていたため、文字は判読できる。以前住んでいた近所の住人から浩一は几帳面だと聞かされていたとおり、メモ帳には性格を表すように丁寧な字で日付と行き先が記載されていた。ただ日記とは違うので、浩一が何を思って書き残したかまで分かるほどの情報量ではない。

日時は昨年の十月三十日からはじまっている。美香は手がかりを得るべく浩一の足跡を辿ることにしたのだ。

「十月三十日金曜日、雨、松江城、武家屋敷、小泉八雲《こいずみやくも》旧居か。天気も同じね」

美香はメモ帳の最初のページの記載を改めて見た。

浩一のメモ書きは、日付と天気と場所、たまにレストランや飲み屋と思われる店の食事の内容などが書かれていたが、全体的に簡素である。また、日付の横にチェックマークがあった。すべての日付にチェックマークが付けられているので、浩一は自分の行動を後で確認していたのかもしれない。

太鼓櫓の石段から、三ノ門、二ノ門を抜け、一ノ門への石段を上る。浩一は享年七十八だったが、ここまでの石段と坂道を一人で上ることができたのなら年齢の割には健脚だったのかもしれない。

一ノ門を潜ると視界が広がり、洋風な庭園の向こうに五層六階の望楼型の天守閣が姿を現した。

「まあ」

松江城の天守閣を目の前に美香は感嘆の声を上げた。

まるで千鳥《ちどり》が羽を広げたような優雅な姿から〝千鳥城〟とも呼ばれている天守閣は、壁面が黒塗りの雨覆《あまおおい》板で覆われており、白壁とのコントラストが美しく荘厳《そうごん》である。いささか遅すぎる感はあるが、二〇一五年五月に重要文化財から正式に国宝に指定された。

天守閣は地階の籠城用の穴蔵の間からはじまり、二階には石垣に近づく敵に石を落とす〝石落とし〟など、戦国時代とかわらぬ実戦的な城である。また、歴史的建造物であると同時に鎧《よろい》や兜《かぶと》が陳列されており、博物館としても機能していた。

美香は他の城では見られないという防火防腐のために桐《きり》で作られた急な階段を上り、最上階の望楼に辿り着いた。

望楼は柱が少なく三百六十度見渡せる作りになっている。雨で視界が悪いが、松江市内が一望できる風景が広がっていた。

特に一ノ門がある南西の方角は、城内の木々の向こうに松江市街が続き、雨で霞《かす》む宍道湖まで見渡せる。

望楼の手すりに手をかけた美香は、目を細めて景色を眺めた。天気が良ければ、宍道湖の対岸の山々まで見える絶景に違いない。とはいえ抜きん出て高いビルはなく、空が広いだけに雨に濡れた街も風情があっていい。

「見て見て、奥の建物の向こう側って宍道湖よ」

「海じゃないんだ」

「日本海は反対よ。見えないけど」

すぐ近くのカップルがはしゃいでいる。

「ふう」

溜息を漏らした美香は望楼を後にし、急な階段を黙々と降りて城を出た。車には戻らずに三ノ門脇にある歩道を城壁に沿って北に進む。途中で鬱蒼《うっそう》とした林を抜けて突き当たりを東に向かい、北惣門橋で内壕を渡れば城外に出ることができた。

立派な和風建築の松江郷土資料館の前を通り、木橋である宇賀《うが》橋で内壕の北側に渡り、壕に沿って西に向かうと武家屋敷があったエリアに到着した。

雨が止んだので傘をたたんで堀沿いに歩いていると、二羽の水鳥が音もなく舞い降りて水面に波紋を広げた。

足を止めてつがいの水鳥に目を落とした美香は、隣りに浩志がいたらいいのにと、ふと思った。実に人恋しくなる風景である。

「……」

目の前を優雅に通り過ぎる水鳥を見送った美香は、首を傾げた。

浩一は東京で一人暮らしをしていたため、転居先の島根県でも当然のごとく一人で行動していたと思っていた。また、家を処分してまで地方に来たのは、都会暮らしが嫌になったからだと推測していたのだが、疑問を感じたのだ。

浩一の七十八歳という年齢に先入観を持っていた。ひょっとして誰かに会うためだったとしたら、しかもそれが女性だとしたら。

「可能性は捨てきれないわね」

美香は慌ててバッグからスマートフォンを出して電話をかけた。

「友恵ちゃん？　またお願いがあるの」

――なんでも言ってください。

友恵の頼もしい声が返ってきた。

二

パリ19区は、二十に分割されたパリの行政区の中でも一番北東部に位置し、二十区の中では四番目に人口が多い。これといった観光スポットもなく、住宅が多い地域であるが、18区同様治安は最悪である。

午後五時四十分、浩志とワット、それに一緒に拘置室を脱走したイラク人のアリ・シハーブとシリア人のユーセフ・パシャルは、一旦徒歩で9区まで行って図書館で時間を潰《つぶ》した。脱走しただけに下手に動くと警戒網に触れる恐れがあったからだ。だが、パリ警察は18区警察署に乱入したテロリスト対策に追われて浩志らにまで手が回らないらしく、地下鉄駅周辺の警戒もそれほど厳しくはなかった。

浩志らは日が傾き始めるのを見計らって地下鉄で移動し、19区にあるジョルダン駅で降りた。脱走はしたもののあてがないという浩志に対して、アリは知人を紹介すると提案したからだ。

地下鉄の出入口を出ると、サン＝ジャン・バプティスト教会前の小さな広場があるベルヴィル通りである。広場を囲むように通りには、カフェや化粧品やパン屋など、パリらしい風景であるが、教会前を過ぎて右折した途端《とたん》、妙に薄暗くなった。街灯はなく、古い三、四階建てのアパートが連なる裏通りは人気があまりない。レンガの壁のあちこちにスプレーペイントの落書きがある。治安が悪いと聞いていたが、噂《うわさ》通りのようだ。

「19区はやばいところだと聞いたが、静かでいいところだな」

ワットが笑顔で言った。だが、態度とは裏腹にかなり警戒しているようだ。傍を歩く浩志もそれとなく辺りを窺っている。路地に入った途端視線を感じているからだ。

「のんきなやつだ。まあ、俺たちみたいなアラブ人が襲われることはないが、観光客が夜中に歩こうものなら間違いなく強盗に遭うような街さ」

アリは振り返って笑った。

「おまえの知人は、俺たちを本当に助けてくれるのか？」

周囲に人気が絶《た》えたので浩志は質問をした。さすがに移動中の地下鉄では聞くことができなかったのだ。

「俺が保証するから大丈夫だ。なんせ、おまえのおかげで拘置所から出られたからな」

「まさかのパニック状態だったからな。フランス人は、バカみたいにテロに怯えている。

あんなことは、ウイグルじゃ、日常茶飯事だがな」

浩志はわざと下品に笑った。

「ところで、アセン、聞きたいことがある。さっき、おまえはフランス語をしゃべっていたな。どこで覚えた。ウイグル人が訛りのあるアラビア語を話すのは分かる。だが、中国でフランス語を覚えたのか？」

街角を曲がったところで、アリは訝しげな目をワットに向けた。すると近くのアパートから四人のアラブ系の男が現れ、浩志とワットを囲むように立ち塞《ふさ》がった。

「何の真似《まね》だ」

浩志はアリとユーセフを睨みつけた。

「アセン。俺の質問に答えろ」

「俺は二十歳でウイグルを出ている。それから放浪して、チュニジアにいたことがあるんだ。あの国はムスリムには居心地がいい場所だった」

ワットは、右手の小指で耳の掃除をしながら答えた。

「チュニジアか、あそこならアラビア語もフランス語も話すからな。だが、おまえたちの態度がどうも腑《ふ》に落ちない。パニック状態の警察署を平気で脱出した。特殊な訓練を受けたか、警察とグルに違いない」

ワットの説明にアリは納得していないらしい。

「俺たちはパキスタンで訓練を受けたんだ。当然だろう。アジャティとはそこで会ったんだ。同郷の仲間は何人もいたよ。地理的にも近いからな」

ワットは肩を竦めて見せた。

パキスタンにはかつて三十三箇所のテロリスト訓練キャンプがあったと言われている。しかも政府が援助している訓練場もかなりあった。というのもインドやアフガニスタンでの紛争にテロリストを送り込むという手法をパキスタン政府がとっていたからだ。

現在でも政府未公認（？）の訓練キャンプはあり、米軍による空爆の対象となっているが、公式にはパキスタン政府はテロリストとの決別を宣言しており、インドとも和平の道を探っている。

「なるほど、筋は通っている。だが、それだけに、嘘くさいんだよ。本当のことを話してもらおうか」

アリが頷くと、四人の男たちは懐から刃渡りが二十センチはありそうなサバイバルナイフを出し浩志とワットを取り囲んだ。

「馬鹿な。ここで通報されたら、今度は刑務所行きだぞ」

浩志が右眉を釣り上げた。

「この界隈で通報する住民はいない。たとえ昼間だろうとな」

アリは腕を組んで建物の壁際まで下がった。

「言っておくが、素手だからって俺たちを嘗《な》めてかからない方がいいぞ。さっきも言っただろ、俺たちはキャンプで鍛えられているんだ。おまえたちじゃ敵《かな》わない」

ワットは頭をかきながら苦笑いをした。

「それはどうかな。この四人は、元イラク軍の特殊部隊にいた精鋭だ。たかが訓練キャンプの軍事訓練を受けたアマチュアテロリストとじゃ、比べるまでもないと思うがな。今のうちに正直に答えることだ」

アリは腕を組んで建物の壁に寄りかかった。高みの見物と決め込んだようだ。

「元特殊部隊の精鋭か。それなら、多少痛い目にあっても平気だな」

浩志は首をぐるりと回し、指の関節を鳴らした。

「どうする? 俺一人でも大丈夫だが、あんまり力の差を見せつけてもダメだろう」

ワットが中国語で囁《ささや》いた。ウイグル族と騙《かた》っただけに違和感はない。

「目の前の二人を片付ける。あんまり痛めつけるなよ」

浩志も中国語で返し、眼前の男たちをちらりと見た。

「了解。任せとけ」

ワットは浩志と背中合わせになりニヤリとした。

「何をひそひそと話をしている。馬鹿な奴らだ」

アリが仲間に右手を喉元で横に引いて見せた。傍らのユーセフは、腕を組んで成り行きを見守っている。

浩志の左前方の男がナイフを振り下ろしてきた。元特殊部隊隊員というだけのことはある、鋭い斬撃だ。だが、浩志は一瞬早く男の懐に体を回転させながら飛び込むと同時に左肘《ひじ》打ちを男の鳩尾《みぞおち》に入れ、体勢を崩した男の顔面に裏拳を叩き込んだ。

「むっ！」

驚いた右側の男が、ナイフを唐突に突き入れてくる。

浩志は左に避けて男の腕を摑んで引き落とし、前のめりになった男の首を右腕ですくい上げて後方に投げ飛ばした。二人の男を倒すのにおよそ八秒。振り返ると、ワットが二人目の男の鳩尾に重いパンチを入れて気絶させるところだった。

「くそっ！　俺の方が遅かったか」

ワットは浩志がすでに二人の男を倒していることが分かると、地団駄《じだんだ》を踏んだ。

「なっ！」

アリが壁際で呆然としている。

「余興は終わりだ。知人に会わせてもらおうか」

浩志は息も乱さず、何事もなかったかのように尋ねた。

「……あっ、ああ」

アリは一拍遅れて返事をした。

三

午後七時、パリ19区にあるアパートの一室で浩志とワットは中華料理を食べていた。

フランス人はレストランからの「持ち帰り」という習慣がない。客ははしたないと考え、食中毒で訴えられたら困るというのが店側の都合だ。浮浪者にまで訴えられないようにとゴミ箱に鍵をかけたり、中には廃棄食品に塩素を混ぜるやり過ぎな店もあるらしい。一方、中華系の店では逆に「持ち帰り」を促す店や、ファーストフードとして店頭で受け渡し可能な店もある。浩志とワットが食べている中華料理も近くにある店の持ち帰り商品らしく、宿が用意したものだ。

フランスの中国系の人口は五パーセントと、十パーセントというアラブ系ほどではないが比率としては多い。

一八四八年の奴隷解放制度の実施によりアフリカ系に替わって中華系移民を多く受け入れるようになった。その後第一次大戦中に労働力の不足を補うために華僑《かきよう》の流入が増え、現在に至る。フランスは自国の国力を補強する目的で、階級ピラミッドの底辺を他国民で補ったのだが、それが今日フランスが病んでいる一番の理由なのだ。

ヨーロッパ最大の中華街はパリの13区ポルト・ディタリーにあるが、その他にも11区べルビル、4区アルゼメティエ、それに19区のラ・ビレットがある。

「このチャーハンは、俺が食べた中華料理の中でも最悪の糞だ！」

ワットは持ち帰り用の箱詰めのチャーハンをスプーンで食べては、中国語で愚痴《ぐち》をこぼしている。盗聴されている可能性も含めて、中国語で会話するのが今は一番安全なのだ。

チャーハンにはネギや中華ハムも入っておらず、具は卵とグリーンピースだけで味もただの塩味で胡椒《こしょう》も利いていない。低級な中華料理店がフランスに多いのは、フランス人にとって中華料理は低価格というイメージしかないためだろう。

そのため、最近では中国系や韓国系フランス人が和食の店に鞍替《くらが》えしている。和食は世界的なブームを起こしていることもあるが、何よりも値段を上げても文句を言われないからだ。だが、彼らの経営する店が、和食のレベルとイメージを著《いちじる》しく落としている。

「レーションと思うんだな」

中国語で答えた浩志も箱詰めの中華焼きそばを食べながら、実はうんざりしていた。食べられる時に食べるというのが、兵士としての常識である。だが、紛争地でもないところで、まずいものを口にするのはやはり辛い。

「最近の米軍のレーションも昔ほどまずくはないぞ」

苦笑を浮かべたワットは、プラスチックのスプーンを振った。

二人がいる部屋は、十畳ほどの広さで二段ベッドが二つ置いてある。アリの仲間が宿舎として使っているらしく、他にも三つの部屋とリビングがあるようだ。

アパートはジョルダン駅から四百メートルほど離れたソリテール通り沿いにあり、浩志らが四人の男たちに手荒い歓迎を受けた場所から二分ほどの距離である。

ドアがノックされて、アリと見知らぬアラブ系の男が入ってきた。身長は一七〇センチほどだが、腹回りは一メートル、体重は百キロほどありそうだ。

「この宿舎のオーナーのヤーセル・タリクだ」

アリは傍らの太ったアラブ人を紹介した。浩志らがアリの仲間の四人を倒した後、すぐにアパートに案内させたのだが、タリクは留守《るす》だった。

「ヤーセル・タリクです。ウイグルの友人だと聞いたが、本当か？」

タリクは、満面の笑顔で尋ねてきた。ただし黒々とした瞳は決して笑っていない。疑っている証拠だ。

「信じてもらう必要はない。仲間がパリに到着すると連絡が入った。それまでここにいさせてもらえば、充分だ。後で家賃と食事代は払う」

「いや、家賃だけでいいだろう。この飯に金を払う義理はない」

浩志が答えると、すかさずワットが付け足した。

「いつ連絡を取ったのだ。警察署から脱走して、一緒に行動していたんだぞ。途中で携帯でも拾ったというのか。それとも俺の目を盗んで買ってきたとでもいうのか」

アリが目を釣り上げて喚《わめ》いた。だが、決してまともに浩志らと視線を合わせようとはしない。腕力では敵わないことが、分かっているのだ。

「スマートフォンなら地下鉄の車内で調達した」

浩志はポケットからスマートフォンを出して見せた。これは隠し持っているスマートフォンを堂々と使うためにあえて、地下鉄の乗客から掏《す》り取ったのだ。実際は自分のスマートフォンで啓吾と連絡を取っている。

啓吾の話では、浩志らの脱走を国内治安総局（DGSI）のミュラーはカンカンに怒ったようだが、潜入捜査だと言って納得させたらしい。実際、彼らは逮捕したアラブ人たちの尋問すら満足にできないため、なすすべはないのだ。

「車内で、ギャングの格好をしたティーンエージャーがいただろう。ちょっと懲《こ》らしめてやったんだ。手の甲に鉤十字《かぎじゆうじ》の刺青《いれずみ》をしていた。ネオナチのペギーダなんだろう」

ワットもポケットからスマートフォンを出して、見せびらかすように振ってみせた。

三人組のスキンヘッドの若者が騒いでいたので、浩志とワットは車両を移動するついでにわざとぶつかって彼らのポケットから盗み取ったのだ。

ぶつかった際に睨《にら》みつけてきたが、浩志とワットが睨み返したらあっさりと引き下がった。三人とも喧嘩《けんか》慣れしているのだろう、それだけに二人の危険度を察知したに違いない。ちなみにペギーダとは、ヨーロッパのイスラム化に反対する欧州愛国主義者のことで、ここ数年彼らの活動は激化していた。

「あっ、あんたたちは、一体、何者なのだ」

アリが目を見開いて驚いている。四人の仲間を瞬時に倒すのに少々手加減をすればよかったかもしれない。

「言っただろう。軍事訓練を受けたウイグル人だと」

浩志は意味ありげに答えた。

「銃や爆薬も扱えるのか？」

アリとのやり取りをじっと見つめていたタリクは、薄笑いを浮かべて尋ねてきた。常に何かを隠し持っている感じのする男である。

「当たり前だろう」

ワットがつまらなそうに答えた。

「難民でもない、それにパリに普通の仕事を見つけに来たわけでもないんだろう？」

タリクは浩志とワットを交互に見て肩を竦めて見せた。さりげなく尋ねているが、利用できないかと思っているのかもしれない。

「そういうことだ。そのうちあっと言わせてやる」

今度はワットが薄気味悪く笑った。もともと無骨な顔をしているだけに本当に悪党に見える。

「アセン、口が軽いぞ。俺たちはただの難民だ」

浩志はわざと眉間に皺を寄せて、ワットを睨みつけた。

四

パリの日本人は絶対的な人数の問題もあるが、中国人やアラブ人などと違いコロニーをあまり作らない。

それでも15区や16区に比較的多くの日本人が住み、1区には規模は小さいが日本人街と呼ばれるエリアはある。とはいえ、同国人同士が集まったのではなく、安全に暮らせる地域を日本人が選択しているに過ぎない。

15区、フランスで一番の超高層ビル（二〇一六年三月時点）であるモンパルナス・タワーにほど近いルクルブ通り沿いに、三つ星のインターホテル・ルクルブがある。

七階建てのこぢんまりとしたホテルでエントランスも狭く、隣接するアパートと外見は変わらないが、料金が安い割には清潔で部屋も広い。

午後九時、最上階の七階にあるツインに辰也、瀬川、宮坂、田中、黒川、加藤の六人がベッドや椅子に座って新聞を読んだり、窓からの景色を見たりとくつろいだ様子だ。辰也と宮坂がチェックインしたこの部屋は、ロフトのような作りになっており、ホテルの裏側にあたる北西の窓からエッフェル塔を望むことができた。

辰也らはリベンジャーズの後発隊として、午後四時五十五分着のエアフランスでシャルル・ド・ゴール空港に到着していた。彼らはホテルにチェックインすると、すぐに2区にあるフランスの傭兵代理店でハンドガンや通信距離の長い無線機など最低限必要な装備を調達し、またレンタカーも二台借りて足も確保している。

出入口のドアがノックされた。

加藤が開けると、無精髭を生やした啓吾が入ってきた。

「お待たせしました。なかなかDGSIが帰してくれなくて遅くなりました」

苦笑を浮かべた啓吾は、手に持っていた買い物袋からミネラルウォーターのボトルを一本出すと、袋をそのまま加藤に渡した。近くのルクルブ通り沿いにあるスーパー・モノプリで買ってきたようだ。

加藤は袋からペットボトルを出すと全員に配った。

「藤堂さんとワットが、拘置室から二人のアラブ人とともに脱走したんだって？　そりゃあ、捜査の主体を奪われたDGSIが、反発するのも分かる気がする」

ベッドに座っている辰也は低い声で笑うと、ペットボトルのキャップを外して水を飲んだ。窓辺にある金属製のパイプが連なっているスチーム式暖房で、部屋は暖かい。部屋が乾燥して喉が渇《かわ》くため、啓吾の土産《みやげ》は気が利いていた。

浩志らの行動は辰也らが移動中だったため彼らはまったく知らなかったが、到着した空港ですぐに池谷から報告を受けている。啓吾は浩志に代わって逐一《ちくいち》池谷に状況を教えていたのだ。

「反発を通り越して、最初は藤堂さんも含めて逮捕すると大変な剣幕でしたよ。そこで、突発的な事件を利用して、潜入捜査をすることに変更したと説得しました。なんせ、テロリストに警察署が襲われることは、我々のシナリオにもありませんでしたから」

啓吾は相当疲れているらしい。窓際の机の上に腰を下ろして溜息を吐き、ミネラルウォーターを喉を鳴らしながら飲んだ。混乱に乗じて浩志らがいなくなり、啓吾は警察署に一人で取り残されたためにミュラーとのやり取りで、相当エネルギーを消耗したことは想像できる。

「俺たちは、藤堂さんがテロリストらしき男と行動を共にしていることしか聞いていない。最新の情報を聞かせてくれ」

辰也が言うと、他の仲間も頷いてみせた。浩志とワットが一緒に行動しているので、彼らは二人のことをさほど心配していないが、自分たちの出番がまだかと気になっているのだ。

「まず、藤堂さんの考えたプランをお話しします。藤堂さんとワットさんの二人は、ウイグル人の地下組織の兵士という設定になっています」

啓吾は生真面目ゆえに、順序立てて話しはじめた。

浩志は潜入捜査をするにあたって、外見がアラブ人に見えないことから二人がウイグル人ということにし、アラブ人と同じイスラム教徒という設定にした。その上で、拘置室に紛《まぎ》れ込んで、怪しいと睨んだアリとユーセフから情報を引き出すことが当初の目的であった。

「なるほどな。ウイグル人か。米国人のワットはともかく、藤堂さんは日本人離れした顔をしているからな」

頷いた辰也は啓吾に話を促した。

「二人のアラブ人が何らかの形でISに関わるようなテロリストなら、簡単に口を割るとは思えません。そのため、警察署を脱走することは最初から計画していました。藤堂さんらが脱走を主導することで、彼らに貸しを作るためです」

「貸しを作れば、信頼される。しかも泳がせて、潜入捜査をするんだな。元刑事の藤堂さんらしい。これは面白くなってきた」

辰也は手を叩いて相槌を打った。

「現在、アラブ人のアジトのような宿泊所にいるようです。藤堂さんから待機中の寺脇京介さん、アンディー・ロドリゲス、マリアノ・ウイリアムスの三人の追加招集を頼まれました。ただ、彼らがパリに到着するのは明日になりますので、それまでは私たちで対処することになります」

京介とアンディー、マリアノの三人は、アラビア語が堪能だからである。

「宿泊所の場所はどこだ？」

「19区のジョルダン駅の近くです」

「なるほど治安が悪いエリアだ。悪党やテロリストが隠れるには、もってこいの場所だな。だが、ここからはパリの正反対の場所だ。車で三十分はかかるぞ」

顔をしかめた辰也は、舌打ちをした。19区と15区ではパリの中心を東西に流れるセーヌ川を挟んで対照的な位置にある。辰也ら第二陣の宿泊ホテルは、傭兵代理店であらかじめ用意していた。任務以外の無用なトラブルを避けるために治安がいいエリアという条件で選ばれていたのだ。

「そこで藤堂さんから、指示が出ています」

啓吾は辰也のしかめっ面を気にせずに言った。

「それを先に言ってくれ」

辰也はまた舌打ちをした。

「アラブ人たちの懐に飛び込むことに成功しましたが、彼らはまだ藤堂さんたちを心から信じてはいないようです。そこで、藤堂さんは、事態を展開させるために、ウイグル人の二人の仲間と落ち合うという話をアラブ人たちにしたようです。藤堂さんと仲間が、テロリストとして有能なら、アラブ人たちは利用しようとするはずです。そこまで信用されれば彼らのネットワークなど極秘の情報も得られると、藤堂さんは考えています」

第二陣として辰也ら六人がパリに到着することは浩志の指示であるが、人数が急に増えてはアリたちに怪しまれるために二人に絞ったのだ。

「有能な二人か。とすると一人は俺で、後はどうする。くじ引きにでもするか」

辰也は人差し指で自分を指した。

「冗談じゃないぞ」

宮坂が声を上げた。

「勝手に決めるな」

普段は温厚な瀬川も黙ってはいない。

「全員でジャンケンはどうですか」

加藤の言葉に全員立ち上がった。

「失礼ですが、皆さん。アラビア語は堪能ですか？」

たしなめるように啓吾が尋ねた。

「俺はそこそこ話せる」

辰也が苦笑混じりに答えた。

「俺もまあまあか」

宮坂も苦笑いをしたが、残りの四人は首を振った。他の者は片言程度である。

「そこそこやまあまあでは、困りますね。ウイグル人という設定ですが、アラビア人の組織に潜入するんですよ。アラビア語はある程度話せないと困ります。それに藤堂さんたちは、相手に悟られないようにワットさんとのコミュニケーションは、中国語でしているそうです。中国語はどうですか？」

啓吾は一人一人の顔を順番に見て言った。

「中国語か」

辰也をはじめ、仲間らは絶句した。中国で作戦行動をとったことはあるが、彼らができるのは挨拶程度だ。中国語が堪能な浩志とワットの他に、ワットの元部下だったアンディー・ロドリゲスとマリアノ・ウイリアムスなら日常会話ができる。

「そうですか。それでは、アラビア語も中国語も話せる私が、志願します。ちなみにウイグル語も理解できますから」

啓吾は顔色も変えずに平然と言い放った。

五

パリ10区、ストラスブール通りにある地下鉄4号線のシャトー・ド駅から百四十メートルほど南に行くと、パサージュ・ブラディーがある。

パサージュとはフランス語で小道や通過を意味し、十八世紀末からパリを中心に作られた歩行者専用の商店街のことで、最盛期には百を数えたが時代とともに衰退《すいたい》して現在は十数か所残っているに過ぎない。

だが、近年文化財として見直されパサージュ・デュ・グランデのように修復されてブティックやアトリエなどが新たにオープンし、観光スポットとして成功しているパサージュもある。

シャトー・ド駅周辺はアフリカ系やアラブ系などの移民が多いエリアで、パキスタン人の居住区となったパサージュ・ブラディーは修復も進まず、治安も悪い。だが、まるでパキスタンの首都、イスラマバードのジュマ・バザール（金曜市場）のように活気はある。

警察署を脱出した翌日、浩志とワット、それにイラク人のアリは、パサージュ・ブラディーにあるパキスタン料理の店のオープンテラスで昼飯を食べていた。

「店は汚いが、ここのカレーは絶品だな。それにこの通りの喧騒《けんそう》もまるでイスラマバードに来たようだ」

ワットは丸い薄焼きのチャパティーでパキスタンのカラバトカリーを食べながら舌鼓《したつづみ》を打っている。

「確かにうまいな」

傍で食べている浩志も相槌を打った。

昨夜はまずい持ち帰りの中華料理を、無理やり口に押し込んだ。一晩タリクの無許可の

で呼び込みをしている。そんなパリとは思えぬ光景の中で、地元民らしい白人のカップルがテラスでカレーを食べている姿が浮いて見えるのだ。

「本場のカレーが食べられると、ランチに来るパリっ子もいるようだ。もっとも日が暮れてからやってくる命知らずはいないらしいがな。ところで、おまえたちの仲間は、本当にここに来るのか？」

アリもカレーを食べ終えると、おもむろに煙草《たばこ》を出してマッチで火を点けた。仲間というよりも金がないことには、武器商人に会わせることもできないと言いたいのだろう。

「十分前に来ている」

浩志は最後のチャパティーの欠片《かけら》で皿に残ったカレーを掬《すく》って口に放り込んだ。

「何！」

アリはびくりと肩を動かし、キョロキョロと辺りを見渡したが、首を捻った。

「ここが安全かどうか、確かめさせていたんだ」

浩志がおもむろに右手を挙げると、向かいのチャパティーロールを売っている屋台の椅子に座っていた二人の紺《こん》色の作業着姿の男が立ち上がった。一人はがっちりとした体格で、もう一人は痩《や》せている。二人ともサングラスに濃い無精髭を生やしており、アジア系には見えない。

体格がいいのは辰也で、傍らの男は啓吾であるが、痩せて見えるのは辰也と並んでいるからだ。

「ハッサン・バシャルに、痩せているのはマシャラフ・ナジムだ」

浩志が紹介すると、二人はアリを威圧するように背後に立った。

「アジャティ、〇〇〇〇〇〇！」

不機嫌そうな顔した啓吾が、ウイグル語でまくしたてた。むろん本当のウイグル語を彼は話している。この男は不思議と変装や偽装がうまい。知っていても本当に演技なのかと疑いたくなる。妹である美香もそうだ。おそらく父親で現役のＣＩＡの情報員である片倉誠治の影響なのだろう。

「この男は、何を言っているんだ？」

言葉を理解できないアリが、怪訝《けげん》そうな顔をした。

「マシャラフ、ウイグル語で話すな。友人に失礼だろう」

浩志はたしなめるようにアラビア語で言うと、アリをちらりと見た。浩志もウイグル語は理解できないが、分かった振りをしたのだ。

「この男を信用できるのか？」

啓吾はアリを指差し、アラビア語で話した。

「物の商人を紹介してくれることになっているんだ、信用しないでどうする。そうだよな」

浩志はアリをジロリと見た。

「……当たり前だ。金は持ってきたのか？」

しばし呆然としていたアリは、尋ねてきた。

浩志が黙って頷くと、辰也が背負っていたバックパックを下ろしてアリの前で中を見せた。ユーロ紙幣が束になっている。

「いいだろう。ついて来い。物は気に入るはずだ」

大きく頷いたアリは立ち上がった。

内心舌打ちをした浩志も腰を上げた。アリが気にくわないのではない。通りに変装をしたミュラーとトレゾールを見つけたからだ。啓吾は潜入捜査と説得したと言っていたが、浩志にすべてを任せるつもりはないらしい。

「アジャティ」

ワットが浩志に顎《あご》を僅かに引いてみせた。彼もミュラーらに気づいていたようだ。

「分かっている」

何食わぬ顔で浩志は立ち上がった。

六

パサージュ・ブラディーの外れにパキスタンの香辛料を売っている食材店があり、その脇にある薄暗い階段をアリは上っていく。

浩志はワットとその後に従い、辰也と啓吾は建物の外で待機するように命じた。アリもそうだが、見知らぬ武器商人など信頼できない。そのため、辰也らに見張りがてら脱出路を確保させておくのだ。それに変装して浩志らを尾行しているミュラーとトレゾールも気になった。

アリが二階の木製のドアを三回ノックすると、ドアの上部から光が漏れてきた。覗き穴があるらしい。

「誰だ?」

ドアの向こうからフランス語で野太い男の声がする。

「電話で連絡したアリ・シハーブだ」

アリもフランス語で答えた。

「ヤーセル・タリクの知り合いか」

ドアの向こうからガチャガチャと音がする。何重にも鍵がかかっているらしい。

顎のしゃくれた大柄な男がドアを開けた。身長は二メートル前後ある。

「よく来たな。アルシャッド・ジャリルだ。入ってくれ」

意外にも太い声の持ち主は目の前の大男でなく、背後から現れた一六〇センチほどの小柄な浅黒いパキスタン人らしき男だった。

浩志ら三人が部屋に入ると、大男は階段下を確かめてからドアを閉め、無言でドアの前に立った。許可なく外には出さないと言わんばかりである。

「くつろいでくれ」

手をすり合わせたジャリルは笑顔を作り、部屋の中央にある擦《す》り切れたソファーを勧めた。態度もそうだが、目の下が隈取《くまど》りしたように黒く狡猾《こうかつ》な感じがする男である。

「要件は、電話で話した通りだ。客に銃を売ってほしい」

アリは吸っていた煙草を床に捨てて足で踏み潰した。無礼な行為だが、床は煙草の吸殻《すいがら》が散らばっているので気にする者はいないらしい。

「まずはカタログを見てください」

ジャリルが得意げに黒いバインダーをテーブルの上に置いて、浩志の向かいに座った。武器に保証を付ける傭兵代理店ならありえない話ではないにしても、これまで紛争地やその周辺地域の武器商人から武器を買ったことはあるが、現物ではなくカタログを渡されたのは初めてである。

隣りに座ったワットが、ジャリルのフランス語をアラビア語に訳した。浩志までフランス語を話せるという設定にしていないためである。

「バインダー？」

浩志は首を捻りながらも、バインダーを手に取って開いた。

プリントアウトされた銃の写真が、Ａ４の紙に貼られている。ハンドガンもアサルトライフルも中国製とロシア製が多い、数は少ないが欧米の銃も少しあった。写真の下に値段が書いてある。たとえば、マカロフが一丁百六十ユーロ、中古品か模造銃だとしても日本円でおよそ二万円と闇の相場より一万円以上安い。

「このオフィスに置いてある現物は、ナイフや防弾ベストの類《たぐい》で、法に触れるものは置いていません。フランスは秘密警察がうるさいですが、たとえ秘密警察に踏み込まれても大丈夫なんですよ」

秘密警察とは、国内治安総局（ＤＧＳＩ）のことだろう。

オフィスとして使っている部屋は五、六十平米ありそうだが、応接セットの他に書類棚とデスクが二つとシンプルである。出入口と反対側にドアが二つある。一つは洗面所らしいが、もう一つは裏口に通じているのだろう。この手の商売人は必ず脱出路を確保しているはずだ。

部屋の片隅にダンボール箱が無造作に積み上げてあるが、ハンドガンならともかくライフルなどを扱うには強度やサイズが足りないので、ここには本当に銃火器は置いてないのかもしれない。

「しかも物はすべて新品です」

「ＡＫＳ47とマカロフが四丁ずつほしい。ただし、実物を見て選んで買う。写真だけじゃダメだ」

新品と聞いて一瞬右眉を上げた浩志は、バインダーを閉じてジャリルに投げ渡した。すかさずワットが、フランス語に訳した。

ちなみにＡＫＳ47は、銃床を折りたたむことができるＡＫ47である。カタログに写真が載っていた。コンパクトで威力があるので、都市型のテロリストに好まれる。

「選んで買う？　カタログで充分だ。第一、武器庫に客は入れない。場所を教えて盗まれたら困る。それに通報されたら、元も子もない」

ジャリルは浩志の言い方に腹を立てたのかぞんざいな喋りになり大袈裟に両手を高く上げた。

「全部ダッラ製なんだろう。自分の目で確かめなければ、怖くて買えない」

浩志は鼻で笑った。

ダッラとは、アフガニスタンとの国境に近いパキスタンのダッラ・アダム・ケールという世界最大の武器の違法製造をする村で、ずいぶん前になるが浩志も仕事で行ったことがある。携行できる武器なら、ハンドガンやアサルトライフルだけでなく、ロケットランチャーや対戦車砲まで製造販売されているが、すべてレプリカ、つまり模造品なのだ。

精巧に作られているものもあるが、すべて手製の工作機械を使って製作するハンドメイドだけに製品の品質にばらつきがあり、暴発の危険性がある。

二〇一一年から許可なくダッラに外国人が入ることはできなくなったが、製造された武器の販売先にこだわらないというのは、昔も今も変わらない。そのため、この村で製造された武器が中東のテロリストにも供給されている。

ダッラでマカロフなら三千から三千五百ルピー、日本円で約二千八百円から三千二百円（二〇一六年三月時点）程度で買えるはずだ。十倍の値段をつけても欧米では格安である。ヨーロッパに流れている武器はロシア、アルバニア、北アフリカからの闇ルートで、パキスタンルートがあるとは初耳である。原価が安いので船で密輸しても採算が取れるのだろう。

「本当か？」

傍で聞いていたアリが、目を丸くしている。パキスタン人が売る武器の知識は、仕事柄あって当然なのだ。

「そっ、それは……」

ワットが通訳すると、ジャリルが右手で白髪《しらが》交じりの頭を掻《か》いている。

「どうするんだ？　売るのか売らないのか？　新品だからって暴発するリスクを負ってまで買うつもりはない。それとも保証するというのか」

強い口調で浩志が身を乗り出すと、ポケットのスマートフォンが反応した。

「どうした？」

画面を確かめた浩志は、中国語で電話に出た。

——パサージュに警官隊が入ってきました。裏口がないようでしたら、退路を確保しますが。

外で見張っていた辰也からである。彼なら特殊部隊相手でも一戦するだろう。まして戦闘能力がゼロに近い警官隊なら、相手に徹底的なダメージを負わせるに違いないが、無用なトラブルは避けたい。

「その必要はない。その場を離れて待機」

苦笑した浩志は、スマートフォンをポケットに仕舞って立ち上がった。おそらくミュラーが背後で警官隊を使っているのだろう。いつまでも浩志らを野放しにできないと思っているに違いない。

「買わないのか？」

ジャリルは訝しげに見ている。

「警官隊がパサージュに入ったらしい。俺たちに関係ないかもしれないが、念のため一旦帰る。裏口はどこだ？」

浩志はワットとアリに立つように手で合図した。

「さっきも言っただろう。ここは踏み込まれても平気だって」

ジャリルが横柄《おうへい》な口調で、デスク脇にあるドアをちらりと見た。

「俺たちは、それじゃ困るんだ」

浩志が部屋の奥に向かって歩き出すと、大男が立ちふさがった。

「裏口から客を通しては、失礼になるから使わせんよ」

ジャリルが薄笑いを浮かべ、ポケットから爪《つめ》とぎを出して指の爪を研《と》ぎはじめた。

「どけ」

浩志が睨みつけると、大男は頬をピクリとさせた。怯まない態度が癇《かん》に障《さわ》ったらしい。

「仕方がない。マフード、お客様に言って聞かせて、外にお連れしろ」

ジャリルがにやけた表情で命じた。

マフードと呼ばれた大男が、至近距離からいきなり右パンチを放ってきた。浩志は身をかがめて避けると、パンチが音を立てて空を切る。相当な腕力があるらしい。

「客の扱いに慣れているらしいな。アジャティ、時間をかけるなよ」

ワットがニヤリとして腕を組んだ。

マフードがボクシングスタイルに構えて、ステップを踏みながらパンチを繰り出してきた。大男の割に腕力だけでなく、機敏な動きだ。ボクシングはプロ級らしい。

左右のパンチを避けた浩志は、マフードの脇腹に左パンチを入れた。普通の人間なら肋《ろっ》骨《こつ》を折るほどの鋭いパンチだが、男は鼻から息を吐いただけでパンチを返してくる。ブロックしたが、男のパンチは重く、後ろに弾《はじ》き飛ばされた。

「おいおい、俺の出番があるのか？　しっかりしてくれ」

ワットがヤジを飛ばした。

出入口のドアが先ほどから叩かれている。警官隊がやってきたらしい。

「何をしている。さっさと始末して、警官隊に引き渡せ」

ジャリルが怒声を浴びせた。

マフードが息もつかせずにパンチを繰り出してくる。

浩志はパンチを見切って左右に避け、男の懐に飛び込んで相手の左足を掬い上げると、右足を払って豪快に投げ飛ばした。マフードは堪《たま》らず後頭部から落下したが、しぶとく目を開けている。すかさず高く飛び上がった浩志は、全体重を肘《ひじ》に乗せて身体ごと男の鳩尾《みぞおち》に振り落とした。

「グェ！」

体をくの字に曲げたマフードは、妙な呻き声を発して気絶した。

「帰るか」

口をあんぐりと開けているジャリルを尻目に、浩志は裏口に通じるドアを開けた。

潜入

一

松江市玉湯町《たまゆちょう》にある玉造《たまつくり》温泉は枕草子《まくらのそうし》で三名泉と記された古湯で、山陰《さんいん》を代表する温泉地のひとつである。

三種の神器の一つである八尺瓊勾玉《やさかにのまがたま》がこの地で櫛明玉命《くしあかるたまのみこと》によって造られたといわれることが地名の由来《ゆらい》だ。また、奈良時代に編纂《へんさん》された〝出雲国風土記《ふどき》〟にも載っている玉《たま》作湯《つくりゆ》神社には櫛明玉命が祀《まつ》ってある。

亡くなった浩志の父浩一が残したメモ帳を元に行動している美香は、昨年の十月三十日の記載に従い、松江城、武家屋敷、そして小泉八雲の旧居を見て回り、日が暮れてから玉造温泉の旅館白水館《はくすいかん》にチェックインしていた。

十月三十日の次は十一月二日月曜日に浩一は外出したらしく、玉造温泉を訪れて玉作湯神社に参拝《さんぱい》した後、旅館白水館に宿泊と書かれていたため、市内のホテルではなくどうせならと同じ旅館にしたのだ。

市の中心部から来た美香も旅館に車を預けて徒歩で神社に参拝し、宍道湖に流れる玉湯川沿いにある温泉街を散策した。古代最大の勾玉の生産地だっただけに川にかかる橋には、巨大な勾玉があしらわれ、勾玉を作る工房もある。また〝神の湯〟とも呼ばれるだけあって、川岸の随所に日本の神々の小さなモニュメントが飾《かざ》られているのも面白い。ネオンや派手《はで》な電飾看板もなく、情緒《じょうちょ》が溢れる落ち着いた温泉街である。

「ふうー」

宿の女風呂の湯船に浸った美香は、大きな息を吐き、今日一日の行程を思い起こした。捜査をしているつもりでも観光地を巡るだけにどうしても気が緩んでしまう。しかも城下町の風情《ふぜい》が、与えられた使命を忘れさせるほど心地よい。浩一の死に事件性が全くないわけではないが、緊張感が薄れてしまうのだ。

几帳面で真面目だったと言われる浩一が、由緒ある文化財を丹念に見て回ったことは想像できるが、彼が果《は》たして一人で市内観光をしていたのか美香は疑問に思っている。というのも浩一が住んでいた調布市八雲台の自宅を他人に売却し、松江に移住したのは二年前のことである。

その間、観光できる機会はいくらでもあったはずだが、メモ帳にチェックを入れながら観光地を巡るのは不自然だ。また雨の日にも出かけていることから、短期間でたくさんの観光スポットを見て回る必要性があったかのようにも見える。もし、同伴者が判明したら調査はドラスティックに変わるに違いない。

「それにしても、いい湯ね。肌もすべすべ」

美香は右手で首筋にお湯をかけ、肩から左腕をさするように触った。

泉質は肌にハリを与えてアンチエイジング効果があると言われる硫酸塩泉が主体で、保湿効果がある塩化物泉も含まれているため、玉造温泉では温泉水を化粧水として使ったり、濃縮して洗顔石鹼《せっけん》として販売したりしている。

一時間ほど湯を楽しんだ美香は部屋に戻ってポシェットを手に、浴衣《ゆかた》姿で一階フロントを訪ねた。白水館は玉造温泉では老舗《しにせ》旅館の一つで、旧館にホテルのようなラウンジとフロントがあった。

「つかぬことをお伺いしますが、私の叔父《おじ》である藤堂浩一が昨年の十一月二日にこちらにお世話になっているはずですが、帳簿に記載はありますか?」

「申し訳ございません。プライバシーに関わることなので、帳簿の記録はお教えできないことになっております」

フロントの若い女は、困り果てた表情で答えた。現在の実名である森美香で宿泊しているために他人と思われても仕方がない。もっともまともに帳簿の開示を迫《せま》るのなら、裁判所に請求手続きをして法的な強制力が必要になる。

「実は叔父は昨年末に突然亡くなり、生前の様子を少しでも知ろうと調べているんです」

美香はポシェットから浩一の死亡報告書のコピーを出して、係の女に見せた。

「しょ、少々、お待ちください」

書類を見て血相を変えた女は、フロントから電話をかけはじめた。上司に確認を取っているのだろう。

「十一月二日、確かに藤堂浩一様は、当旅館にお泊まりになっております」

電話を終えた女は許可が下りたらしく、すぐさまフロントのパソコンで調べてくれた。

「同伴者がいたはずですが」

美香は愛想よく笑みを浮かべた。

「いいえ、藤堂様はお一人でお見えになり、翌日にお帰りになりました」

宿泊名簿を見ているらしく、女は小さく首を横に振って答えた。

「その時の接客係の方とお話しできますか。叔父の生前の様子を伺いたいのですが」

美香は溜息を堪えて、尋ねた。

「呼び出しますので、ラウンジでお掛けになってお待ちください」

フロントの女は、頭を深々と下げた。

ラウンジには大きな窓ガラス越しに滝のある中庭の池を望むことができる。美香はソフアーに腰をかけ、滝が作り出す池の波紋を眺めた。波紋を通して色とりどりの鯉《こい》が優雅に泳いでいる。都会人には憂さを忘れさせる光景だ。

時刻は午後七時になっている。食事時で忙しい時間帯だが二、三分で着物姿の若い女性が小走りに現れ、丁寧にお辞儀をした。

「お待たせいたしました。客室担当の清田《きよた》と申します。昨年ご宿泊の藤堂様がお亡くなりになったとお聞きしました。心からお悔やみを申し上げます」

歳は二十代半ばだろうか。肌はつやつやとして若々しい。だが、物腰が柔らかく言葉遣いもはっきりとしている。老舗旅館だけに社員教育が行き届いているらしい。

「叔父は一人で宿泊したとお聞きしましたが、どんな様子でしたか?」

美香も立ち上がって頭を下げて尋ねた。

「大変お疲れのご様子で、お元気がありませんでした。今から考えれば、ご病気だったのかもしれません。お見送りする際もお一人で運転されてお帰りになるので、正直言って心配で堪りませんでした」

「運転? 車だったの?」

美香は思わず額に手を当てて絶句した。浩一の交通手段は、捜査からすっかり欠落していたからだ。

「はっ、はい」

清田は困惑した様子で答えた。

「ナンバーは分かりますか?」

美香は思わず、清田に迫った。

「ナンバーまで控《ひか》えておりませんが、品川《しながわ》ナンバーの白のエスティマでした」

「ありがとうございます」

礼を言った美香は、慌てて部屋に戻り、改めて浩一のメモ帳に目を通した。

浩一は引っ越しする際に車で移動していたようだ。年齢も考えて松江市内の移動はタクシーかバスだと決めつけていた。浩一の死を調べた村上刑事は車についてはひと言も触れなかったので忘れていたのだが、最後の地となった出雲の日御碕にも車で行った可能性が出てくる。とすれば、どこかに浩一が乗っていた車がまだあるはずだ。

調べることは山ほど出てきた。メモ書きしようと手にしたスマートフォンが、いきなり電子音を奏《かな》でた。

「私です」

美香は電話の呼び出し音に応えた。

――すみません、お待たせしました。藤堂さんのお父様の取引先銀行が、やっと解析できました。痕跡《こんせき》を残さないようにするのに手間取りました。通帳の明細をメールに添付して送ります。

友恵からの連絡である。解析とは、ハッキングのことである。彼女のことだから、銀行のサーバーに外部から侵入した痕跡を一切残さないようにしたのだろう。

「ありがとう」

美香は思わず拳を握りしめた。新しい事実と捜査の手がかりを見つけたのだ。これで、のんびりムードは終わるだろう。

二

パリ郊外の北東部に位置するセーヌ・サン・ドニ県のクリシー・ス・ボワは、移民や貧困層が多く住み、一部ではスラム化している。

二〇〇五年に強盗容疑で警察官に追われた北アフリカ系の三人の若者が、変電所に逃げ込み、二人が感電死し、一人が重傷を負った。警察官の移民に対する差別的な扱いがかねてから問題になっており、三人はサッカーの観戦後に職務質問され、不当な逮捕に怯えて逃げたようだ。

クリシー・ス・ボワの事件が発端《ほったん》となり、政府に不満を持つ若者が警察署や消防署に投石や放火するなどし、フランス全土に広がる大規模な暴動へと発展した。フランスの若者の失業率は十パーセントだったのに対して、貧困層である移民では四十パーセントを超えており、彼らが不満を持つのは当然であった。

当時内務大臣であったニコラ・サルコジは、人種差別や失政を省《かえり》みずに彼らをろくでなしやゴロツキを意味する〝ラカーイユ〟と蔑んだ。

だが、サルコジの差別主義による強権はフランス国民の支持を集め、彼は二〇〇七年から二〇一二年までフランスの大統領を務めた。結局サルコジは失政を繰り返したが、その政治手法が今日の右派勢力の台頭に繋がっていることは間違いないだろう。

パリ10区のパサージュ・ブラディーの武器商から一旦19区にあるヤーセル・タリクの安宿に戻っていた浩志とワットは、夜になってから辰也と啓吾、それにアリを伴ってクリシー・ス・ボワにやってきた。車はタリクが所有する年式の古いルノーのミニバン、エスパスを借りている。アリがいることが絶対条件であるが、タリクにも信頼されるようになってきたようだ。

また待機を命じていた瀬川、宮坂、田中、黒川、加藤の五人には、突発的な出来事にも対処できるようにベンツのミニバン、Vクラスでエスパスを尾行させている。

「ここがあの暴動で有名な場所とは思えないな」

後部座席に座るワットは、窓に顔を寄せて外を見ている。

国道N３号でパリ郊外に出て、クリシー・ス・ボワに入ったところで、カミーユ・デムーラン通りに右折した。安宿を出て十五キロ、時間にして三十分ほど車に乗っている。

「十年前と違って街も綺麗になり、庭付き一戸建ての家も結構あるらしい。ただ、街の東側は昔と変わらない小汚いアパート群があって、中身も変わっていないようだ」

ハンドルを握るアリが、説明した。中身とは住民のことである。

交差点から百メートルほど過ぎて左折したアリは、さらに裏路地に入り、鉄格子の門が堅く閉じられた大きな一軒家の前で車を停めた。辺りは六、七十坪の敷地を持った家が並んでいるが、どの家も安普請《やすぶしん》で庭木は荒れ放題である。この地域が荒《すさ》んでいる証拠だ。

時刻は午後九時を過ぎて、静まり返っていた。街灯は百メートルに一本あればいいところか。夜間、人が歩くことをまったく計算に入れていないらしい。昼間ならともかく、日が暮れてから出歩く馬鹿はいないということだ。

「住所からすれば、多分この辺りだ」

アリは地図で確認すると、車を降りてハンドライトを点灯させて横に振った。

すると、前方にある倉庫のような窓の小さい家に明かりが灯り、中から昼間浩志が倒したマフードが不機嫌そうな顔で現れ、門を開けた。

パサージュ・ブラディーから脱出した浩志は、武器商人アルシャッド・ジャリルに電話をかけて武器を見せなければ倉庫の場所を警察にばらすと脅し、午後九時という約束をしている。

武器商人の部屋を出る際にワットは、デスクに置いてあった裏帳簿をちゃっかりと懐に入れて盗み出し、帳簿に挟んであった荷物の受取証で倉庫の場所は見つけていたのだ。また、デスクの下に盗聴器も仕掛けておいたので、今後新たな情報も得ることができるだろう。浩志がマフードを挑発したのは、相手の視線を集めるためでもあったのだ。

アリが車を進めて前庭に停めると、マフードは門を閉じて鍵をかけ、車の前に立った。

「マシャラフ、車に残れ」

車から降りた浩志は、啓吾に待機するように命じた。この先何が起こるか分からない。戦闘員でない彼は邪魔なだけだ。一人で残すリスクはあるが、門が閉じられた敷地内なら大丈夫だろう。

「腹痛は治ったのか？」

ワットは真面目な表情でマフードにフランス語で尋ねた。

「うー！」

マフードはまるで犬のような唸り声を上げて、ワットと浩志を睨みつけた。叩きのめされて気絶させられたぐらいで、かなり根に持っているらしい。

「元気そうじゃないか、それはよかった、よかった」

ワットが笑顔で大きく頷いてみせた。

「なんて言ったのか、分かったのか」

傍の辰也がアラビア語でわざとらしくワットの耳元で尋ねた。

「僕ちゃん、お腹は大丈夫でちゅ、と言ったんだ」

「本当かよ」

ワットが答えると辰也が吹き出し、二人はバカ笑いをして肩を叩き合った。まったく緊張感のない連中である。

「あまりからかうな。武器商人を甘く見ないほうがいい」

アリが渋い表情をして言った。

「行くぞ」

浩志は三人を無視してマフードの後に油断なく従う。複数の視線を感じるのだ。

玄関を入ると、二十畳はあるリビングにジャリルが一人で立っていた。壁際に木製のテーブルが寄せられ、その他に調度品は何もないが、床にブルーシートが敷いてある。案内したマフードは、浩志らが入ると、玄関を塞ぐようにドアの前に立った。それが彼の役割らしいが、大して意味をなさない。

「ここに客を通すのははじめてだ。尾行されていないだろうな。おまえたちのせいで、痛くもない腹を探られたんだぞ。いい迷惑だ」

しかめっ面のジャリルが、浩志らを出迎えた。昼間警官隊は、彼のオフィスを家捜しして押収した物を入れたらしいダンボール箱を持ち出していたと、外で見張っていた辰也から聞いている。そのため、ワットが裏帳簿を盗んだことにジャリルは気付いていないはずだ。

警官隊を指揮していたのは、やはりミュラーだったらしい。後方にいた警官隊のリーダーの傍に彼がいたのを啓吾が目撃している。

後発でパリに来たリベンジャーズの第二陣のメンバーには、顔写真でミュラーとトレゾールの顔を覚えさせておいた。例によって友恵に国内治安総局のサーバーをハッキングさせて、二人の履歴《りれき》を調べさせておいたのだ。フランス政府の職員だからといって信用するほど、浩志らはお人好《ひとよ》しではない。彼らの国内治安総局（ＤＧＳＩ）での役職や所属まで詳しく調べた上で、行動しているのだ。

「おまえの商売のせいで、俺たちは捕まるところだった。いい迷惑はこっちのセリフだ。金は持ってきた。さっさと物を見せろ」

肩を竦めた浩志が合図をすると、辰也は担《かつ》いでいた金を入れたバックパックを下ろして、上下に振ってみせた。

「ウイグル人は信用できない」

ジャリルが手を叩くと、奥のドアからＡＫ47を構えた三人の男が入ってきて浩志らを取り囲んだ。

「アリ、おまえは関係ない。部屋の隅にでも下がっていろ」

両手を上げた浩志がアリに命じると、ジャリルも肩を竦めてそれを認めた。アリが外れたので、男たちは銃口をそれぞれ浩志とワットと辰也の心臓に向けた。どうやら本気らしい。床のブルーシートは、血で汚れても掃除しやすいように敷いたのだろう。

「ほお、金は本当に持ってきたようだな」

バックパックを覗いたジャリルが、口笛を吹いた。

「分かったのなら、銃を下ろせ。目障りだ」

浩志は上げていた両手を下げた。

「うるさい！　まず、持ってきた金の三分の二で、警察に没収《ぼっしゅう》された商品の弁償《べんしょう》をしてもらう。残りで取引だ」

ジャリルは声を荒らげた。

「がめつい男だ。まだ、分かっていないようだな」

浩志は溜息を漏らした。

「3か？」

左手に立つワットがロシア語で尋ねた。

「いや、2だ」

右手の辰也が答えた。これくらいの簡単なロシア語なら彼も話せる。二人は浩志を中心に横一列に並ぶように移動していた。三人の男たちも銃口を向けているので、つられて向き合う形で立っている。

「どうでもいい、今だ」

浩志は左手で胸に当てられているＡＫ47の銃口を摑んで天井に向けると、男の顎《あご》に強烈な掌底《しょうてい》打ちを叩き込み、銃を奪った。

ほぼ同時にワットと辰也も目の前にいた男を倒して銃を取り上げている。二人は攻撃のカウントを3か2にするのか、浩志に尋ねたのだ。三人が横並びになったのは、取り囲まれた状態では銃身を摑んで避けた際、銃が暴発して背後の仲間に当たることを避けたためである。

振り返るとドア口に立っていたマフードが両手を勢いよく上げてみせた。完全に戦意を喪失《そうしつ》しているらしい。

「取引はしてやる。銃のある場所に案内しろ。それとも痛い目にあうか？」

浩志はＡＫ47の銃口をジャリルの胸に当てた。

「……！」

ジャリルは激しく首を横に振った。

三

気絶したジャリルの三人の手下は、床に敷いてあるブルーシートの上に転がっていた。大男のマフードは、手下のポケットから出てきたガムテープで後ろ手にして縛《しば》り上げ、部屋の片隅に転がしてある。ブルーシートとガムテープは、浩志たちを殺した後で使うつもりだったらしい。

浩志に銃口を突きつけられたジャリルは、口をわななかせている。一瞬の出来事が理解できないのか、恐怖で身動きが取れないのかどちらかだろう。

「面倒くさい。殺してしまえ。こいつがフランスで最初の犠牲者になるだけだ」

口元を歪《ゆが》めて笑ったワットは、銃口をジャリルの額に付けて押した。

「殺すなら俺にやらせてくれ」

辰也も銃口をジャリルの喉元に押し当てた。面白がっているのだがワットに劣《おと》らず、悪相をしている。

「……」

なおも首を横に振るジャリルの股間《こかん》が、みるみる黒くなり、足元のブルーシートが濡れた。小便を漏らしたようだ。

「やっ、止めてくれ！」

成り行きを部屋の片隅で見守っていたアリが大声を出した。

「生かしておく意味がないだろう」

ワットが喉元を左手で引いた。演技だが、本当に殺しかねない。

「こんな男を殺しても、ウイグルは戻ってこないぞ。殺すなら中国人を殺せ」

アリがジャリルを突き飛ばし、引き攣《つ》った笑いをしてみせた。

「いいだろう。ジャリル、アリに免じて許してやる。武器を見せろ。気に入ったら買ってやる」

浩志は銃口を下ろした。

「……ちっ、地下にある」

アリに助けられて立ちあがったジャリルは、ブルーシートを引っ張ってどかした。すると板張りの床に一メートル五十センチ四方の切れ目がある。隠し扉のようだ。ブルーシートは、単純に扉を隠すためだったのかもしれない。

ジャリルが床板の隙間に指を突っ込んで引き上げると、床にぽっかりと穴が開き、階段が地下に続いていた。

「ハッサン、アセン、ここで見張っていてくれ」

浩志はワットと辰也にリビングで待機を命じた。地下に降りるのに閉じ込められる可能性があるからだ。

ジャリルを先に降ろして、浩志は後に続いた。

地下室は天井高が三メートルほどあり、コンクリートで塗り固められた床の上に無数の木箱が何列も積まれている。ジャリルのオフィスで見た手製のカタログに掲載されていた武器が入っているのだろう。

「これだな」

浩志はＡＫＳ47とロシア語でピストル・マカロフの略称であるＰＭと書かれた木箱から、それぞれの銃を一丁ずつ取り出した。

「どうだ。いい出来栄《できば》えだろう」

失禁したのを忘れたのか、ジャリルは悪徳商人の顔に戻っている。

浩志はマカロフのマガジンが空《から》か調べ、トリガーを引いてみた。スライドもスムーズに動く。

「作りは良いようだな」

口元に笑みを浮かべた浩志は、手加減して銃身をコンクリートの床に打ち付けた。

「何をする！」

両手で頭を抱えたジャリルが悲鳴を上げた。

「やはりそうか」

浩志は打ち付けたマカロフを念入りに観察し、アリに投げ渡した。

「……？」

アリはマカロフを手に首を捻っている。

「銃身をよく見てみろ。スライドにヒビが入った。コンクリートに打ち付けたが、この程度の衝撃で壊れるのは、鋼の焼き入れが甘いからだ」

浩志はパキスタンのダッラ・アダム・ケールで、実際に銃工房を見たことがある。道端の簡易な手製の炉《ろ》で銃身を熱し、水桶《みずおけ》に突っ込んで焼き入れしていた。炉の温度が低いために銃身の鋼の強度が足りないのだ。銃弾が発射される際に生じる火薬燃焼ガスの圧力に、銃身は耐えなければならない。だが、強度不足の鋼で作られた銃は、破裂の危険を常に秘めている。

「続けて発砲したら、銃身が破裂する可能性があるということか」

ようやくアリにも理解できたらしい。

「ＡＫＳ47もそうだろう。違うのか？」

浩志はジャリルを醒《さ》めた目で見た。

「そうなのか……」

アリにヒビの入ったマカロフを見せられて絶句している。ジャリルも知らなかったようだ。確かに出来はいいが、材質までは素人《しろうと》では見抜けない。もっとも武器商人が素人では困るが。

「粗悪な偽物《にせもの》は買わない。それだけのことだ」

溜息をついた浩志は、階段を上がりかけた。

「……いや、少しなら、中古だが本物もある」

ジャリルはぼそりと言った。

「本当か？」

浩志より、アリの方が興奮した様子で反応した。

「本当だ。先月新たなルートを開拓したんだが、原価が高いからまだ客には紹介していない」

ジャリルは、地下室の奥にある棚からＡＫ47を取り出し、浩志に手渡した。銃身はガンオイルが塗られて手入れしてあるが、ストックに無数の傷が付いている。実戦で使われた証拠だ。

浩志は丹念に銃を調べ銃身のレシーバーカバーの刻印を見た。〝１９７０　○○○○○〟とシリアルナンバーが記されている。続いてレシーバーカバーを外し、ボルトを外して中のパーツの刻印を見た。レシーバーカバーの刻印と各パーツのシリアルナンバーが違う。四十年以上前の銃なので、劣化したパーツを他の銃のパーツと交換したのだろう。

旧ソ連製は作りがしっかりしているので、パーツを取り替えても大丈夫だ。これが中国のノリンコ社製だと、作る工場によって微妙に規格が違うので、パーツの互換性はほとんどない。シリアルナンバーを調べれば、旧ソ連のどの国で作られたものか、あるいはどこの軍に供給されたものかも分かるはずだ。

「なるほど、旧ソ連製らしいな」

浩志は小さく首を縦に振った。旧ソ連製ならパーツが磨耗《まもう》していなければ、問題ない。古くてもコピーである中国製やパキスタン製の新品よりも信頼がおける。

「三丁だったらある。一丁五百五十ユーロでどうだ」

浩志の反応を見たジャリルは、ニヤリとした。中古のＡＫ47が一丁五百五十ユーロ、日本円で約七万円というのなら、ヨーロッパの市場価格では高くも安くもない。

「ＡＫ47は目立つ。ＡＫＳ47が揃《そろ》えば、二十丁欲しい」

「二十丁！」

浩志の言葉にジャリルは、叫び声を上げた。

四

午後十時、浩志とワット、辰也、啓吾、それにアリの五人は、武器商人ジャリルが所有するクリシー・ス・ボワの倉庫代わりにしている一軒家を後にした。

ジャリルが扱っている武器は、パキスタンのダッラ・アダム・ケールの銃工房で製作された粗悪な武器がほとんどだった。三丁だけあった旧ソ連製のＡＫ47をジャリルは勧めてきたが、浩志はＡＫＳ47でなければと拒絶した。

もとから武器購入が目的ではない。テロリストのネットワーク情報を手に入れる手段の一つとして、武器商人に近付いたのだ。ＡＫＳ47にこだわったのは、購入を断る口実に過ぎない。

「おまえたちは、ウイグルで革命でも計画しているのか？」

エスパスのハンドルを握るアリは、助手席の浩志に尋ねてきた。「ＡＫＳ47が、二十丁」というのは、無理を承知の数であるが、浩志らがテロリストとして小物でないことを教えたかったからだ。

ジャリルは数がすぐに揃わないと残念がっていたが、新しい取引先に連絡をすると言っていた。いずれジャリルを通じて新たな情報を手に入れることはできるだろう。また彼のオフィスに仕掛けた盗聴器による監視は、瀬川ら別働チームに任せてある。

「革命？　馬鹿な。俺たちは、パリに来る中国の大物政治家を襲撃するつもりだった。だが、この国では、ちゃんとした武器が手に入りそうだ。仲間の分も購入して帰国すれば、人民軍に一泡吹かせられるだろう」

溜息を漏らすように自嘲《じちょう》した浩志は、淡々と答えた。

「あの後、ジャリルにテロ活動をしているハッカーを教えて欲しいと聞いていたな。おまえたちは、ネットテロも計画しているのか？」

アリはまるで尋問でもしているかのように質問を繰り出してくる。ジャリルならパリ市内に潜伏《せんぷく》するテロリストだけでなくネットテロリストについても詳しいかと思って訊いたのだが、客の素性《すじょう》など気にせずに武器を販売しているらしい。

「俺たちは、中国政府によってテロリストにされてしまった。そうじゃないことをインターネットで知らしめる必要がある。敵対する人民軍は強大だ。勝てるとは思っていない。小さな反乱を起こし、同時にインターネットでウイグルの窮状《きゅうじょう》を世界に知らしめることが重要なのだ。噂ではパリにＩＳにも関係している凄腕のネットテロリストがいると聞いたんだ」

「インターネットを使うのは、いい方法だ。高度な技術を持つＩＳのハッカーの噂なら俺も聞いたことがある。仲間に詳しく聞いておいてやる」

頷いたアリは、簡単に答えた。知っているが、もったいぶっているのかもしれない。

「そうか、助かる。俺たちは、ネットを通じて訴えるのが一番だと思っている。とにかく貧富の差で虐《しいた》げられた故郷を救いたいんだ」

浩志はあえて掘り下げて聞かなかった。焦ったところで怪しまれるだけだ。

「世界中の貧富の差は、国連の主要国が作り出したのに、奴らは虐げられた人々の反乱も

ＩＳと同じテロリストだと決めつける。先進国は、みんな糞だ。間違っている」
貧富という言葉に反応したアリは、激しく毒突《どくづ》いた。
「世界はいつだって弱肉強食だ。先進国のエゴで歴史は作られてきた。今更何を言ってい
る。それより、おまえこそただの難民じゃない。どこかのテログループに入っているんだ
ろう？　ＩＳを非難しているようだが、本当はＩＳの一員じゃないのか？」
浩志はアリの横顔をじっと見つめた。この男は何か大きな隠し事をしている。腹を立て
ているように見せかけているのは上辺だけだ。アリの素性を知ることが、テロリストのネ
ットワークにアクセスする近道かもしれない。
「非難はしていない。一般人とＩＳは違うと言っているだけだ。正直言ってＩＳに入るか
どうかはまだ決めかねている。それよりは、おまえたちこそＩＳと共闘すれば、ウイグル
での状況も変わるぞ」
アリは浩志をちらりと見た。浩志の視線が気になったのだろう。
「我々とは別の組織がすでに繋がっている。今後の課題だな。おまえは知っているのか？」
浩志は視線をウインドウに移して、欠伸《あくび》をしながら尋ねた。
「俺が知っているのは、ＩＳに影響を受けたホームグロウン・テロリストだけだ。所詮《しょせん》小
物の彼らと仲間になっても仕方がない。どうせなら、彼らを指導する立場の本物のＩＳと
連絡を取って活動したいと思っている」

ホームグロウン・テロリストとは、国外の過激な思想や行動に共鳴して自国で独自に犯罪を起こすテロリストで、近年ISのホームページやユーチューブで流される映像に感化された一般人が過激なテロを行う事件が多発している。

「それなら、ラッカに行けばいいじゃないか」

ISはシリアのラッカをイスラム国の首都としている。アラブ系ではなくてもラッカを目指せば、彼らは喜んで戦士として迎えてくれるはずだ。

「空爆で死にたくない。今、ラッカに行くのは自殺行為だ。それにシリアやイラクに新たなイスラム国家を建設するよりも、ヨーロッパをイスラム化するのが先だと俺は思う。シリアに行ったらそれはできない」

「パリの同時多発テロの犯人もそうだったんじゃないのか」

「中心メンバーは、アラブ系のベルギー人だった。彼らはISで訓練を受けたわけじゃなく武器も自分たちで調達しているようだが、テロ計画はISから命じられていたらしい。そういう意味ではホームグロウン・テロリストと言うより、サテライト・テロリストと言った方がふさわしい」

ホームグロウン・テロリストの傾向は、パリ18区警察署を襲ったテロリストのようにISの過激思想に影響を受け、勝手にテロ活動をする犯罪者である。だが、ISと密に連絡を取ってテロを行ったり、ISで訓練を受けて帰国し、自国でテロを行ったりする者は、もはやホームグロウン・テロリストとは呼べない。そういう意味では、本体から離れて存在するサテライトという言葉を使うのが実に的確である。

「サテライト・テロリスト？　なるほど、うまい表現だ」

浩志は手を叩いて頷いた。だが、下手《へた》な評論家よりも的確にテロを分析するアリが、ますます分からなくなってきた。頭が切れ、社会情勢もよく理解している。にもかかわらず反社会的なテロに走るのだろうか。疑問は尽きない。

「テロを計画しているのなら、とりあえずヤーセル・タリクに相談するといいかもしれない。彼は相手によって引き出しが違うようだ。おまえたちのことを事前にうまく話しておく。そうすれば、希望が叶《かな》うかもしれないぞ。うまくいったら、俺も話に乗せてくれ」

タリクはパリで不法移民を宿泊させる関係で、裏のネットワークに詳しいらしい。アリは浩志らを利用し、タリクとより緊密になろうとしているようだ。

車はパリ市の行政区を周回するペリフェリック（環状道路）を越えてベルヴィル通りに入った。タリクの安宿までは数分の距離である。

パリは一方通行が多い。ここから宿があるソリテール通りに車で入るには複雑な道順を辿らなければならない。

ベルヴィル通りから一旦クリメ通りに入って北に向かい、ボザリ通りで西に向かい一ブロック先の一方通行のヴィレット通りに左折し、すぐにアンシュヴァル通りに左折し、L

字型の角を右に曲がるとアヌレ通りになる。そこから南に下って行くとソリテール通りにぶつかり右折すればタリクの宿があるのだ。そのまま進めばまたヴィレット通りに入る。

ちなみにクリメ通りの南側の道路はソリテール通りと繋がっているが、ソリテール通りはアヌレ通りとの交差点の東側の十五メートルほどの区間が、車止めの鉄柱で仕切られた石畳の歩行者専用道路となっているため、直進できない。土地の権利関係で車道として使えないのだろう。

また、クリメ通りは坂道になっており、十メートルほど高いアヌレ通りの北側にある階段でつながっている。

「むっ！」

アリが急ブレーキをかけて、道の左側に駐車してある車の列の後ろに停めた。

約百五十メートル先のクリメ通りの突き当たりは、宿があるソリテール通りになっている。その三叉路にパトカーが停まっているのだ。

浩志はさりげなくバックミラーを見た。浩志らを尾行していた瀬川らのベンツ、Ｖクラスの姿はない。行き先が分かっていることもあるが、狭い道路ではアリに気付かれてしまうため、手前のボザリ通りに車を停めて待機しているのだろう。浩志らもボザリ通りに車を停めて、歩くべきだった。

「俺が様子を見てくる」

辰也が車から下りた。彼は浩志やワットと違い、国内治安総局のミュラーに顔は知られていない。

「頼む」

浩志は険しい表情で頷いた。嫌な予感がする。

待つこともなく辰也からのコールがあった。

――宿が警官隊に囲まれています。

通りを覗いた辰也からの連絡である。

「そのまま野次馬の振りをしていろ」

辰也に見張りをさせておくつもりだ。パトカーの周囲にいる数人の黒人の野次馬に紛れ込めば目立たない。

「うん?」

スマートフォンを仕舞おうとすると、また反応した。

「俺だ」

浩志はあえて中国語で話した。瀬川の電話番号が表示されたからだ。

――コマンド1です。たった今、ヴィレット通りが警官隊によって封鎖されました。我々はボザリ通りで待機しておりますので、ご連絡をお待ちします。

瀬川も中国語で報告をしてきた。アリはまた辰也からの連絡だと思っているらしく、気にする様子はない。

「了解」

浩志は鋭い舌打ちをした。南北に通るヴィレット通りに対して、アヌレ通りとソリテール通りにも通じているため、車での抜け道はなくなったことになる。浩志らは退路を塞がれたのだ。

「また苦労しそうか?」

ワットが不敵な表情で尋ねてきた。

「袋のネズミになったらしい」

浩志は苦笑した。

五

浩志とワットと辰也と啓吾、それにアリの五人は、エスパスを路上に乗り捨てざるを得なかった。辰也は黒人の野次馬に紛れこもうとしたが、警官隊が手当たり次第拘束し始めたので、逃げてきたのだ。

とりあえずアヌレ通りを北に向かいクリメ通りに通じる階段を降りようとしたが、階段下のクリメ通りは二台のパトカーで塞がれて検問を行っている。

「ここもだめなのか」

アリはパトカーを見つめながら言った。

浩志はソリテール通りが警官隊で塞がれた段階で、周囲はすべて封鎖されているはずだとアリには話してある。もっともその前に瀬川から報告を受けたことは、むろん話していない。

「本当に袋のネズミになりましたね」

辰也は渋い表情で言った。

「おまえは、袋の熊だ。熊が袋に入ればの話だがな」

ワットが茶化した。

「言えている。おまえは、袋のタコだな」

すかさず辰也が返して、二人で笑っている。

「行くぞ」

首を振った浩志は来た道を戻り、ソリテール通りに向かった。

「どうせあの馬鹿のせいだろう。俺たちが出し抜いたと思って、本気で捕まえるつもりだ。どうする？　あっさりと捕まるのか？」

慌ててついてきたワットが、中国語で囁くように尋ねてきた。馬鹿とはミュラーのことである。

「馬鹿に思い知らせてやらなきゃな」

浩志はふんと鼻で笑って答えると、後ろを振り返って辰也とアリに身をかがめるように手で合図をした。車道の左側にはびっしりと車が停まっているため、建物との隙間に身をかがめて進めば、発見されずに移動できる。

浩志らはソリテール通りとの三叉路のすぐ手前まで出た。車の陰から覗くと交差点にパトカーが二台停まっており、それぞれ運転席に一人ずつ、パトカーの前にも二人の警察官が立っている。タリクの宿の前に警察官は大勢いるが、交差点にいるのはわずか四人だけだ。

ソリテール通りは、宿のすぐ手前まで駐停車できないように左右の歩道にそれぞれ鉄製の車止めが並べられており、石畳の車道は車一台通れるだけの道幅しかない。パトカーはヴィレット通り側にも少なくとも二台停められているのが見える。ソリテール通りは完全に封鎖されているようだ。

浩志は四人の警察官の視線を気にしながらも一人で交差点まで出て、角にある建物の左にある歩行者専用道路を覗いた。

「やはりな」

車止めがあるため、歩行者専用道路の向こうに警察車両はない。大勢の警官隊を乗せたパトカーや護送車はヴィレット通り沿いに停めてあるのだろう。

浩志は小走りにワットらの元に戻った。

「アリ、車を取って来い」

「えっ！　封鎖されているんだぞ」

「いいから、走って行け！」

浩志は首を振るアリの背中を押して無理やり走らせた。

「啓吾、俺たちで四人の警官を眠らせる。その間に、歩行者専用道路の車止めを引き抜くんだ」

歩行者専用道路の車止めは緊急時に備えて、中央の二本は抜くことができるようになっている。

浩志は車の陰から通りを見ながら、ハンドシグナルでワットに前のパトカー、辰也に後ろのパトカーを示した。ほぼ同時に四人を倒さなければ、通りにいる警官隊に気付かれてしまうからだ。

四人の警察官は全員タリクの宿の方を向いて成り行きを見守っている。

ワットが辰也の肩を叩き、二人は匍匐《ほふく》前進するように低い姿勢で進み、後方のパトカーの運転席のドア横に着いた。

浩志は立ち上がると、ゆっくりと二台のパトカーの右側を歩く。運転席の警察官らは浩志を凝視している。その隙にワットは前方のパトカーの運転席の下まで進んだ。

「ボンソワール」

二人の警察官の背後から声をかけた浩志は、振り返った右側の警察官の鳩尾に古武道の突きを入れ、慌てて銃を抜こうとした左側の警察官の右手を左手で押さえつけると、すかさず首筋に手刀を叩き込んだ。頸動脈《けいどうみゃく》を強打された警察官はその場で昏倒《こんとう》し、腹を押さえて前かがみになった右側の警察官の後頭部に肘打ちを振り下ろして気絶させた。

浩志が二人の警察官を歩道に転がすと、ワットと辰也はパトカーを前進させて交差点から移動させ、車から下りるとキーを投げ捨てた。乗っていた警察官は、二人とも助手席でぐったりとしている。振り返ると、歩行者専用道路の車止めを引き抜いた啓吾が手を振ってみせた。

タリクの宿の前にいる警察官たちがこっちを見て騒《ざわ》めいている。異変に気が付いたらしい。

急発進したエスパスが、タイヤを鳴らして交差点で停まった。

「早く乗れ！」

アリが運転席から叫んだ。

パン！　パン！　パン！　パン！

数名の警察官が銃を抜いて撃ってきた。距離は約五十メートル、射程距離だが狙ってもなかなか当たるものではない。

「おっと」

浩志の耳元を銃弾が唸りを上げて飛んでいった。未熟な射撃手なら銃弾は上に飛んでいくが、この距離で頭の高さというのなら精度が高いといえよう。

「やばい！　乗れ！」

啓吾を先に乗せたワットと辰也が慌ててエスパスの後部座席に乗った。

苦笑を漏らした浩志は、助手席に飛び込んだ。

六

警官隊を避けてソリテール通りの歩行者専用道路に抜けたアリは、車道に入ると右折してパルスティーヌ通りに入った。一方通行であるソリテール通りは東に向かって進めないからだ。

サンジャン・バプティスト教会脇のパルスティーヌ通りを抜ければ、地下鉄のジョルダン駅があるベルヴィル通りに出ることができる。

百メートル先のベルヴィル通り沿いにある化粧品店が見えてきた。

「やったぞ」

ハンドルを握るアリが、ほくそ笑んだ。人通りもないが、パトカーもなさそうだ。ベルヴィル通りに左折して高速道路であるペリフェリック（環状道路）に出れば、狭苦しい道路に悩まされずに移動できる。もはやパトカーも追っては来られない。

ズガン！

突如激しい衝撃で車体が上下に揺さぶられた。

「うわっ！」

声をあげたアリは急ブレーキをかけたが、制御を失った車はパルスティーヌ通りを飛び出し、ベルヴィル通りの街灯に激突して停まった。

衝撃でエアバッグが膨らんだ。

「うーむ」

アリはエアバッグとシートに挟まれて呻き声を発している。

「大丈夫か？」

「あっ、ああ」

浩志が揺り動かすと、アリは気怠《けだる》そうに頷いた。

「外に出るんだ」

膨らんだエアバッグで視界を奪われた浩志は、ドアを蹴って外に出た。車の前輪が二つともパンクしている。振り返ると、交差点の手前に鋭い爪が飛び出しているバリケードが敷いてあった。

るのだ。

「気を付けろ！」

浩志は車から下りてきた仲間に、体勢を低くするように命じた。無数の人の気配を感じるのだ。

途端、強烈なライトで照らし出される。

「なっ！」

掌《てのひら》でライトを遮《さえぎ》った浩志は、ゆっくりと左右を見渡した。

通りに停めてある車の背後の闇が動いた。防弾ベストを身につけ、バイザー付きのヘルメットを被った黒ずくめの男たちが、５・56ミリＮＡＴＯ弾を使用するＨ＆Ｋ・Ｇ36自動小銃の銃口を向けてゆっくりと近付いてくる。

「ＭＲ73だと？　ＧＩＧＮだ。俺たちは罠《わな》にかかったらしい」

先に後部座席から外に出ていたワットが、両手を挙げて苦笑してみせた。警官隊がパトカーで道路封鎖したにもかかわらず、歩行者専用道路の先が無警戒だったことを怪しむべきだった。

「そのようだな」

浩志も両手を挙げ、ワットと並んだ。

Ｇ36を構える兵士を盾にするように別の兵士がマニューリンＭＲ73で浩志らに狙いを定めながら近付いてくる。アサルトライフルとハンドガンという組み合わせは、市街戦でも近接した敵には有効で、何組ものタンデムの兵士が連携を保ちながら行動している。歴戦の強者《つわもの》である浩志らもさすがに手を挙げる他ないのだ。

マニューリンMR73は、フランス製のダブルアクションリボルバーである。削《けず》り出し加工されたボディは精巧に作られ、命中率も極めて高い。浩志とワットは、世界的に特殊部隊がオートマチックのハンドガンを使う中、リボルバーの銃にこだわり、制式銃として使用している特殊部隊を知っていた。

GIGNとは、フランスの国家憲兵隊の治安介入部隊と呼ばれる特殊部隊のことで、人質救出や対テロに特化し、憲兵隊で対処できない高度な作戦に即応する部隊である。パリ同時多発テロでは、食品店に立てこもった犯人をGIGNが射殺している。

GIGNの隊員は小走りに包囲を狭め、無抵抗な浩志ら五人を素早く後ろ手にして手錠をかけた。

間髪《かんはつ》容《い》れずに暗闇をついてVAB装甲兵員輸送車がバックしてきた。全長五・九三メートル、乗員を入れて十二名が乗車可能である。

浩志ら五人は、兵士に腕を掴まれて装甲車の後部に乗せられた。無駄がない動きである。よほど市街戦の訓練をしているに違いない。

「撤収！」

指揮官らしき男の号令が飛ぶと、装甲車は猛烈な勢いで発進した。

合同捜査

一

パリの南西約二十キロにイヴリーヌ県の県庁所在地ヴェルサイユがある。

世界遺産でもあるヴェルサイユ宮殿は街区の西に位置し、宮殿前から数百メートル東に国家憲兵隊治安介入部隊（GIGN）の八階建ての庁舎があった。

ベルヴィル通りのジョルダン駅前で治安介入部隊に拘束された浩志らは、VAB装甲兵員輸送車に乗せられて治安部隊の庁舎二階にある留置室に入れられた。

「凶悪事件ならともかく、どうして、BRIじゃなかったんだ？」

留置室の折りたたみベッドに座ったワットは、コンクリートの壁にもたれかかり、声を潜めなおかつ日本語で呟いた。盗聴を気にしてのことだが、日本語が自然に口からついて出るようになったらしく、今更ながら彼の言語能力の高さが分かるというものだ。

ＢＲＩとはフランス国家警察捜査介入部隊のことで、治安介入部隊と同じく特殊部隊も存在するが、治安介入部隊は陸・海・空軍と共にフランス軍の一翼《いちよく》を担《にな》う憲兵隊の特殊部隊であるのに対して、ＢＲＩはパリ警視庁に所属する。

タリクの安宿を急襲していたのがパリ警視庁の警官隊だったとしたら、浩志たちを急襲するべき特殊部隊はＢＲＩのはずで、管轄が違う治安介入部隊が出動するのはおかしいとワットは言っているのだ。

「確かに不自然だな」

浩志はワットの対面のベッドで足を組んで横になり、天井を見つめている。天井には小さな監視カメラがあった。

二人が入れられているのは六畳ほどの二人部屋で、辰也と啓吾、それにアリは他の部屋らしいが、電磁ロックがかかった鉄製のドアの外を窺うことはできない。

「どうせ、今回も警官隊を裏で指揮していたのは、ミュラーなんだろうな」

ワットは溜息をつくと、ベッドに横になった。

「間違いないだろう。だが、俺たちは奴らの罠にはまったわけじゃないはずだ」

浩志は淡々と答えると、起き上がって監視カメラに向かって軽く手を振った。

「それは、どうかな。改めて考えれば、歩行者専用道路はがら空きだった。警視庁の囲みをわざと破らせて、治安介入部隊が確保するという連携《れんけい》プレイだったかもしれない。それにしても、腹が減ったな。いつまで俺たちを閉じ込めておくつもりなんだ。ここに来て、一時間近く経《た》つ。俺の腹時計では、午後十一時を過ぎている。おそらく二十分前後だ。こんなことなら、安宿に戻る前にどこかで飯を食っておくべきだったな」

ワットは腹をさすってわざとらしく情けない声を出した。

二人は留置室に入れられる前に、スマートフォンと時計を奪われている。耳に隠し入れてあるブルートゥースイヤホンは、見つからずに没収《ぼっしゅう》されなかったが、これだけでは外部と連絡は取れない。

「相手次第《しだい》だな」

浩志は意味ありげに言うと、立ち上がって出入りのドアをちらりと見た。廊下に微《かす》かな気配を感じたのだ。すると合図したかのようにドアは開き、治安介入部隊の制服を着た小柄な男が入って来た。

「どっ、どういうことだ！」

声を上げたワットが、目を丸くしている。

「ご苦労」

にやりとした浩志は、男の肩を叩いた。

「遅くなりました。ご連絡が取れないので、とりあえず、指示を仰《あお》ぎに来ました」

男も白い歯を見せて笑うと、取り上げられていた浩志のスマートフォンと腕時計を渡してきた。潜入と追跡のプロ、加藤である。

浩志は別働隊の指揮を執《と》る瀬川が、加藤に潜入命令を出すことは分かっていた。加藤なら念入りに建物のセキュリティを調べた上で、忍び込んでくると予測していたのだ。監視カメラに向かって手を振ったのは、第六感としか言いようがないが、加藤が監視モニターを見ている気がしたのである。

「トレーサーマン、まずいぞ、監視カメラに映っている」

ベッドから飛び降りたワットが、天井を指差した。

「大丈夫です。保安室の監視モニターには静止画が映り込むようにしてありますので、実質的には機能していません。電話線は、外線も内線も切断し、ジャミング装置で庁舎から外部への通信もできないようにしてありますので、心配はいりません」

加藤はまるでホテルマンのような営業口調で言うと、ワットにも彼の腕時計とスマートフォンを渡した。

「すげー」

ワットが口笛を吹いて目を見張っている。リベンジャーズに入って何年も経つのに、まだチームの真価を分かっていないようだ。

「辰也と啓吾の居場所も分かるか？」

「もちろんです。二人は隣りの部屋です」

「俺たちと一緒に行動していたアラブ人は？」

「一つ離れた部屋に一人だけで入れられています」

加藤は即答した。留置室の鉄製のドアには、ドアスコープがあり廊下側から室内を覗き見ることができる。ドアは廊下を挟んで八つあったが、すべて確認したのだろう。

「辰也と啓吾を連れてきてくれ」

「了解です」

待たせることもなく、加藤は二人を連れて来た。ドアは電子ロックになっており、外からは誰でも開けられるようになっている。もっとも特殊な鍵だろうと、加藤ならキーを盗み出すことは容易いことだ。

「アリも一緒に連れて行きますか？」

辰也が首や肩を回しながら尋ねてきた。力ずくで脱出するつもりらしい。

「脱出はいつでもできる。俺たちが捕まったのは、何か意味があることなのだろう。おそらく、フランス側が混乱しているに違いない。確かめたいことがある。司令官室がどこにあるか、分かるか？」

辰也の質問に浩志は意味不明なことをつぶやいた。

「ここに来るまでに、館内はすべてチェックしてきましたので、分かりますが……」

平然と答えた加藤は戸惑いの表情を浮かべている。

「すべてだって、本当か！」

傍で聞いていたワットが、首を何度も横に振った。加藤は治安介入部隊の本部を機能不全にしただけでなく、制服を盗んで誰にも見咎《みとが》められずに館内をくまなく見回ったのだろう。ワットが信じられないのも無理はない。

「案内してくれ」

浩志は腕時計を手首にはめると促した。

二

制服を着た加藤は、治安介入部隊の本部内を迷うことなく歩いている。この男は抜群の方向感覚と記憶力を持っているため、一度通った場所は正確に記憶し、後で図面に起こすことすらできる。

午後十一時二十分、館内は静まり返っているが、照明は煌々《こうこう》と輝き、時折夜勤と思われる職員の姿もある。加藤は浩志とワットに、職員が現れるたびに隠れる場所を指示して、やり過ごす。

また辰也と啓吾は、保安室で待機させている。加藤が無効にした監視カメラを稼働させて職員の動きを監視し、絶えず案内役の加藤に連絡をしていた。そういう意味では、庁舎はリベンジャーズのコントロール下にある。

「あちらです」

非常階段を五階まで駆け上がった加藤は、廊下の一番奥の部屋を指した。

「加藤、ここで待機してくれ」

「これをお使いください」

頷いた加藤は、ホルスターからマニューリンMR73ではなく、パリの傭兵代理店で手に入れたグロック26を出した。さすがに治安介入部隊の武器庫に忍び込む時間はなかったらしい。

「かえって持たない方がいいだろう」

浩志はワットの肩を叩くと、廊下を奥へと進んだ。

「話し合いは任せるぞ。俺は口下手だからな」

ワットは苦笑いをしてみせたが、サポートに回るという意味である。

浩志は司令官室と書かれたドアを開けると、滑り込むように入った。十八畳ほどの広さはある部屋の手前に、大理石のテーブルを囲むように革張りのソファーが置かれ、奥には司令官室にふさわしい木製のデスクと椅子がある。

ソファーには三人の男が対面で座っていた。

奥のソファーに座っている銀髪の男が浩志を見て、口をあんぐりと開けている。制服の階級章は金色の五本ライン、大佐である。治安介入部隊の司令官に間違いないだろう。

「なっ！」

手前に座っている二人の男たちも異変に気が付き振り返った。

一人はベルヴィル通りで浩志らを拘束する際に指揮を執っていた将校で、もう一人は私服で顔も見覚えがある。

「テロ対策の会議をしているのなら、俺たちも参加させてもらおうか」

浩志が腕を組んで立つと、ワットも横に並んだ。

「……喜んで。私は、ジジャン・ピエトール、治安介入部隊の司令官だ。ムッシュ・藤堂、それにムッシュ・ワット、座ってくれたまえ」

言葉とは裏腹に厳しい表情をしたピエトールは、対面に座っていた二人の男たちに目配せをして脇の椅子に移らせた。異常事態に即応した様子から、大佐という階級は伊達《だて》ではなさそうだ。あえて席を譲らせたのは、何かあれば浩志らを左右から押さえ込めると考えてのことだろう。

「俺たちの素性が分かっているのなら、都合がいい」

浩志とワットは、ピエトールの対面に座った。

「ムッシュ・藤堂、他の国は知らないが、君の記録は、我が国にある。なんせ外人部隊出身で、今では臨時の教官もしているからね。正直言って、確保してすぐに君だと分かった。そこで知り合いを通じて、傭兵代理店に確認したところ、君も含めて、拘束した三人はリベンジャーズのメンバーだと分かり、我々は困惑していたのだ。いかんせん、軍関係者の間では、傭兵特殊部隊の活躍は知れ渡っているからね」

傭兵代理店が浩志らのプロフィール情報を漏らしたようだが、相当強力なコネをピエトールは持っているに違いない。

「はじめようか」

浩志はソファーに深く腰掛け、足を組んだ。

「その前に、どうしてここまで来られたのか教えてもらおうか?」

ピエトールは訝しげな目で見つめている。まだ現実が受け入れられないようだ。

「この庁舎は、すでにリベンジャーズの監視下にある。我々は自由に移動できるし、外部からの出入りも可能だ」

浩志は顔色も変えずに平然と答えた。辰也と啓吾が保安室を確保し、監視カメラで見張っている。外で待機している瀬川たちに連絡すれば、彼らは即座に庁舎に侵入し、武器庫から武器を奪って、あっという間に制圧するだろう。治安介入部隊の隊員がいくら優秀でも数々の戦場で実戦を経験してきた猛者《もさ》の敵ではないのだ。

「ばっ、馬鹿な」

ピエトールは首を振って、笑ってみせた。信じていないらしい。

「仕方がない」

浩志はさりげなくポケットからスマートフォンを取り出すと、日本語で加藤に連絡をした。ピエトールらは、取り上げたはずのスマートフォンを浩志が持っていることに気付いたらしく、首を捻っている。外部からの侵入者があったことなど想像できないからだろう。

ドアがノックされて制服姿の加藤が入ってきた。

「お呼びでしょうか？」

加藤は浩志とワットに向かって敬礼してみせた。軍人を脅すため、彼には軍隊を意識して振る舞うように言ってある。

「他の者にも改めて待機するように命じてくれ。我々に何かあれば、分かっているな」

浩志はもったいぶって言った。

「了解しました」

加藤は直立不動の姿勢で返事をした。

「下がれ」

浩志が軽い敬礼をすると、加藤は踵《かかと》を揃えて敬礼を返し、部屋を出て行った。

「フランスでも最強と言われる治安介入部隊が、監視下にあるというのか」

両眼を見開いたピエトールが立ち上がってデスクの電話の受話器を耳に当てたが、すぐに元に戻した。内線のケーブルも切断してあるので、どこにも連絡はできないのだ。

「そういうことだ。俺たちは手荒な振る舞いは好まない。誰かと違って、いきなり拘束するような真似はしないということだ。現状が理解できたのなら、会議を進めようか」

浩志は皮肉たっぷりに言った。

「わっ、分かった」

ピエトールはポケットからハンカチを出して、額の汗を拭いた。見知らぬ東洋人が治安介入部隊の制服を着て館内にいるのだ、度肝《どぎも》を抜かれたに違いない。

「まだ名前を名乗らない奴がいる」

左右に座る男二人を浩志は、交互に見た。

「ロベール・ジャンジニ」

右側に座った制服姿の男が渋々名乗った。階級章は金色の四本ライン、少佐だ。中佐なら金三本に銀二本の五本である。

「私の名前は知っているだろう」

最後に残った男が、肩を竦めてみせた。

「ユーセフ・パシャルというのが、本名ならばだ。そもそもおまえはシリア人じゃない。DGSE（対外治安総局）の局員だろう。違うか？」

浩志は鋭い視線をユーセフに浴びせた。ユーセフは、アリと行動を共にしてきたシリア人だと言っていたのだが、最初から怪しいと浩志は睨んでいた。ちなみにDGSEは、国防省傘下の対外治安総局のことである。

「どっ、どうして！」

ユーセフは腰を浮かした。

「やはり、そうか。潜入捜査していたおまえは、俺たちが接近したことで、アリに近づけなくなった。それで、ＤＧＳＩ（国内治安総局）が警官隊を使ってタリクの安宿を急襲したのを利用し、俺たちを確保したんだ」

「そっ、それは……」

ユーセフは浩志から視線を外して、助けを求めるようにピエトールの方を向いた。

「なるほど、ミュラーの罠にはまったわけじゃないというのは、そういうことか。警官隊の警戒網の隙を利用して俺たちを拘束し、アリを再び泳がせるために解放するつもりだったんだな。だが、アリはＤＧＳＩに一度捕まっている。まさか、あれも作戦のうちじゃないんだろう？」

ワットは肩を竦め、首を捻った。

「我々治安介入部隊は、昨年のパリ同時多発テロ事件を受けてＤＧＳＥと共同で国内外のテロリストの捜査をしている。ただしＤＧＳＩとの連携はない。彼らはもともとパリ市警と組んでいるからだ」

ピエトールは、表情もなく答えた。

「ＤＧＳＩとの連携はなくても、パリ市警に密告してくれるパイプはあるんだろう。タリクの宿を警官隊が包囲することが事前に分かっていなければ、俺たちを捕まえることは不可能だからだ。アリを確保し、まんまとＤＧＳＩを出し抜いたつもりが、俺たちがいたことで計画が狂ったようだな」

「鋭い洞察力だ。ユーセフから君らがウイグル人だと聞かされていたが、確保して身元の確認をしたら違っていたので、驚いたよ。君らもアリを追っていたんだな」

「俺たちは、日本の原子力関連施設に攻撃すると予告してきたＩＳのハッカーを捜している。犯人はパリに潜伏しているらしい。そこでＤＧＳＩに協力を仰ぎ、パリで捜査している段階で、アリとユーセフが引っかかった。それだけのことだ」

「ＤＧＳＩと協力！　それならなぜＤＧＳＩは、警官隊を使ってまで君らを確保しようとするのだ」

ピエトールはじろりと浩志を見た。

「俺は最初から、潜入捜査するつもりだった。だが、奴らは聞く耳を持たない。それで、仕方なく、アリとユーセフを連れて警察署を脱出した。ＤＧＳＩの担当官がそれで怒っているらしい」

浩志は涼しい顔で答えた。

「無能な連中だからな」

苦笑を浮かべたピエトールは、ユーセフに顎を振ってみせた。説明しろと言いたいのだろう。

「しかし……」

ユーセフは首と両手を同時に振った。対外治安総局の情報員だけに任務を口外するのに躊躇《ちゅうちょ》しているようだ。

「俺たちは、アリに信頼されている。あいつはネットテロリストのことも知っているようだった。徹底的にアリをマークするつもりだ。だが、おまえも任務を遂行《すいこう》したいのなら、俺たちの協力なしじゃできないぞ。どうするんだ！」

浩志は厳しい口調で迫った。

三

国家憲兵隊治安介入部隊庁舎の司令官室は、重苦しい空気が漂っていた。

大理石のテーブルを挟んで五人の男が顔を突き合わせている。

ユーセフ・パシャルと名乗っている男は、アリの情報を教えるように迫られて苦渋《くじゅう》に満ちた表情を浮かべていた。話せば任務を漏らすことになるため、ＤＧＳＥの情報員としてのプライドが許さないのかもしれない。

「仕方がない。私から話そう。我々治安介入部隊は、DGSEと共同でフランスに影響を及ぼす国内外のテロリストの捜査をしているが、テロリストの逮捕は、我々が行っている。作戦上、我々の方がはるかに危険度は高い。そのため、捜査の主導権は治安介入部隊が握っているのだ」

沈黙を破ったピエトールは、難しい表情で話をはじめた。自分が捜査の最高責任者だと言いたかったのだろう。

ユーセフは溜息を漏らしたが、先ほどまでの緊張感はない。安堵しているようだ。自分の口からでなければ、機密が漏れても問題ないということなのだろう。

「フランスやドイツやベルギーなどヨーロッパ諸国には、アラブ系移民や植民地だった北アフリカ系移民が多い。だが、どこの国でも、彼らの犯罪に対して見て見ぬ振りをしてきた。なぜかというと、彼らのコミュニティーに白人がなかなか入り込めないからだ」

ヨーロッパに移住した移民は、それぞれの民族ごとに街を形成していく。弱者として生きるために寄り添って身を守るためだが、それが障害となり警察や司法も介入し辛くなり、どこの移民街も治安が悪くなるのだ。

「DGSEでは、半年ほど前から彼のようにフランス国籍を持つアラブ系の軍人から適任者を選び、テロ対策専従情報員としての訓練を行ってきた。予定では昨年末に彼らは任務に就くはずだったが、その直前にパリ同時多発テロは起こったのだ」

ピエトールは傍のユーセフを指差して続けた。仕方がないという割には、馬鹿丁寧に説明をしている。もともと部下を前にして演説するのが好きなタイプの将校に違いない。

「前置きは、もういい。アリを追っていた理由を聞かせてくれ」

浩志はピエトールを遮って、先を促した。

「アリはイラク人で、二年前にベルギーで国籍を取得している。これは、ベルギー政府に問い合わせて確認済みだ。フランスに入国したのがいつのことかは定かではないが、アラブ系移民に接近し、ＩＳへの勧誘を行ったり、フランス国内でのテロを促したりと相手次第で行動パターンを変えている。パリ同時多発テロにもかかわっているとみられるが、実行犯じゃないだけになかなか尻尾《しっぽ》が摑めないのだ」

本題に入ったピエトールの話にユーセフは頷いている。

「俺たちには、武器の密売先を教え、ＩＳと接近するようにも促してきた。そのくせ、自分はまだＩＳとはかかわりがないと言っていたが、やはり嘘か。だが、ヨーロッパ諸国をイスラム化するのが目的だと言っていたのは、本音かもしれないな」

浩志はアリの不審な行動を思い起こした。

「アリは、ＩＳ側の情報員のようなことをしているようだな。あいつと仲良くなれば、俺たちが追っている犯人に辿り着く可能性が高くなった、ということか」

ワットはにやけた表情で言った。

「悠長なことは言ってられない。実行犯じゃないが、放っておけば、これからもフランスでテロが起きる可能性は高くなる。あいつは、本当に危ないやつなんだ。単独で動いているように見せかけているが、実はどこかの組織に所属しているらしい。あいつだけ捕まえても意味がないんだ」

押し黙っていたユーセフが、口を開いた。ピエトールが肝心な話を終わらせたので、もういいと判断したようだ。

「あの男をどれくらいの期間、マークしていたんだ」

浩志はユーセフに尋ねた。

「他の情報員から、引き継がれてから一週間だ。アリは非常に用心深い。質問をするだけで怪しまれてしまう。前任者は、アリに疑われたために交代したのだ」

ユーセフはミュラーの取調べの際に、アラビア語で捲《まく》し立ててフランス語はまったく理解できないそぶりをしていたが、流暢《りゅうちょう》に話している。フランスで育った移民二世かもしれない。

「それなら、俺たちの方が一枚上手だな。アリは、ヤーセル・タリクにテロ計画を相談するよう俺たちに勧めていた。うまくいけば話に乗せろとも言われたぞ」

ワットは得意げに話した。

「それが本当なら、素晴らしい。是非我々と合同捜査をして欲しい」

　ピエトールは、手を叩いて顔をほころばせた。

「喜んでいていいのか？」

　浩志は手放しで喜ぶピエトールを訝しげな目で見た。

「むろん、我々は君たちをカバーし、アリが所属する組織が判明した段階で、ジャンジニ少佐率いる部隊を投入し、一網打尽《いちもうだじん》にする」

　ピエトールの言葉にジャンジニは大きく頷いてみせた。

「そんなことはどうでもいい。アリをまた泳がせるのに、どうやってここから出すつもりなんだ。特殊部隊を使って拘束しておいて、何でもなかったと全員釈放するつもりか」

　舌打ちをした浩志は尋ねた。おそらくウイグル人のとばっちりを受けてアリを逮捕したということにして、彼だけ釈放するつもりだったのだろう。だが、ウイグル人と思っていたのは、潜入捜査をする浩志らだった。状況は大きく変わっているのだ。

「……」

　ピエトールが天井を仰いで絶句した。

「計画はあるんだろう？」

　ワットが悪戯《いたずら》っぽく耳元で囁いてきた。

「当然だ」

　浩志はニヤリと笑って答えた。

四

一般的な日本人のフランスに対するイメージはファッションと美食であり、スタイリッシュで先進的な国家と思い込んでいるのではないだろうか。

だが、それは限られた都市部での話で、フランスはユーロ圏での農業生産額の十八・一パーセントを占め、ユーロ圏では一位という世界的に見ても有数の農業大国である。

パリの都市圏からオート・マルヌ県のラングル高原まで通じる高速道路、オートルートA5で東南に約二百十キロにある二十三番のインターチェンジを下り、ディジョン道路を四キロほど北に向かうと、クレルヴォー刑務所がある。

重罪の犯罪者専用の刑務所であるが、元は修道院であった。刑務所内の見学はできないが、限られた時間帯に歴史的な建造物だけ公開されている。

ディジョン道路はインターチェンジのすぐ近くにある小さな街、ヴィル・スラ・フェルテを抜ければ、牧草地と畑ばかりという田舎道で、街は暖炉《だんろ》の煙突と衛星テレビのアンテナがある比較的裕福な農家が多い。

ヴィル・スラ・フェルテから北に一キロほどの場所にかつて穀物倉庫として使われていたプレハブの建物がある。現在は村の中に建てられた新しい倉庫が使われているために廃《はい》屋《おく》になっていた。

廃屋はディジョン道路に面しており、建物の裏手にある広場は作業場と駐車場を兼ねていたらしいが、今は腰の高さほどある雑草が生《お》い茂《しげ》る野原になっている。広場の片隅に三台のバンが雑草に埋もれるように停められていた。

時刻は午後九時半、田舎町の郊外だけに廃屋の広場は雑草がそよめく音がするだけである。ディジョン道路の街灯は街中だけで、街を抜ければ暗闇に包まれ人影はおろか走る車もない。夜間に移動する場所もないので、街灯など必要がないのだろう。

南から微風が吹いているが、気温は十度と低い。その上雲の切れ間から見えていた星がいつの間にか厚い雲に隠れ、雨がポツリポツリと落ちてきた。

「雨か」

バンの運転席に座っている瀬川が、フロントガラスの滴《しずく》を見て舌打ちをすると、

「この国は本当に雨がよく降りますね」

助手席に座る京介が、溜息をついた。

京介とアンディー・ロドリゲスそれにマリアノ・ウイリアムスの三人は、夕方の便でシャルル・ド・ゴール空港に到着している。

三人はすぐさまヴェルサイユにある国家憲兵隊治安介入部隊庁舎近くで待機中の瀬川、宮坂、田中、黒川、加藤の五人と合流していた。

前日に治安部隊に拘束された浩志の指示で、彼らは二つのチームに分けられ、瀬川がリーダーのAチームは、京介とアンディーの三人、宮坂がリーダーのBチームは、加藤、黒川、田中、マリアノの五人というメンバーになった。

リベンジャーズの二つのチームは、それぞれのバン、ルノー・トラフィックに乗って待機している。

三台目のルノー・トラフィックには、ロベール・ジャンジニ少佐が、四人の国家憲兵隊治安介入部隊の精鋭と一緒に乗っていた。作戦は、彼らと合同ということである。

運転側のウインドウがノックされた。

ジャンジニが人差し指で腕時計を指している。

「どうした?」

瀬川は、ウインドウを開けて英語で尋ねた。

「護送車の運転をしている部下から、二十二番のインターチェンジを過ぎたと連絡があった。とすれば後十五、六分でここを通過するはずだ」

ジャンジニは浮かない表情で言った。

「了解。準備をはじめる。ありがとう」

瀬川は笑顔で答えた。

護送車には浩志とワット、辰也、啓吾、それにアリの五人が乗せられており、彼らはクレルヴォー刑務所に移送されるという設定である。浩志からの命令は、「護送車を襲撃し、五人の脱走を助けろ」という内容だった。むろん本当に襲うわけはない。

襲撃班はAチームで行う。アラビア語が話せ、しかも外見的にウイグル人としてもおかしくないような三人が選ばれたのだ。

瀬川は日本人離れした体型で彫りが深い顔立ちをしており、アンディーはスペイン系なので、二人ともアラブ系といっても差し支《つか》えない。京介は典型的なアジア系だが、アフガン訛りのアラビア語が堪能である。

ウイグル人といっても、トルコ系とモンゴル系の民族が存在するため、アジア系がいてもおかしくはない。彼らが使用する銃は、フランスの傭兵代理店で買い求めたロシア製のマカロフで、安全を期して最初の二発は空砲にしてある。

Bチームは Aチームのバックアップであるが、宮坂とマリアノは治安部隊から借用したナイトスコープを付けたH&K・G36自動小銃を使う。二人は隠れて護送車の前輪を撃ち抜いて強制的に車を停め、銃を構えた瀬川らが車を取り囲む。

護送車の乗員に化けているジャンジニの二人の部下は抵抗しないので、瀬川らは彼らを縛り上げて浩志ら五人を救出してバンで逃走するという筋書きだ。

アリを自由にして泳がせ、浩志とワットは再び彼と一緒にフランスのテロにかかわる組織や闇の人間たちと接触する。今回の行動で、アリは浩志らとより深く付き合うようになるだろう。

一方、ジャンジニが浮かない顔をしているのは、彼と部下の特殊部隊は、この計画に監視役として同行するだけだからだ。計画は浩志が立て、治安介入部隊の指揮官であるピエトール大佐も賛成した。だが、護送車の車輪を撃つには実弾がいるということで、ジャンジニは治安介入部隊のスナイパーが狙撃すると主張したのだが、失敗は許されないため宮坂とマリアノが適任であると浩志は却下している。

両者が譲らなかったため、憲兵隊の射撃場で、宮坂とマリアノは治安介入部隊で一番の狙撃手と射撃の腕を比べたところ、二人とも圧勝し、ジャンジニは任務を譲らざるを得なかったのだ。

宮坂に至っては、H&K・G36自動小銃の限界を超える射撃の腕を見せ、観覧していたピエトール大佐が思わず拍手したほどである。面子《めんつ》を潰されたジャンジニが、面白くないのも当然と言えよう。

「全員に告ぐ、ターゲットは、十数分後に到着。作戦の準備に取り掛かる」

瀬川は耳に入れてあるブルートゥースイヤホンのスイッチをタップし、ポケットの小型無線機でリベンジャーズの仲間に一斉に連絡をした。

——了解！

返事が返ってくると、隣りのルノー・トラフィックからH&K・G36自動小銃を手に全天候型のウインドブレイカー姿の宮坂とマリアノが、車から下りてきた。宮坂が狙撃に失敗することはまずありえないが、二人同時に左右のタイヤを撃ち抜き安全を期すのだ。

「俺たちも行くか」

瀬川は車のエンジンをかけた。

五

浩志らを乗せた護送車は、日が暮れてから庁舎を出て二時間近く走り、オートルートA5を東に向かっている。

護送車の硬いベンチシートに揺られる浩志たちには見ることはできないが、代わり映《ば》えのしない地平線まで続く農地を抜け、道路の脇は森になっていた。

「まったく、このシートのクッションの悪さときたらどうだ。もっとも治安介入部隊の留置室のベッドも酷かった。おかげで中国兵に痛めつけられた腰が疼《うず》き出した。足をどけてくれ」

ワットは床に四つん這《ば》いになり、腰を捻ってストレッチ運動をはじめた。これは演技ではない。長年肉体を酷使《こくし》してきたために腰痛持ちになったのだ。それにチベットに潜入した際に、中国兵にウイグル人と勘違いされて暴行されたことも事実である。

以前の浩志も腰痛には悩まされ、一時は傭兵も引退すべきか悩んだ。だが、古武道を習い、肉体改造することにより克服《こくふく》している。おかげで人生の峠《とうげ》すら越えた歳になっても傭兵をしていられるのだ。

ベンチシートは向かい合わせになっており、浩志の隣りにワット、対面の席にアリ、その隣りに辰也と啓吾が座っていた。護送車の天井には、LEDランプがある。運転席側に覗き窓があり、護送する囚人の様子を見るためにライトが点いているのだ。

「どんな時もおまえたちは、落ち着いているな。よほどパキスタンにある軍事訓練所は厳しかったようだ」

アリが妙な姿勢で運動をしているワットを見て笑った。手錠をはめられているので仕方がないが、ワットは笑わせようとわざと大げさな姿勢をしているに違いない。

「訓練所は所詮訓練所、得られるのは、せいぜい銃と爆弾作りの腕だけだ。俺たちは長年中国の軍や警察から謂《いわ》れなき迫害を受け、彼らと長年闘ってもいる。よほどのことでも起きない限り驚くようなことはないんだ」

浩志はワットのストレッチ体操に苦笑を浮かべながら言った。

「おまえたちの敵は、中国だけか？　俺は違うぞ。米国やヨーロッパ諸国が、心底憎い。イラクは確かにフセインの独裁政治で暗い国家だったが、市場にはいつでも食べ物は溢《あふ》れていたし、国民は路頭に迷うこともなかった。フセインが9・11テロに加担し、大量破壊兵器を隠し持っていると、ブッシュが嘘をついて攻撃してくるまではな」

アリは声を荒らげた。この手の話になると、彼は感情剝《む》き出しで語る。嘘偽《いつわ》りがないということもあるが、米国と有志連合による攻撃でイラクが崩壊したことが、アリの心に深く影を落としているからだろう。

天井のライトが一瞬点滅した。振動でライトはこれまでも点滅している。

「同情する」

浩志はアリを見ながら、ワットの尻を蹴った。

「なんだ？」

膝立ちで上半身を曲げるストレッチをしていたワットは、首を捻った。

「おまえのせいで、無理な体勢で座っている。俺まで腰が痛くなるんだ」

浩志は首を横に引いてシートに戻るように促した。そろそろ襲撃の時間だとワットに教えたのだ。予定では宮坂とマリアノが同時に護送車の前輪を撃ち抜き、運転手が急ブレーキをかけて停まることになっている。横転するようなことはないだろうが、それなりに衝撃はあるはずだ。シートに座って身構えていないと大怪我《おおけが》をする可能性もある。

ポケットにスマートフォンは隠し持っているが、腕時計はないので浩志は時刻を知っているわけではない。加藤が取り戻してくれたが、さすがにおかしいので預けてあるのだ。

オートルートA5の二十三番のインターチェンジが近付いたら運転席の兵士がライトを

点滅させて知らせることになっていた。怪しまれないように、高速に乗る前に道の振動に合わせてわざと点滅させてライトの不具合を装《よそお》っていたので、アリは合図と気付くことはないだろう。

「なんだ。それならそうと、早く言えよ」

肩を竦めたワットは、渋々シートに座った。

数分後、護送車は速度を落として大きく左に回転をはじめた。オートルートA5の二十三番のインターチェンジを下りているのだ。

「どうやら、一般道路に出るらしい。目的地に着くのも、あとわずかだ。楽しくなりそうだな」

「ふざけるな！　クレルヴォー刑務所のセキュリティは、厳しいらしいぞ。入ったら出られなくなるかもしれない。そもそも、俺たちをテロリストと決めつけている。裁判はどうなっているんだ」

辰也は冗談を言ったワットの胸ぐらを掴んだ。細かい打ち合わせは、一切していない。だが、辰也の演技は真に迫っている。

「欧米で裁判を受けられるのは、自国の国籍を持っている人間だけだ。白人から見れば、国籍を奪われた俺たちは人間じゃない。まあ、監獄に入ってから、脱出方法は考えるさ」

乾いた笑いを浮かべた浩志は、辰也の腕を掴んでワットから引き離した。

「おまえたちは、俺の割りを食ったのだ」

アリは薄笑いを浮かべている。

「どういうことだ？」

正面に座る浩志は、首を傾げた。

「あいつらは、俺が危ないと気が付いていたらしい。昨日はこっ酷く尋問されたよ。おまえたちは仲間かとも散々聞かれた」

アリは真顔になって答えた。浩志たちが疑われないようにジャンジニ少佐にわざと尋問させたのだ。

「おまえが危ない？」

浩志はわざとまた首を捻って見せた。

「だが、心配はいらない」

アリがぼそりと言った。

「気休めを言うな」

浩志はアリを睨んだ。

「おまえたちと一緒にいれば、なんとかなるような気がしてきたんだ」

アリは不敵な笑いを浮かべてみせた。確かにこれまで浩志たちは、何度も危ない場面を容易く潜り抜けてきた。

ドオン！

突然破裂音とともに車体が揺さぶられ、タイヤが軋《きし》む音が響く。

「おいっ！」

「おお！」

ワットと辰也が、叫んだ。

瞬間、車は右に大きく傾き横転した。

「うーむ」

車の天井に頭をぶつけた浩志は額に手をやると、ぬるりとした感触がする。頭を切ったらしい。高速道路から下りて一般道に出た護送車のスピードが落ちていなかったため、前輪をバーストさせてバランスを崩したのだろう。

「大丈夫か？」

浩志は手探りでワットを揺り動かした。ライトが消えているので見えないのだが、スキンヘッドは手の感触でわかる。

「頭がくらくらする。一体、どうなっているんだ？」

ワットが質問を返してきた。瀬川らの襲撃が思ったより、早かったからだ。

車のバックドアの鍵が叩き壊されて開き、ライトの光が浴びせられた。

浩志は眩《まぶ》しさに思わず掌をかざして、光を遮る。

「出ろ！」

見知らぬ男の声が響いた。

六

美香は出雲大社の大綱《おおづな》がある拝殿に二礼四拝して頭を深く垂れると、拝殿の右手を歩いて今度は背後にある御本殿正面にある八足門《やつあしもん》で参拝をした。

多くの神社で二礼二拝一礼なのは、明治時代に宮内庁式部寮が配布した祭式に基づき全国的に慣例化したためらしい。だが、出雲大社は別格で古い慣習を今に伝えている。

美香は御本殿を右回りに歩き、旧暦の十月に行われる神在祭《かみありさい》の間全国から集まった八百《やお》万《よろず》の神々の宿泊施設となる社である東十九社でも参拝し、その隣りにある食物を司《つかさど》る神様である釜社《かまのやしろ》で手を合わせ、美味《おい》しいものが食べられますようにとつい本音で参拝した。

そのまま御本殿の裏手を回って、西側の柵に設《もう》けられた小さな鳥居に向かってお参りする。意外と知られていないが、本殿の神様は西向きに鎮座されているため、御殿の西側にある御神座正面拝礼所で参拝してこそ神様の正面でお参りすることができるからだ。

美香は浩志の父親である浩一のメモ帳の記載に従って出雲大社に来たのだが、メモには参拝の順路までは書かれていなかった。だが、おそらく几帳面な浩一なら正しい参拝手順に従ったのだろうと思って行動している。

だからと言って、浩一の死の真相が分かるわけではないが、行動をトレースすることで少しでも一人で観光したらしい彼の目的が分かればと思っているのだ。

本殿の西側には天穂日命《あまのほひのみこと》と宮向宿禰《みやむきのすくね》の二社と、東十九社と同じく八百万の神々の宿となる西十九社がある。美香はそれぞれの社に手を合わせて、一通りの参拝をすませるとホッと胸を撫《な》で下ろした。

出雲大社は、いつかは浩志と一緒に参拝したいと以前から思っていた場所である。お互いの仕事柄、一般人と同じような暮らしはできない。それだけに仕事とはまったく無関係な旅行がしたいという願望が常にある。だが、皮肉なことに彼の父親の死の真相を調べる旅で、一人で出雲大社に来ることになるとは想像すらできなかった。

昨日、美香は友恵から浩一の銀行口座の明細書をメールで送ってもらっている。

明細には一昨年調布市八雲台の自宅を売却した際に五千六百万円の現金が口座に振り込まれてから、複数回にわたって現金が引き出され、昨年の暮れに亡くなるまで浩一は二千万円を使い、残金はそれまでの貯金や年金も合わせて四千万円近く残っていた。

思いの外《ほか》高額な預金が残っていたので、彼の死が金銭上のトラブルが原因とは考え辛いが、一人暮らしの老人が一年に一千万円使うのは明らかにおかしい。それに浩一の遺品に通帳はなかった。亡くなってから口座から引き出されていないために、どこかに通帳はあるはずだ。

普通は金銭のやりとりで生活スタイルをある程度知ることができるが、浩一の口座からの振込や引き落としはなく、生活費の一切を現金で支払いしていたようで、使い道を通帳からは窺うことができなかった。

また、浩一が乗っていた品川ナンバーの車の行方もまだ分かっていない。陸運局に問い合わせると、浩一が東京に住んでいた頃に使用していたのは白のエスティマだった。これは玉造温泉での聞き込みで分かった車と同じ車種であるため、彼が松江で乗っていた車も同じと見て間違いないだろう。

一人暮らしでバンというのは少々持て余す気もする。だが、以前住んでいた住宅街での聞き込みで、数年前まで釣りが趣味でよく車で出かけていたという情報もあるため、不思議ではない。年式は二〇〇六年で、浩一が十年前に新車で購入したディーラーも昨日のうちに調べ上げた。だが、新たな事実が分かっても、浩一が死にいたる原因となるものは何ひとつ浮かび上がってこない。

考え事をしながら美香は拝殿横を歩き、戦国武将毛利輝元《もうりてるもと》が寄進し、孫の綱広《つなひろ》が改めて寄進したと言われる〝銅の鳥居（四の鳥居）〟を潜った。

目の前には松並木が続く松の参道がある。樹齢数百年の古木たちが、物静かに語りかけてくるようだ。

「お腹が空《す》いたわね」

荘厳な風景を目にしているにもかかわらず、美香は空腹を覚えた。腕時計を見ると午後二時を過ぎている。朝食は玉造温泉の宿でバイキング形式の朝ごはんを充分食べたのだが、午前七時だったのでさすがに腹が減ったのだ。

松の参道を通り〝中の鳥居（三の鳥居）〟も潜り、坂道になっている参道も上って正面の〝勢溜《せいだまり》の大鳥居〟（二の鳥居）を抜ければ、門前町である神門通りに出られる。参拝順路に従い、行きは〝勢溜の大鳥居〟から入ったのだが、美香は〝銅の鳥居〟から左に曲がり、大社から外に出た。

はじめの三叉路を左に曲がった美香は、足早に歩く。百メートルほど先にある大社の駐車場に、借りたレンタカーが置いてある。だが、今頭にあるのは昼飯で、車を停めた際に目に留まった店に急いでいるのだ。

昼飯は出雲蕎麦《そば》と願っていた美香は、出雲大社周辺に蕎麦の名店が数ある中でも、駐車場脇にある〝八雲〟という店に決めていた。というのも、浩一が東京で住んでいた調布市八雲台を連想させたからである。ゲンを担《かつ》いだこともあるが、浩一が出雲で食事をする際に、気になって入ったかもしれないと淡い期待を抱いたからだ。

交差点の角にある古い商家のような〝そば処　八雲〟の暖簾《のれん》を潜り、座敷ではなく窓際のテーブル席に美香は座った。

「五色蕎麦、お願いします」

テーブルに置いてあるメニューを見て、美香は迷わず注文した。

出雲蕎麦には、割子《わりこ》と暖かい汁で食べる汁蕎麦があり、割子蕎麦でも薬味だけで食べるものと卵や天かすなどがトッピングされたものもある。

美香は空腹にまかせて、一番量の多いメニューを選んだ。

「お待たせしました」

さほど待たされることもなく、店員が五段の割子蕎麦と急須のような入れ物に入った蕎麦つゆをテーブルに載せた。

小さな五つの丸い器に、それぞれ卵、とろろ、天かす、鰹節《かつおぶし》、大根おろしがトッピングされた蕎麦が入っており、どの椀にも青ネギと海苔《のり》と紅葉《もみじ》おろしが添えてあるので食欲がそそられる。店によってトッピングは変わるらしいが、蕎麦の味を邪魔しないように素材が素朴なところがいい。

まずは卵の器に蕎麦つゆを一回しかけて、蕎麦だけ先に食べる。蕎麦の実の甘皮も一緒に碾《ひ》いてあるため麵《めん》の色は黒っぽい。そのため嚙むほどに蕎麦の滋味が口に広がる。

「おいしい」

思わず頷いた美香は、今度は卵の黄身を溶いて食べた。卵を絡ませた蕎麦は、優しい味になる。割子蕎麦は一段ずつ食べ、残った蕎麦つゆと薬味を次の器の蕎麦にかけるのが流儀らしい。

あっという間に一枚目の器を食べ終えた美香は、残った卵入りのつゆをとろろの器にかけた。はじめに卵の蕎麦を食べたのは、とろろに卵を絡ませるためである。

「……!」

とろろをかき混ぜながら何気なく窓の外を見ていた美香は、いきなり立ち上がって店を出た。

出雲大社の駐車場から出てきた見覚えのあるエスティマが、目の前を通り過ぎて交差点を曲がって行ったのだ。しかもナンバーは、〝島根500　た21・××〟である。

美香はジャケットのポケットからスマートフォンを出し、友恵に電話をかけた。

「友恵ちゃん、今、目の前を例の盗難車が走って行ったの。軍事衛星で追える?」

——現在位置は、そのスマホの座標でいいですね。車が向かった方角は?

友恵はすぐに反応した。

「右に曲がったから、国道431号を通り、山陰自動車道に向かったはず」

左に行ったのなら行く先は迷うが、右なら限られる。それに出雲インターが、山陰道の終点のため、方角で迷うこともない。軍事衛星で追うことも可能なはずだ。

——了解しました。軍事衛星にアクセスします。ちなみに車種は、二〇〇二年式、黒の日産セレナですね。

「ちょっと待って！　私の追っているのは、〝島根500　た21・××〟の車よ」

美香は甲高《かんだか》い声を上げた。目の前を通り過ぎた車も先日見た車も同じ白のバンである。車種にあまり自信はなかったが、絶対に黒ではない。記憶を呼び戻すためにインターネットで各メーカーのバンを調べ、特徴的なテールランプの形から古い型のエスティマだと今は思っている。

——番号に間違いありません。では、おそらく盗まれたセレナのナンバープレートだけ使われているのでしょう。車種はなんだったのですか？

あえて使うところをみると、車体も盗難車なのだろう。車体の色と車種を変えることで、検問から逃れているに違いない。

「白のバン、トヨタのエスティマだと思う」

美香は自信なさげに答えた。

テロリストの街

一

瞼《まぶた》を閉じるたびに浅い眠りに陥り、車の振動に身を委《ゆだ》ねている自分に気が付いては、はっと両眼を見開く。

浩志は頭部の怪我と極度の疲労からくる睡魔と戦っている。

クレルヴォー刑務所に向かっていた護送車は、オートルートA5の二十三番のインターチェンジを下りた途端、右に大きく傾き横転した。予定では、宮坂とマリアノが前輪だけ撃ち抜くはずだった。

だが、実際に護送車を襲い、後部ドアを破壊して浩志らを救い出したのは、リベンジャーズではなくアリの仲間である。

襲撃時に車が横転したのは、一般道であるディジョン道路の右側にある街路樹の陰で待ち伏せしていたアリの仲間が、ＡＫ47で前輪と後輪を銃撃したからだ。タイヤを撃ち抜かれて右に傾いた護送車は、あっという間にバランスを崩したのだろう。

左側の席に座っていた浩志とワットは、横転した際に天井に落ちるように転がり、二人とも頭部を負傷している。出血はなんとか止まっているが、頭に当てているタオルは血で染まった。

護送車を襲撃したアリの仲間は、サーミーという三十代半ばと、二十代前半のアブズールという二人のイラク人だ。彼らが用意してきた古いフォルクスワーゲンのワゴン車、ヴァナゴンに浩志らは乗せられた。

浩志は行き先を摑もうと必死に起きていたのだが、睡魔には勝てずに夢うつつの状態なのだ。少なくともパリではないことは分かるのだが、追っ手を気にして運転をしているサーミーは、標識もほとんどないような田舎道を選んで走っている。

「むっ」

体が揺さぶられ、浩志は目を覚《さ》ました。

「大丈夫か、アジャティ。下りるぞ」

隣りに座っていたアリが肩を摑んでいる。二人は運転席のすぐ後ろの後部座席に座っていた。

「ああ」

浩志は気怠そうに返事をすると、後ろを振り返った。

ワットと辰也と啓吾は最後尾の三人席に座っているが、三人とも眠っている。負傷しているワットはともかく、辰也は多分狸《たぬき》寝入りをして状況を摑んでいるはずだ。

「うん？　下りるのか？」

辰也がびくりと体を起こして目を擦《こす》った。やはり、眠ってはいなかったようだ。啓吾はまだ目を覚まさないが、本当に疲れて眠っているのだろう。

「ここは、どこだ？」

体を起こすと、頭の後ろから殴《なぐ》られたような痛みが走った。頭部の怪我は厄介だ。数年前に気絶したままパラシュート降下し、着地時に頭部を負傷したため一年近く記憶を失った経験がある。

「サン・カンタンだ」

アリはドアを開けて先に下りた。

「エーヌ県のサン・カンタンか？」

浩志は頭に当てていた血染めのタオルを右手で押さえながら大きく息を吐き出し、両手をゆっくりと開くと握り直した。違和感はなく、問題なく両手は動く。痺《しび》れもない。

襲撃された場所からサン・カンタンまではおよそ二百九十キロあるので、三時間前後かかるはずだが、その間吐き気もなかった。どうやら頭部の怪我は、出血はあったが裂傷《れっしょう》と打撲《だぼく》だけで脳に異常はなさそうだ。

　北部フランスにあるサン・カンタンはエーヌ県にある最大の都市であり、古くから軍事的要所であったために第一次世界大戦では、旧市街が全滅する被害を受けた。そのため当時の流行であるアールデコ建築で復興がなされ、今も街角にユニークで芸術的な建物が多く残っている。

「この街に仲間が住んでいる。俺たちの街に戻る前に休憩《きゅうけい》だ」

　アリは親指を立てて見せた。仲間に助けられたこともあり、浩志らと違い元気があるようだ。

「……分かった」

　浩志は足を引きずるように車から下りた。体の動きが鈍《にぶ》いのは怪我のせいもあるが、血糖値が下がっているせいもあるのだろう。

　周囲を見渡すと、二階建てのレンガの建物に囲まれている。車は建物の中庭に入れられたようだ。

「夜中だから大丈夫だと思うが、この街でイスラム教徒として振る舞うなよ。住人に怪しまれる。この街にムスリムのコロニーはないんだ」

　アリは声を潜めて言った。

　運転席から下りたサーミーは、木製の大きな門を閉じた。オレンジ色の夜間灯に照らされた中庭には他にもシトロエンとプジョーが停められている。古いレンガの建物は、屋敷というのではなくアパートなのかもしれない。

「休憩か、それともここに泊まるのか？」

包帯代わりのタオルをターバンのように頭に巻いたワットが、辰也の手を借りて車から下りてきた。先に下りた啓吾は眠そうな顔をしているが、足取りはしっかりとしている。

「夜明け前に出発するつもりだが、四時間は休憩できる」

アリが門と反対側にある緑色のドアを開けると、大きな荷物を抱えたサーミーとアブズールが薄暗い廊下の端にある階段を上っていく。中身はＡＫ47に違いない。隠しているところを見ると、アパートには一般人も住んでいるということだ。アジトというほどのものではないのだろう。

「四時間か。仮眠はできるな」

車から下りたワットは一人で歩きはじめた途端、足元をふらつかせた。

浩志は首を傾げ、腕を組んだ。

「おっ！」

傍に立っていた辰也が声を上げた。

周囲の者が唖然《あぜん》とする中、ワットは一回転して体操選手のように両手を挙げてみせた。

浩志は鼻で笑った。わざとだと思っていたのだ。

「騙されたな。俺がこれしきの怪我でへたると思ったのか」

ワットはニヤリとして、辰也にウインクしてみせた。

「馬鹿にするな」

辰也が本気で怒っている。

「アラビア語は止めろ。ここではフランス語を使うんだ。フランス語を話せないやつは、建物の外では口を聞くな」

二人のやりとりを見ていたアリが、注意した。口調は強いが表情からは怒りは感じられない。ワットのいつものお調子者としての演技が、功を奏しているようだ。この男は相手を油断させる天才である。

アリが「俺たちの街」と言っていたのは、フランス北部に来たことからもこの街ではなく彼が国籍を取得したベルギーにあるのだろう。

「……」

浩志は無言でワットと辰也と啓吾についてくるように手招きをした。

二

二台のルノー・トラフィックが、かつてフランス国王の聖別戴冠式が行われたノートルダム大聖堂があるフランス北部の街、ランスの手前一キロのオートルートＡ４を疾走《しっそう》していた。

先頭の車は加藤がハンドルを握り、助手席に瀬川、後部座席に黒川と京介が座り、後続の車は田中が運転し、宮坂とアンディーとマリアノが乗っている。

「うーむ」

険しい表情で高速道路の暗闇を見つめている瀬川は、深い溜息を漏らした。

日本では考えられないことだが、フランスは高速道路といっても、インターチェンジを除き郊外ともなれば街灯もなければサービスステーションがあるわけでもない。

浩志らが何者かに連れ去られ、偽装奪回作戦は失敗した。襲撃犯は瀬川らが待ち伏せしていた地点よりも八百メートル手前のインターチェンジの出口で待ち構えていたらしい。瀬川らも目をつけた襲撃に適した場所ではあったが、狙撃銃で狙える場所がなかったためあえてそこを避けたのだ。

護送車に乗っていたジャンジニの部下から無線で連絡を受けて、はじめて予想外の事態に気が付いた瀬川らはジャンジニのチームとともに現場に急行したが、犯人はおろか浩志らの姿もなかった。運転席と助手席に乗っていたジャンジニの二人の部下は、護送車が横転したために車に閉じ込められ、脱出に十分近くかかり連絡も遅れたらしい。もっとも襲撃に即応できていたら、殺されていた可能性はある。

ジャンジニのチームによる現場検証に、瀬川だけ特別に立会いが許された。傭兵仲間は一時間近く、離れた場所から傍観していたに過ぎない。

立会いといっても護送車の内部に入れたわけではないが、瀬川は覗く程度のことはできた。浩志らがいた護送車後部に少量の血痕が残っていたが、車体に残る銃弾の穴はタイヤと車体下部に集中していたので、血痕は銃撃ではなく事故によるものと断定された。銃撃は護送車を停めることが第一の目的だったのだろう。銃弾が護送中の人物に当たらないように犯人は配慮《はいりょ》したということだ。

ジャンジニは犯人の逃走経路が分からない以上、追跡は不可能と判断した。また高速道路の入口が近いので、すでに遠くに逃走していると考えるのは妥当である。そもそも極秘作戦だっただけに非常線を張るべく警察に協力を求めることができないため、諦めざるを得ないという現実もあったのだ。

ジャンジニは密かに事故処理をすべく治安介入部隊の応援を呼び、それまで現場の保全に当たることになった。同時に瀬川らは共同作戦の中止を勧告され、リベンジャーズに貸し出されていた二丁のH&K・G36自動小銃と実弾は、その場で返却させられた。

フランスでも指折りの特殊部隊の指揮官だけに、ジャンジニは矢継ぎ早に決断し、行動をとった。正直言ってリベンジャーズ主導の作戦が失敗し、イニシアチブを取り戻してホッとしているのだろう。リベンジャーズの作戦を彼らが犯人にリークしたのではないかと疑いたくなるほどである。

瀬川らは仕方なくパリに戻る振りをして現場から離れ、オートルートA5に乗った。

偽装奪回作戦は失敗したが、浩志らがアリと一緒に行動しているのなら、結果的には潜入捜査は継続中である。車内に残っていた血痕から負傷者が出たことは気になるが、作戦はむしろ成功したと言えた。なぜなら、潜入捜査だと知られているのなら、浩志らはその場で殺害されていたはずだからである。

「うん？　シグナルが停止したぞ」

ダッシュボードの上に載せておいたスマートフォンを見た瀬川は、右拳を握り締めた。画面に映るフランス北部の地図上に赤い点が点滅している。

「場所はどこですか？」

笑みを浮かべた加藤は、後部座席で眠る黒川と京介を起こさないように声を潜めて尋ねた。手の空いている者は見張りをするか眠って体力を温存させるのは兵士の基本だから で、いつでもどこでも寝られるというのは熟練の兵士なら誰でもできる。

「サン・カンタンだ」

瀬川は地図を拡大して地名を読んだ。

浩志ら四人は、スマートフォンとブルートゥースイヤホンを隠し持っている。そのためスマートフォンが発するGPS信号を追っているのだ。治安介入部隊にも知らせずに行動するのは、彼らと一緒に行動すると様々な制約を受けることが分かっていたからだ。

浩志からも治安介入部隊と距離を取って行動するように、指示を受けていた。そもそも潜入捜査で多くの人間が関われれば、情報が漏れる可能性が増す。敵側に正体がばれれば、相手はテロリストだけに命取りになる。

「サン・カンタンなら、ここから約百十キロの距離です。一時間で着けると思います」

加藤はハンドルを握ったまま涼しい顔で答えた。この男の頭の中にはフランス全土の地図が入っているようで、頭の中で距離計算をしたらしい。

「結局、一時間のロスをしたのか」

腕時計で時間を確認した瀬川は、舌打ちをした。時刻は午前零《れい》時二十分になっている。ジャンジニを出し抜いて、浩志らを追跡するには怪しまれないように時間のロスを承知で現場に踏みとどまる必要があったのだ。現場を出発したのは、昨夜の午後十時十五分だった。

「仕方がありませんよ。瀬川さんの責任じゃありませんから」

加藤は気を使っているようだが、瀬川も自分のせいだとは思っていない。現場から簡単に引き上げては、ジャンジニに変だと思われる。現場検証に付き合い、治安介入部隊の出方を待っていたら遅くなっただけなのだ。

「サン・カンタンは、ベルギーとの国境に近いな」

フランス北部の地図を拡大して見ていた瀬川は、難しい表情になった。フランスには傭兵代理店があるが、ベルギーにはない。傭兵代理店からは武器だけでなく、様々な情報を得ることができる。追跡するならフランス国内が理想なのだ。そもそも浩志らが、テロリストに成り済まして潜入捜査をしているのは、パリに潜んでいるとされるネットテロリストを捕まえるためである。パリどころか、フランスさえも離れては捜査の意味もなくなる可能性もあった。

「サン・カンタンからベルギーの国境までは、直線距離でおよそ六十キロ。目と鼻の先ですよ」

加藤は前を向いたまま即答した。

「サン・カンタンが最終の目的地なら別だが、やはりベルギーに向かっているのか」

瀬川は大きく頷いた。

浩志から今回の作戦の準備として、武器と食料を充分揃えておくように指示を受けている。アリがベルギーに行く可能性も考えていたに違いない。

「今のヨーロッパは、国境がないのと同じです。フランスからベルギーは東京から埼玉に行くようなものですから」

現ヨーロッパには、国家間で国境の検査なしで自由に往来できるという〝シェンゲン協定〟があり、EU加盟国にとって一つのヨーロッパをイメージさせる根幹の取り決めと言っても過言ではない。

この協定によってEU加盟国間での人と物の流れがスムーズになり、加盟国全体の経済や文化が発展することが最大の理想なのだが、一方で犯罪も国境がなくなった。その象徴が二〇一五年のパリ同時多発テロであり、事件後に〝シェンゲン協定〟の見直しを求める声も出てきている。だが、この協定を廃止し、再び国境での検問がはじまれば、EU加盟国は経済ばかりかその精神においても大打撃を受けることは必然なのだ。

「東京から埼玉か」

瀬川はなるほどと頷いた。

三

サン・カンタンの街中にあるアパートの一室を浩志ら四人は与えられた。

十畳ほどの広さがあるが、調度品は一切なく、床に絨毯《じゅうたん》が敷き詰められている。浩志らのような突然の客に対処するためかもしれないが、祈りの部屋として使っているのかもしれない。

時刻は午前一時十分、到着してから一時間近く経《た》っている。

部屋の電気は点《つ》けられているが、ワットと辰也は横になっており、辰也は大きな鼾《いびき》を立てて完全に眠っていた。

浩志も休もうと横になっているが、移動中に眠っているために目は覚めている。

「アリの仲間は、どうして私たちが移送されることを知っていたんでしょうか」

壁にもたれかかって座っている啓吾は、流暢な中国語で誰とはなしに質問してきた。彼が潜入捜査のメンバーになることは浩志としては想定外であったが、今のところ無難にこなしている。

「それは、独り言《ひとりごと》か？　それとも聞いているのか？」

傍で横になっているワットが、体を起こした。彼も中国語で答えた。部屋に盗聴盗撮器がないことは確認済みであるが、なるべく仲間同士の会話は中国語で話すよう心がけている。辰也はフランス語と英語はできるが、中国語は片言しか喋れないため、会話には加われない。

「今回の仕事を知っている者から漏れていないことは確かだ。俺たちはまだ客扱いされているからな」

ワットの言う仕事は作戦のことである。アリらには聞かれていない、あるいは中国語は理解できないという前提で話しているが、それでも安心できない。怪しまれるような単語は使わないのが、無難なのだ。

「私もそう思います。だから余計気になるんです」

　啓吾は身の危険を感じて、怯えているのかもしれない。潜入捜査と言っても、相手は無慈悲《むじひ》なテロリストであるＩＳかもしれないのだ。

「俺たちが考えているよりも、アリの組織は強大なのかもしれない。それがＩＳだとしたら納得できる」

　浩志もこの数時間同じことを考えていた。

　アリがＩＳに直接関係しているかどうかは別として、ＩＳの利益に繋がる行動をしていることは確かである。だが、彼の正体を摑む決め手がない。

　ＩＳには戦闘員だけでなく、周辺国に工作員を送り込んでいることが知られており、二〇一六年三月、米国デルタフォースの特殊部隊がイラクの国境地帯でＩＳの工作員を拘束している。浩志らもかなり高い確率でアリはＩＳの工作員だと睨んでいるのだ。

「俺も奴はＩＳだと思うが、あのテロ組織自体、未《いま》だに実態はよく分からないからな」

　ワットは首を傾げて見せた。

　ＩＳに関しては、周辺国で様々な情報が飛び交《か》い、同時に妙な噂話や陰謀説が流布《るふ》している。例えば、ＩＳの指導者バグダディは、イスラエルの諜報機関であるモサドの諜報員であるサイモン・エリオットだというのだ。イスラエルにとって、中東諸国は目障りなためにＩＳを誕生させて中東諸国を消耗させて弱体化させることが第一の目的だとし、イスラム国という名の下で残虐《ざんぎゃく》行為をしてイスラム教自身の権威とイメージを貶《おとし》めるのが第二の目的だという。しかもこの情報の出処は元CIA職員のエドワード・スノーデンだというのだが、真っ赤な嘘である。この与太話《よたばなし》を発信しているのはイランで、むしろイスラエルへのネガティブキャンペーンと見た方がいいだろう。

だが、これまで中東は石油を持つゆえに様々な陰謀に踊らされてきた。アルカイダを創設したウサーマ・ビン・ラーディンは、CIAの援助を受けてパキスタン軍統合情報局の協力を得ていたことは周知の事実である。

ブッシュ米国大統領は、イラクの石油欲しさにサッダーム・フセイン大統領を抹殺する必要があった。そのためにイラクに大量破壊兵器が隠匿《いんとく》されていると根も葉もない情報で、米軍と有志国連合がイラクを破壊し尽くしたことも明らかになっている。

今日の米国はテロと断固戦うと宣言しているが、自ら作り出したテロと戦っているのが現状なのだ。そもそも石油利権のために戦争を起こし、ISを叩き潰すために罪もない市民を巻き添えにしながらシリアを空爆するのだから、米国こそテロリスト国家と自戒すべきであろう。

ドアが遠慮がちにノックされ、アリが顔を覗かせた。アパートに到着し、浩志らを部屋に案内すると、医者を手配すると言って姿を消していた。中庭が見える窓から見ていたが、車ではなく徒歩で外出したので、遠くまで出かけたのではないはずだ。

「医者を連れてきた。バテグリアルだ」

アリは黒い手提《てさ》げ鞄《かばん》を抱えた小柄な中年の男を連れて、部屋に入ってきた。口髭を伸ばしているが、顎髭はない。顔立ちや肌の色からしてアラビア系なのだろう。

「医者と言っても獣医だが、まあ医療に人間も動物もないからな」

バテグリアルと呼ばれた男は低い声で笑った。笑うと前歯が抜けているのが見える。口元に傷跡があるので、顔面を大怪我したのかもしれない。

「俺はどこも悪くない。アジャティ、おまえ見てもらえ」

ワットは未だに止血用のタオルをターバンのように巻いている。この男は怪我することは屁とも思わないが、医者嫌いなのだ。

「医者が、怖いのか」

鼻で笑った浩志は、バテグリアルに頭部を見せた。医師とは無縁の戦場では、手の届く範囲なら傷の縫合も自分ですることがある。獣医だろうと医療経験者なら問題ないはずだ。

「ふーむ、縫うほどではないが、かなり酷い打撲だな。数時間以内に気分が悪くならなかったのなら、脳内に出血はないだろう。だが、状態からして脳震盪《しんとう》を起こしたはずだ。氷で冷やしておいた方がいいな」

老眼鏡をかけて浩志の頭部を見たバテグリアルは、笑顔で言った。馬だろうが人間だろうが所詮《しょせん》変わらないのだろうが、これまでも人に対して診察を行ってきたに違いない。

「俺も見てくれ」

様子を窺っていたワットが、自分の頭を指差した。浩志が意外に大したことはないと言われたので、安心したようだ。

「これはいかんな。縫わないと傷がすぐに開いてしまう」

ワットの頭に巻かれたタオルを外したバテグリアルが、眉をひそめた。スキンヘッドだけに打撲時の傷は深いのだろう。

「縫う！　俺は馬や牛じゃないんだ。放っておいてくれ」

ワットはバテグリアルの手を払った。

「仕様がないやつだ」

浩志は騒がしさに目を覚ましていた辰也を手招きし、ワットの腕を二人で摑んで身動きが取れないようにした。タフガイの割にこの男は、妙なところで気が小さいのだ。

「なっ、何をする」

ワットが激しく首を振ると、頭部の傷がパックリと割れた。

「男らしくないぞ」

辰也が笑いながらもがくワットの腕を摑んでいる。明らかに楽しんでいるようだ。

「麻酔はないが、ちゃんと消毒はするから安心しなさい」

バテグリアルが真面目な顔で言うと、持参したバッグから縫合針と縫合糸を出した。どちらもさほど大きくないので、人間にも使える大きさなのだろう。

「なっ、何！」

ワットが悲鳴を上げた。

「動くなよ。歪むと傷跡が残る」

バテグリアルは縫合針に縫合糸を通すと、患部を脱脂綿でアルコール消毒し、ピンセットとハサミに似たヘガール持針器を使って傷口をあっという間に縫い合わせた。しかも縫合した傷もずれていない。下手な外科医より上手いかもしれない。バテグリアルはガーゼを傷口に当てると、医療用テープで止めた。

「終わったぞ」

摑んでいた腕を離した浩志は、ワットの肩を叩いた。

「もう終わったのか？　大したことはなかったな」

額にびっしょりと汗をかいたワットは、平静を装って肩を竦めてみせた。

「刑務所に入らなくて済んだし、怪我の治療もした。これで、おまえたちへの借りはなくなった。逆におまえらは俺に借りができたはずだ。違うか？」

バテグリアルを玄関先まで見送ったアリは、意味ありげな笑みを浮かべた。浩志らのおかげでパリの警察署を脱出した借りはなくなったと言いたいらしい。

「何が言いたいんだ？」

浩志はじろりとアリを見た。

「怖い顔をするなよ。おまえたちは、ＩＳのハッカーを捜しているんだろう。仲間に調べさせて分かったんだが、個人じゃなくてチームらしい。だが、パリにはいない」

「パリじゃないのか？」

「仕事をするときだけ、パリに来るそうだ。通信環境の問題もあるが、パリのネットカフェを使うことで欧米のハッカーの攻撃をかわすそうだ」

「今どこにいる？」

「本当に知りたいのなら、教えてやる。だが、ＩＳのハッカーに仕事を依頼するにも、金はいるぞ。俺たちが立て替えてやってもいい」

アリは、浩志の目をまともに見ようとはせずに俯《うつむ》き加減に話を続けた。何か腹に一物あるのだろう。

「条件は？」

ただではないはずだ。

「ＩＳのハッカーチームの居場所は、仲間が調べている。二、三日中には分かるだろう。その前に手を貸してくれないか」

「聞くだけ聞こうか」

目を細めた浩志は、腕を組んで座り直した。

四

ベルギーの人口は約千百二十万人と東京都よりも二百万人ほど少なく、首都ブリュッセルに至っては東京都の十分の一以下、百十六万人（二〇一四年）である。その中でイスラム系移民は約六十五万人と実に四十一パーセントを占めるという。ヨーロッパ諸国の首都でもイスラム系の比率が圧倒的に高い。

ブリュッセルの中心部、エチューヴ通りとシェンヌ通りの交差点にある小便小僧の像の前では今日も観光客が大勢記念撮影をしている。日本人観光客の姿も多い。有名というだけで少々残念な数十センチの像だけでなく、ヴィクトル・ユーゴーが世界で一番美しいと讃《たた》えたグラン・プラス広場のようにユネスコの世界遺産に登録された観光名所など、ブリュッセルには豊富な観光資源がある。

平和の象徴とも言える小便小僧の像がある街角から約一・一キロ西北にモーレンベーク（シント・ヤンス・モーレンベーク）というエリアがあり、この辺りの人口は約九十五万人、そのうちモロッコやトルコなどからのイスラム系移民は八割以上と、イスラムの街となっている。

午前十一時モーレンベークの商店街であるガン通りとランスフォール通りの交差点の角

にあるペジャブというレストランの前に浩志とワットは立っていた。

サン・カンタンで数時間の休憩を取った浩志らは、午前六時に出発し、二時間弱でブリュッセルに到着している。およそ百八十キロ、大した距離ではない。

「ここがカイロだと言われても俺は信じるぞ」

怪我を隠すために頭にバンダナを巻いたワットは、中国語で冗談を言った。

ロングスカートかガウンを着用した女性はヒジャブを被り、街角のそこここに北アフリカ系の黒人が数人ずつたむろして暇そうにしている。店に並んでいる商品もイスラム系の物が圧倒的に多く、街の看板も公用語のフランス語とオランダ語だけでなく、アラビア語が幅を利かせていた。なんといっても見渡す限り白人の姿を今のところ見つけられない。

「間違いなく、イスラム化しているな」

サングラスをかけた浩志は、中国語で相槌を打った。

ヨーロッパの街が丸ごと中東になっている。パリの19区にも驚かされたが、目の前の景色にはさすがに感心せざるを得ない。ブリュッセルでこの数年の間、新生児の名前で一番多かったのは、〝ムハマド〟である。イスラム系移民の出生率が高い証拠で、ベルギーがイスラム教徒に乗っ取られ、二、三十年後にはイスラム国家になるという学者もいるほどだ。

「知っているか。向かいの角にある雑貨屋が入っているビルの隣りのアパートにアユーブ・エルハザニが住んでいたそうだ。パリ同時多発テロの主犯格と言われるアブデルハミド・アバウドの家もこの近くだ」

ワットは顎を左斜め前に向けた。

モロッコ人のアユーブ・エルハザニは、二〇一五年八月にアムステルダムからパリに向かう高速列車タリスで銃を撃とうとして乗客に取り押さえられた。数々のテロ事件に関与したアブデルハミド容疑者のアパートは、浩志らが立っている場所から四百メートルも離れていない。この数年ヨーロッパで起きたテロ事件の犯人の多くが、モーレンベーク出身者である。

「ISに参加しているベルギー人は約三百五十人いる。大半はこの街の出身者だ。今やテロリストの温床どころか養成所とまで言われているからな」

周囲に目を光らせながら、浩志は答えた。

交差点にたむろしている黒人は全部で十一人いる。煙草をふかしながら、通行人を品定めするように見ている。昼間だからいいようなものの、夜ともなれば何をするか分からない連中だ。もっともベルギー人の失業率が十パーセントに対して、北アフリカ系の失業率は三十パーセントを超す。朝から晩まですることはないのだろう。

「変な言葉を使っているが、おまえらが連絡してきたウイグル人か？」

背後から近寄ってきたアラブ系の男が、フランス語で声をかけてきた。無精髭を生やしているが、ジーパンにアウトドアのダウンジャケットを着込んでそれなりにおしゃれな格好をしている。歳は三十前後、若いというほどでもない。

「おまえが、ハリードか?」

振り返った浩志はアラビア語で尋ねた。

「アラビア語は、得意じゃないんだ。フランス語で話してくれ」

男は首を振って浩志とワットの顔を交互に見た。アリはいないが、どこから話が漏れるか分からない。そのため、浩志はフランス語を封印している。

「おまえが、ハリードか? モロッコ人だと聞いていたが」

ワットが訝しげな目で男を見ながら改めてフランス語で聞いた。

「俺はガキの頃、両親と一緒にベルギーに来たんだ。親父やお袋ともあまり口をきかない。だからアラビア語はある程度分かるが、話すことはできない」

ハリードは、ポケットから煙草を出して、吸い始めた。ベルギーに限らずヨーロッパの喫煙率は高い。それでも数年前から分煙や公共の場での禁煙は、ベルギーでは厳しくなった。だが、この街ではあらゆる法律が緩いらしい。

パリ同時多発テロでテロの巣窟《そうくつ》という汚名を着せられたベルギー政府は、二〇一六年の二月六日に治安対策として二〇一九年末までの四年間で警察官を千人増やし、そのうち三百人をモーレンベーク地区に配置すると発表した。

イスラム過激派思想に染まったアラブ系住民を監視することが目的であるが、アラブ系移民を黙認してきたツケを一気に払おうという魂胆である。だが、貧困と人種差別という根本的な理由を無視し、臭いものに蓋《ふた》をする政府のやり方では何も解決できないだろう。

「仲間が車で待っている。そこで話をしようか。カフェでできるような話じゃないからな」

ワットは親しげに話した。

ハリードは武器の密売人である。浩志らは、アリに代わってブリュッセルの武器商人と交渉して欲しいと頼まれている。アリは以前、ブリュッセルの武器商人と取引をしたが、価格交渉で決裂し、以来彼らとの取引ができなくなっているそうだ。

ブリュッセルには武器の密売組織があり、テロリストに武器を売っている。

「条件を決めるだけなら、どこでもいい。車はどこだ？」

ハリードは煙草の煙を吐き出しながら尋ねてきた。初対面の浩志らに警戒している様子はない。場馴れしていることもあるのだろうが、密売人として下《した》っ端《ぱ》なのだろう。

「ランスフォール通りだ」

ワットはハリードと肩を組むように歩き出した。

五

ランスフォール通りの駐車帯にフォルクスワーゲン・ヴァナゴンが停めてある。ワットは後部ドアを開けてハリードを乗せ、自分も乗り込んだ。

浩志は助手席に座り、バックミラーでハリードを見た。運転席には啓吾が乗っている。辰也はアリとともに離れた場所から様子を窺っているはずだ。

「何が欲しいか言ってくれ。物によっては仕入れるのに時間がかかる」

ハリードはまるで食品でも扱っているような軽い雰囲気である。

「おおよその値段を教えてくれ。それによって発注量が変わるからな」

ワットはポケットから小さなメモ帳を出した。

「ハンドガンは、四百ユーロ（約五万円）から、AK47は五百七十ユーロ（約七万円）から、RPG7なら五千五百ユーロ（六十八万円）からだ。弾丸やロケット弾は別売りになっている。取引が初めてだから、代金は前金で半額もらうことになっている」

ハリードは短くなった煙草をフィルター近くまで吸いながら答えた。

「なるほどね。AK47はどこから仕入れるんだ。まさか中国製やダッラ製じゃないだろうな？」

ワットは価格を記したメモ帳を浩志に見せながら尋ねた。

「馬鹿なことを言うな。一九八〇年代にベオグラードで作られたものだ。ちゃんとしている。疑うのか?」

苦笑いしたハリードは、煙草の吸い殻を火のついたまま窓の隙間から外に投げ捨てた。

ブリュッセルに流れる武器はアルバニアマフィアが扱うルートと、リビア経由の北アフリカルートがある。だが、組織力ではアルバニアマフィアが圧倒的に上だろう。ハリードが言うように旧ベオグラード製の武器なら、彼の組織はヨーロッパで広範囲に活動するアルバニアマフィアの息がかかっているということだ。

「すまない。パリでパキスタン人の武器商人に騙されそうになった経験がある。俺たちは単純にちゃんとした武器が欲しいだけだ」

ワットは両手を大袈裟に振った。

「ウイグル人はよほど田舎者だな。パリなんかで武器を買う馬鹿はいないぞ。高いか、まがい物かのどちらかだ。パリ同時多発テロもそうだが、俺たちは最近話題になったテロ事件の犯人に武器を供給した実績がある」

ハリードは新たな煙草に火を点けると、胸を張って見せた。武器を売ることに微塵《みじん》も後ろめたさはないらしい。

「この馬鹿に、たくさん買うから、見本を見せて欲しいと言うんだ」

浩志が中国語で言うと、ワットは笑いながらフランス語で尋ねた。さすがに馬鹿は訳さなかった。

アリからはAK47を最終的に三十丁は買うように言われている。この条件をクリアしなければ、ISの情報は得られないということだ。

「あらかじめ武器の動作は、こっちでチェックしている。信用第一だからあえて見本は見せない。心配だったらまずは少量購入して、試してくれ。使えば納得するはずだ。数を揃えるのは、それからでもいいだろう」

ハリードはなかなか商売上手である。旧ベオグラード製というのなら、すべて中古品で磨耗や劣化は必ずあるため、メンテナンスが必要なことは誰でも分かる。それでも見本を見せないというのだから、強気の商売だ。武器を買い求めるろくでなし相手に、相当な知恵を身に付けているのだろう。

「面倒な話だな。それじゃ、マカロフとAK47を二丁ずつ購入する。弾薬は百発ずつ付けてくれ」

ワットは浩志に目配せをした。交渉は一任しているが、彼は浩志がリーダーであることをさりげなく演技しているのだ。

「前金を払ってくれ」

ハリードも浩志を見ながら言った。ワットの視線の意味が分かったらしい。

「分かっている。いくらだ」

「弾丸も含めて千ユーロだ。遠方の客だから初回は特別サービスで、端数はまけておく」

ハリードは煙草の煙を窓の隙間から吐き出した。それなりに客には気を使っているらしい。

「気前がいいな。受け渡し場所はどこだ？」

ワットは五百ユーロ札を二枚渡しながら尋ねた。持ち金はフランスの治安介入部隊に没収されたことになっている。アリが用立てたものだ。

「武器は今日中に渡す。連絡先を教えてくれ。夕方にでも電話する」

注文数が少ないので、即日引き渡しということなのだろう。

「それにしても、ずいぶんと用心深いな」

ワットは苦笑いをしてみせたが、アリからは事前に前金のことや受け渡し場所のことは聞いている。渋々メモ帳にスマートフォンの電話番号を書き込んだワットは、メモを破ってハリードに渡した。

「以前は、事務所に客を通して商売していた。だが、テロ事件が起きるたびに警察の目が厳しくなってきたんだ。商売繁盛《はんじょう》も考えものだよ」

ポケットにメモをねじ込んだハリードは、車から下りた。振り返りもせずに人通りの多いガン通りに向かっている。

「どうやら、うまくいったようだな」

ワットはハリードの後ろ姿を見送りながら呟いた。

「うん？」

浩志はハリードの数メートル後ろを歩くアラブ系の男を見て、首を傾げた。ハリードの歩調に合わせて歩いているように見えるのだ。熟練の刑事でも尾行する際に追っている容疑者とつい歩調を合わせてしまうことがある。

「どうかしたのか？」

ワットは気付いていないらしい。気のせいかもしれないが、元刑事の勘に引っかかったのだ。ハリードを尾行している男がいたところで浩志らとは関係はないのだが、なぜか気になる。

「いや、なんでもない」

浩志は啓吾に車を出すように右手を軽く前に出した。

六

宍道湖の東端にある千鳥町《ちどりちょう》は、松江市の中心部に近く、眺望も良いためにホテルや旅館が湖岸に並んでいる。

晴れた日には馬鞍《まくら》山や二子《ふたこ》山の山並みを背景にした宍道湖の美しい湖面を見渡せる場所で、松江城や絶景の夕日が見られるという対岸にあるガラス張りの島根県立美術館も近いため市内観光で宿泊するにはもってこいといえよう。

美香は千鳥町にあるホテル白取《しらとり》の駐車場の片隅に停められたシルバーのフォルクスワーゲン・ゴルフの運転席で欠伸を噛み殺した。

昨日まで使っていたレンタカーのプリウスは返却し、新たに借りているのだ。

浩一の足跡を辿って出雲大社の駐車場にプリウスを停めていたのだが、そこから美香が追っていた盗難車でもある白のバンが出てきた。偶然とは考え難《にく》いので、美香は自分の車を徹底的に調べてみた。すると、車体の下部からGPS発信機を見つけたのだ。

松江に来てから市内を車で走り回っていたために相手に見つけられたのだろう。白いバンを見失った日の夕方に島根県警を訪れている。もし、相手が逃げたと見せかけて美香を逆に尾行していたとしたら、警察関係者だと思われたのかもしれない。

美香はGPS発信機が取り付けられているプリウスを囮《おとり》として使うために発信機を取り外さずに返却し、車のイメージをまったく変えようと外車を扱っている店でゴルフを借りたのだ。

出雲大社から出てきた白のエスティマを友恵が即座に軍事衛星を操作して捉え、島根原発を経由してホテル白取の駐車場に停まるまで追跡した。やはり、原発周辺を窺っているらしい。

その間美香は車を交換して、監視活動ができるようにホテルにはチェックインせずに食料を買い込んで待機していたのだ。友恵からエスティマがホテル白取に着いたと連絡を受けたのは、夕闇迫る午後五時を過ぎていた。

美香は日が暮れるのを待ってホテルの駐車場に車で乗りつけ、白のエスティマを確認している。ナンバーは〝島根500た21・××〟で間違いなかったが、それは盗難車である二〇〇二年式、黒の日産セレナのものだという。

軍事衛星でエスティマの所在までは追えたが、車から降りた人物までは特定することはできなかった。米軍や米情報機関が所有する最新の監視衛星なら顔の認証まで可能だが、友恵が使用できるのは日本の監視衛星か米軍であまり使われなくなった一世代前の衛星に限られるためである。

ホテル白取はチェーン展開している大手のホテルではないため、宿泊名簿はパソコンで管理されていたがオフラインのシステムだった。そのため友恵はホテルのサーバーをハッキングできず、美香はエスティマの使用者を特定すべく、かれこれ八時間近く車を見張っている。

今回は浩志の父親の死の真相を明かすという目的があったが、あくまでも私的な仕事であるため、気持ちに緩みがあった。任務ということなら、あらゆる事象に備えてGPS発信機や武器も持参するのだが、特殊な道具は一切持っていないのが悔やまれる。

「お腹が空いたわね」

美香は腕時計を見た。午前四時十分になっている。おもむろに助手席に置いてあるコンビニの袋からサンドイッチを出して頰張りはじめた。

外気は一度、車内の温度も五、六度まで落ちているだろう。エンジンをかけて暖房を入れたいところだが、排気ガスで車内に隠れていることがバレてしまうので、我慢《がまん》している。食料とともに毛布や携帯カイロを買ってきたので、厚着をして何とか過ごしているが、足元が冷えるのはどうしようもない。

「冷える」

震える足を打ち合わせたり擦ったりしながら美香は、サンドイッチを完食すると、今度はおにぎりを出した。

「うん？」

ホテルから二人の男が出てきた。

美香は運転席に潜り込むように深く座って、顔だけ出した。ゴルフは、ホテルのエントランスに近い場所に置いてあるエスティマから一番離れた駐車場の出口近くに停めてある。夜間なので見られる心配はないが、用心に越したことはない。

男たちはエスティマに乗り込んだ。

「友恵ちゃん。こんな時間にごめんなさい。エスティマが動き出すわよ」

美香は友恵に電話をかけた。

——起きていたから、大丈夫です。追跡を開始します。

友恵は気丈に返事をしてきた。彼女にはいつでも軍事衛星が起動できるように待機してもらっていたのだ。池谷は、友恵に浩志の父親の死を調べている美香に全面的に協力するように要請している。だが、彼女も浩志のことなので、仕事抜きで頑張っているようだ。

エスティマは駐車場を横断し、ゴルフの前を横切って出口から出て行った。

——ターゲットを捕捉しています。ホテルから出て右に曲がり、突き当たりの交差点を左折しました。

「了解」

エンジンをかけて準備していた美香は、ホテル駐車場から車を出した。友恵が軍事衛星でエスティマを追っているので、急いで出る必要はない。

——北に向かっているようです。県道に出るとすれば、また原発に向かう可能性はありますね。夜明け前に何をするんでしょうか？

友恵の声が小型のブルートゥースイヤホンから流れてくる。彼女を相棒にすれば、これほど心強い味方はいない。

「本当に何を考えているのか、さっぱりよ」

美香にも見当がつかなかった。

——やはり、県道37号線に入りました。ところで、美香さんは、松江でカニ料理は食べましたか？

「玉造温泉の旅館の夕食は、カニづくしで美味しかったわ。温泉の泉質もいいし、女性にはお勧めよ」

——いいなあ、私も松江に行こうかな。二人だけで女子会はどうですか？　今の時期、日本海の海の幸《まさ》も美味そうですね。それに出雲大社にも行きたいな。

いつもは男勝りな友恵だが、意外と女子なのだ。

「出雲大社の近くのお蕎麦屋さん、美味しかったわよ。仕事が終わったら一緒に温泉に行きましょう」

無言で追跡するより、おしゃべりをしながらの方が気分はほぐれていい。特に食が話題となれば、つい会話が弾んでしまう。

二百メートル近く先を走るエスティマが、交差点の黄信号で停まった。すでに市街地から離れて、あたりは田畑が広がり、暗闇が幅を利かせている。

「あれっ？」

首を傾げた美香も、ブレーキを踏んでスピードを落とした。夜間なのでヘッドライトで確認するだけだが、かなり遠くまで車がいないことが分かるほど見通しがいい場所である。律儀に黄信号で停まったエスティマを不審に思ったのだ。

青信号で、エスティマは何事もなかったように左折した。県道37号はこの交差点で左に折れる。やはり原発に向かうのだろうか。

「あっ」

交差点を左折した美香は停止して、素早くライトを消した。百五十メートルほど先でエスティマが停まっていたのだ。

助手席のウインドウがノックされた。

「なっ！」

顔を向けた美香は声をあげた。男がウインドウ越しに銃口を向けていたのだ。エスティマが黄信号で停まった際に男は車から下りていたらしい。見通しがいいと言っても周囲は闇が支配している。男は車から下りてその場に伏せていたに違いない。距離は取っていたが、尾行に気付かれていたようだ。

「下りろ！」

男は銃口を向けたまま、左手で手招きした。

「分かったから、撃たないで」

美香はドアを開け、両手を上げて右足からゆっくりと車を下りる。

「さっさと、するんだ！」

男は銃口を向けながら、車の前を回り込んできた。一八〇センチ前後はあり、鍛え上げられた体格をしている。だが、どこか発音がおかしい。

「お願い、今下りるから、待って」

震える声で美香は、車に残した左足を素早く上げた。

途端、車が発進し、男を撥《は》ね飛ばした。

「ギェッ！」

短い悲鳴をあげた男は、道路に転がっている。両足は骨折したかもしれない。特に外傷はなさそうだが、頭部を強打して気を失ったようだ。運転手を失ったゴルフは、男を撥ねた衝撃で右に曲がり、ゆっくりと進んで十メートル先にある対向車線側の電柱に突き当たって停まった。

ブレーキを左足のつま先で踏んでいた美香は、ブレーキを離すと同時にヒールでアクセルを蹴って足を引っ込めたのだ。か弱い女を演じた彼女の演技に男は油断したのかもしれないが、高度なテクニックを見破る者はまずいないだろう。

「大丈夫？　車の前は危ないのよ」

にこりと笑った美香は、男の手から銃を奪った。

異邦のモグラ

一

モーレンベークのガン通りから一本南に入ったベギーヌ通りとレモン・スティジャン通りの交差点の角に〝レ・ベギーヌ〟という名前のバーがあった。

パリ同時多発テロ事件で死亡した犯人ブラヒム・アブデスラムと現場から逃走し、翌年の三月十八日にベルギー市内で逮捕された弟のサラ・アブデスラムが、経営していた店である。事件を起こす一週間前に兄弟は店を他人に売却しており、現在（二〇一六年三月）は、警察によって閉店したという通告書がドアの前に貼ってある。

バーは住宅街にあったが、酒だけでなく麻薬も扱っていたという。若いアラブ系の客が多く過激派の溜まり場で、月に二、三度は警察沙汰になる事件を起こしていたと住民は眉をひそめる。

酒を飲み麻薬に手を染めることなど、イスラム教では厳しく禁じられている。兄弟はモスクに顔を出すこともなかったというから、彼らがＩＳの名の下に起こしたテロ事件が宗教とは無関係だったと見て間違いないだろう。

ベギーヌ通りとの交差点周辺のレモン・スティジャン通り沿いは、古いレンガの三階建てのアパルトマンが軒《のき》を連ねている。このエリアの壁にはペイントの落書きがあまりないので、それほど治安が悪くはないのだろう。

閉店した〝レ・ベギーヌ〟からほど近いレモン・スティジャン通り沿いにあるアパルトマンのロフトで、浩志とワット、辰也、啓吾の四人は、夕食を食べていた。

時刻は午後六時半になっているが、昼間に会った武器商人のハリードからは連絡はまだない。武器を買うことが目的ではないが、アリとの約束を果たさなければＩＳのハッカーの情報を得られないので、浩志らは少々焦っていた。

夕食といっても、ガン通りにある雑貨店のような小さなスーパーで買った缶詰を食べている。近くに手ごろなレストランがないこともあるが、所持金が少ないからだ。アリからは各自百ユーロ（約一万三千円）ずつもらっているが、無駄には使えない。

地域柄スーパーにはイスラム教徒向けの商品が多く、鯖《さば》缶やエジプト産のひよこ豆で作られたホムスの缶詰の他にも中東でよく見かけるピタパンとフランスパンも買ってきた。

「これは、下手なレーションよりうまいな」

ワットは〃マドカナー〃という鯖缶を片手に舌鼓を打っている。

日本の水産加工会社の商品で、二〇一四年に製造された輸出用の鯖の油漬けに秋刀魚《さんま》が混入していたとして問題になったこともあるが、中東では根強い人気を誇る商品だ。日本ではあまり知られていないが、アフリカで国民食とまで言われる鯖のトマト煮の〃ゲイシャ〃など日本の缶詰は海外でヒットしている。

「まるでダイエット食だな」

クリーム状のホムスを付けたピタパンを口に押し込んだ辰也は、皮肉を言った。無類の肉好きにイスラム教徒の真似をしろというのは酷な話ではある。

イスラム教徒は一日に五回のサラート（礼拝）の時間があるが、それも浩志らは行っている。アラビア語が話せるからといって、サラートを軽視すればイスラム教徒でないことがバレてしまうからだ。

中東問題の分析官である啓吾がイスラム教に詳しく、彼の指導の元でサラートを行っている。もっともスンニ派では旅行中は略しても良いとされているので、建物の中にいる場合に限って行っていた。

同行しているアリと彼の仲間も同じように数分で済ませている。それほど彼らも厳格に守っている様子はない。啓吾から言わせると少々いい加減で、世俗的なようだ。

それに彼らは神の思《おぼ》し召《め》しという「インシャラー」という言葉も使わない。浩志が知っているイラク人やシリア人は、何か約束すると最後に「インシャラー」、つまり「もし覚えていたらね」、あるいは「なるようになる」という意味で使う。だが、彼らはテキパキと働くのだ。テロリストとして地下に潜っている人間としては、「インシャラー」と半端な行動はできないからかもしれない。

「おっ」

鯖缶を食べていた浩志はロフトの出窓を見てニヤリとすると、辰也に頷いてみせた。外から窓がノックされたのだ。

「はっ、はい」

辰也が慌てて出窓を開けると、冷気とともに加藤が音もなく屋根から飛び降りてきた。

瀬川らは浩志を追って一時間遅れでブリュッセルに入っており、モーレンベークの南に位置するアンデルレヒトにあるビジネスホテルにチェックインしている。

昨年末はパリ同時多発テロの影響で、ブリュッセルは地下鉄を封鎖するなど厳戒態勢が取られていたが、年が明けてからは落ち着いている。それでも街の要所をFN社製FNC自動小銃で武装した陸軍の兵士が警備をしているため、瀬川らは車の中での待機を諦めてホテルを利用することにしたのだ。

「持参してきました」

加藤は背負っていたショルダーバッグを下ろし、中から小型のコンバットナイフとグロック26と銃弾を床に並べ、浩志にユーロ紙幣の束を渡した。瀬川に電話で要請していたのだ。

「ありがたい」

ワットはグロックとナイフを一番に手に取り、二つの武器に頬を寄せて交互にキスをした。いつでも明るい男だ。

「肉の缶詰もあればよかったな」

辰也はグロックをズボンの後ろに隠して恨めしそうな顔をすると、出入口に立った。

「それじゃ、今度はハラールの肉を持ってきます」

加藤は辰也の冗談にきまじめに答えた。冗談で返すほど、気の利いた男ではないのだ。

「銃はちょっと……」

シリアの紛争地では渋々銃を握ったが、啓吾は武器に対してアレルギーがあるらしく腕を組んで溜息をついている。

「場所は分かったか?」

啓吾を無視して浩志もグロックをズボンの後ろに仕舞い、ナイフをポケットに隠すと加藤に尋ねた。彼にハリードを尾行し、アジトを見つけるように命じていたのだ。

「運河に近いボンヌ通り沿いにあるスクラップ工場です」

当然とばかりに加藤は、表情もなく答えた。

「ハリードに尾行はなかったか？」

「気が付かれましたか。アラブ系の男が尾行していましたが、ハリードにアジトの直前でまかれてしまいました。ハリードは廃屋に入ったと見せかけ、裏から抜けたんです。素人だったら騙されますね」

加藤は微《かす》かに頬を緩めて答えた。多少自慢が入っているのだろう。

「男が何者かなんて分からないよな」

浩志はダメ元で聞いてみた。

「アリの仲間のようです。実は、ハリードの尾行を終えて先ほどまでこの建物を見張っていたんです。名前は分かっていませんが、男が三十分ほど前にこの建物に入るのを目撃しました」

加藤は淡々と答えた。アリの仲間はこのアジトに三人ほどいるらしいが、まだ紹介してもらっていない。

「そういうことか」

浩志は大きく頷いた。アリはハリードの組織と取引を失敗しているので、直談判でもするためにアジトを突き止めようとしたのか、あるいは浩志らを信用していないためだろう。

「うん？　静かにしろ」

ワットはスマートフォンにかかってきた電話に出ると、ニヤリと笑った。ハリードから
かかってきたに違いない。
「ハリードが、午後十時にスクラップ工場に来てくれと言ってきたぞ」
電話を終えたワットは、親指を立てて見せた。
「おい！　誰か来るぞ」
出入口で廊下の様子を窺っていた辰也が、人差し指を口に当てた。
「それでは、失礼します」
加藤は一礼すると、床に置かれていた啓吾の分のグロックとナイフを持って窓から出て
行った。啓吾は使わないと判断したのだろう。啓吾自身もホッとした様子で、窓を閉め
た。
ドアがノックされて、アリが入って来た。時刻は午後七時近くになっている。
「ハリードからまだ連絡が入らないのか？」
アリは疲れた様子で尋ねてきた。連日の逃避行で体力を消耗しているのだろう。
「連絡があれば、教える。それまで休んでいろ」
浩志は首を横に振った。アリに取引のことを教えるつもりはない。彼からＩＳの情報を
引き出すには浩志らの存在感を高める必要があり、それにはハリードの組織に浩志が独自
に取引窓口を作ることである。

「疲れたから、俺は休む。今日の取引が夜中になるようなら任せる。詳しい話は明日聞かせてくれ」

力なく笑ったアリは、自分でドアを閉めた。ハリードと最初の取引は、サンプルのみの購入になったことは、正直に伝えてあった。

「相当疲れているらしいな」

ドアに耳を当てていた辰也は、アリが下の階に下りたのを確認したようだ。

アリたちが眠ってくれたら、単独で行動できる。今日中にすべての銃が購入できるように、ハリードの組織と取引を進めるつもりだ。こうしている間もＩＳは日本の原発を攻撃する準備を整えている可能性がある。時間は無駄に使えない。

「都合がいい」

浩志はニヤリと笑った。

二

モーレンベークはパリ同時多発テロで、一躍有名になった。日本も含め海外では、この地域がまるでテロの巣窟のように報じるメディアもある。もちろんテロリストが潜伏し、新たにテロ組織への勧誘を行っていることは事実だ。だが、この地域に住む大多数のイスラム教徒は普通の人々であり、古くから住むベルギー人もいる。ただし、日が暮れてから出歩く善良な市民はまずいない。

午後九時四十分、浩志とワットは、取引場所に指定されたスクラップ工場に徒歩で向かっている。トラブルを避けるのなら近距離でもタクシーに乗るべきだが、ベルギーでは基本的に流しのタクシーはない。決められたタクシー乗り場で乗るか、電話で迎えに来てもらうことになる。だが、モーレンベークで夜間に迎えに来てくれる勇気がある運転手はいないらしい。

啓吾は危険ということもあるが、アリらの動きが気になるため、あえて彼らの監視として辰也とともにアパルトマンに残してきた。

二人はレモン・スティジャン通りを南に下り、ＰＣＣカー（路面電車）が走るブリガード・ピロン通りに入ってさらに南に向かう。

「危険な街だと言われているが、静かなものだ。俺はニューヨークのサウス・ブロンクスかブルックリンの方がよっぽど危険だと思う。もっともニューヨークは嫌いだから何年も行っていない。本当かどうか知らないが、なんでもマンハッタンの治安は劇的に良くなったらしい」

ワットは楽しそうに中国語で話す。この男は戦闘中も口笛を吹いていることがある。

「この街でテロリストが生まれるのは、紛争で国を追われてきた移民に対する差別と貧困のせいだ。狂った米国の街とは、事情が違う」

浩志は珍しく話しながら歩いていた。

ボンヌ通りにあるスクラップ工場まではおよそ一・六キロ、歩いて十数分の距離だが、人気のない住宅街を抜けて行くことになる。紛争地と違って狙撃される心配はないが、暗闇からいきなり襲われる可能性がゼロではない。とはいえ、神経が張り詰めた状態よりは、会話をしてリラックスしていた方がより柔軟に対処ができる。

二台のルノー・トラフィックに乗った瀬川らが、距離を取りながら二人の後方をついてきている。彼らは浩志とワットのバックアップなのだが、銃撃戦にならない限り、顔を出すなと言ってあった。
四、五階建てのアパルトマンが道の両側に建っているブリガード・ピロン通りは、手入れされた植栽やゴミの少ない歩道など、街並みはいたって綺麗でモーレンベークの中でも比較的裕福な住民が住んでいる場所だ。
住宅街を抜けると道の両側が公園になっているジョセフ・ベーク通りになる。暗闇が支配する場所だけに緊張が走る。

公園脇に停められている銀色の古いボルボの横を通ると、いきなりドアが開き、四人の黒人がおりてきた。四人とも一九〇センチ近い大男だ。チュニジアかモロッコの移民だろう。車の中から煙草の臭いと共に甘い枯葉を燃やしたような異臭がする。男たちは紙巻煙草にマリファナを混ぜて吸っていたようだ。

「二人ともどこに行くんだ？　夜中は何かと物騒だ。俺なら、家でテレビを見ている」

一人だけ革ジャンを着ている黒人が、怪しげなフランス語で言った。他の三人がにやけた表情で手を叩いて相槌を打った。いずれもダウンジャケットを着ているが、身なりがいいとは言えない。この界隈の住民でないことは間違いなさそうである。

四人はゆっくりと浩志とワットを取り囲んだ。うっすらと汗で顔をてからせた彼らの表情は弛緩しており、目つきは空《うつろ》である。麻薬でハイの状態にあり、しかも人を襲うことに慣れているらしい。

「俺たちもそうしたかったが、パーティーに呼ばれているんだ」

ワットが笑いながら答えた。

浩志は油断なくワットの右隣りに並んだ。

「パーティー。それは楽しそうだ。俺たちも一緒に連れてってもらおうか？」

革ジャンの男は馬のような大きな歯を見せて笑った。

「悪いがそれはできない。招待客しか会場に入れないんだ。それに急いでいる」

男に調子を合わせたワットは両手を広げ、肩を竦めた。

「それは悪いことをした。それじゃ、一人二百ユーロずつ通行税を払ってもらおうか」

ようやく男は本題に入ったようだ。いたぶるのを楽しんでいたらしいが、浩志らが動揺しないのでつまらなくなったらしい。

「二百ユーロか随分と安いな。俺なら有り金全部出せと言うがな」

ワットは鼻で笑った。

「うん？」

浩志はジャケットのポケットに入れてあるスマートフォンが反応したので、耳元のブルートゥースイヤホンのボタンを軽く押した。

――トレーサーマンです。お二人を尾行している者が二人います。五十メートルほど離れていましたが、今は公園に入って茂みから様子を窺っています。一人は例のアラブ人です。お気を付けください。

加藤から連絡が入った。加藤と黒川は瀬川らとは別に徒歩で浩志とワットの後ろに付いていた。その間に割り込む形でアリの仲間らしい男たちが尾行しているようだ。アリは休むと油断させて、仲間を浩志らに付けたに違いない。加藤はトラブルが発生したことを理解した上で連絡してきたのだ。

「そうか。分かった」

浩志はイヤホンのボタンを押して、通話を終えた。銃を携帯しているが、アリの仲間が見張っているので使えないということだ。

「独り言を言っているのか？　いかれた奴だ」

革ジャンの男がポケットから刃渡り二十センチほどのナイフ出すと、浩志の目の前に突き出してきた。

「今度から、相手を見るんだな」

浩志はアラビア語で言うと、男の鳩尾を強烈に蹴り上げた。

「ゲッ！」

呻き声を上げた男は後ろによろめいたが、ナイフを持ったまま立っている。

「こいつらジャンキーだから、効かないかもな」

ワットは目の前の男の顔面を思いっきり殴った。男は二メートル後方に飛ばされたが、顔を振って起き上がろうとしている。

「やっぱり、効かないな」

ワットは苦笑した。

麻薬でハイになっている状態では、麻酔をかけられているのと同じで痛みに対して鈍感《どんかん》になるのだ。

背後に立っていた二人の男たちが、無言で切りつけてきた。

浩志は右の男のナイフを避けながら裏拳を顎に決め、体勢を崩した男の後頭部に体重を乗せた肘打ちを落とし、さらに膝蹴りを鳩尾に入れた。さすがに男は泡を吹いて気絶した。

「むっ！」

革ジャンの男が背後から羽交《はが》い締めにし、右手のナイフを浩志の顔面に突き刺そうとする。浩志は右手でナイフの柄を押さえつけ、首に巻きついた男の左手の人差し指と中指を左手で握ると、捻りながら持ち上げ、男の脇を潜るように体を回転させて男の指を折った。

「グェッ！」

さすがにジャンキーでも骨折の痛みは感じるらしい。すかさず浩志は跪《ひざまず》いた男の顎を蹴り上げて失神させた。

「常人の三倍は殴ってやったぞ」

振り返ると、残りの二人の男たちもワットに叩きのめされて道路に転がっている。

「行くぞ！」

浩志は肩で息をするワットの肩を叩いた。

三

ジャンキーの相手をして思わぬ時間を取った浩志とワットは、ジョセフ・ベーク通りからブリュッセル西駅とＰＣＣカーの駅があるニノーヴ通りを経由し、ボンヌ通りに入った。

ボンヌ通りは古い石畳の舗装が残されており、通りの建物も間口が狭い半地下がある古いアパルトマンが1ブロック続く。

アンギアン通りとの交差点を越え、次の1ブロックの左手はPCCカーの車両基地である平屋のレンガの建物がある。ハリードから連絡を受けているスクラップ工場は、その向かいにあった。

スクラップ工場は三メートル近いブロック塀の上にさらに一メートルのフェンスがあり、先端には有刺鉄線が張り巡らされている。梯子《はしご》を使っても侵入するのは難しいだろう。

工場の右隣りは自動車修理工場、左隣りは大きなシャッターがある倉庫、道の向かいは車両基地の壁が続いている。夜間は全く人気のない場所だ。人目をはばかる武器商人としては、これほど立地条件がいい場所はないだろう。

急ぎ足でここまで来た浩志とワットは、「トラック出入口注意!」とフランス語で書かれた看板が付けられた錆《さび》だらけの鉄製の門の前に立った。門も壁と同じで上部が有刺鉄線で巻かれたフェンスになっている。見てくれは悪いが、まるで要塞《ようさい》だ。

時刻は午後九時五十七分になっている。

門を押してみたが、固く閉じられていた。

「入り口は他にもあるのか？」

浩志はブルートゥースイヤホンをタップして、加藤に尋ねてみた。

――十メートル先に鉄のドアがあります。ハリードは、そこから中に入って行きました。

「了解」

スクラップ工場の間口は四十メートル以上あるが、その間に街灯は一つもない。暗いのでドアの存在に気が付かなかった。

錆《さ》びついたドアノブを回してみると、嫌なきしみ音を立ててドアは開いた。

「むっ」

浩志とワットが敷地内に入ると、ライトで顔面を照らされた。

「徒歩で来たのか。いい度胸《どきよう》をしていると言いたいが、夜は物取りとジャンキーがうようよしている。まったく、怖いもの知らずだな」

ハンドライトを手にしたハリードが首を横に振った。二人に警戒心はないらしい。

「いたって平和な街だ。そんな馬鹿なことがあるはずがないだろう。とりあえず現物を見せてくれ」

苦笑したワットは、フランス語で言った。

浩志は無言で敷地内を観察した。幅は四十二、三メートル、奥行きは五十メートルほどあり、両サイドと奥はそれぞれ隣接する建物の壁で、フェンスがあるわけでない。もともとあった建物を取り壊し、跡地の道路側だけに壁を作ったのだろう。壊れた車が道路側の壁際に寄せられて壁の高さまで積み上げられ、鉄製の門は内側から押さえる形で、ブルドーザーが門に付けられている。

夜間は外部からの侵入に備えて、廃車とブルドーザーで表側の塀と門を補強しているらしい。中央には車から取り外したシートやハンドルなどが部品ごとに堆《うずたか》く積まれており、右奥には車を潰す大型のプレス機が置いてあるので、実際に工場として機能しているようだ。

左奥に照明が点いた十二、三坪のプレハブ小屋があり、出入口の前にAK47を肩に下げたアラブ系の男が二人立っていた。

「こっちに来てくれ」

ハリードは手招きをしてプレハブ小屋まで歩き、ドアを開けた。部屋の中から、心地よい暖気が流れてくる。

「ほお」

ワットに続いて、小屋に入った浩志は目を見張った。

ガルバリウム（アルミニウム・亜鉛合金メッキ鋼板）で覆われた外見はかなりみすぼらしいが、内部の天井と壁は板張りで、床には絨毯が敷き詰められている。中央に革張りのソファーとテーブルが置かれ、天井からシャンデリアがぶら下がり、壁には印象派の絵画が飾られていた。左側の壁際には小さなバーカウンターがあり、奥には薪《まき》ストーブがある。調度品は豪華で重厚な感じがするものばかりだ。

「かけてくれ、ウイグルから来た友人よ。私はイヴラヒム・トスラン、アルバニア人だ」

薪ストーブの前のロッキングチェアーに座る六十前後の白髪《しらが》頭の男が、火のついた葉巻を持った右手を振って浩志らにソファーを勧めた。

「俺たちのボスだ。座ってくれ」

出入口に立っているハリードも、浩志とワットに座るように促した。トスランは、モーレンベークエリアで活動するアルバニアマフィアのボスということだろう。

「俺は、アセン・シャブル。彼は、俺たちの真のリーダーのアジャティ・モハメドだ」

ワットは浩志を恭《うやうや》しく紹介した。

「普段は取引に顔を出すことはないが、わざわざウイグルから大口の取引先が来られたと聞いて、挨拶しに来たのだ」

トスランは吸い込んだ葉巻の煙をゆっくりと吐き出した。笑みを浮かべているが、窪《くぼ》んだグレーの眼には射るような鋭い眼光がある。長年裏社会で生きてきた人間なのだろう。

「まずは、物の確認をさせてくれ」

浩志は中国語で話し、ワットがフランス語に訳した。

「いいだろう」

トスランが頷いてみせると、ハリードが壁際に置かれた木箱の中から、マカロフとＡＫ47を取り出してテーブルの上に置いた。木箱の中には、他にも様々な武器が入っている。サンプル用なのかもしれない。

浩志とワットはマガジンが空であることを確認し、トリガーを引いてみた。どの銃もガンオイルが塗られて錆もなくよく手入れしてある。ハリードが旧ベオグラード製だと言っていたのは、嘘ではないらしい。

「状態はいい。これと同じものという条件だが、ＡＫ47をとりあえず三十丁用意できるか？」

ワットはテーブルに銃を置くと、真面目な顔で尋ねた。

「もちろんだ。だが、こちらからも条件がある。私の売った武器をヨーロッパでは使わないと約束して欲しい。アラブ系のテロのせいで、商売がやりづらくなってきた。まして、〝ベルギーにイスラム法を〟の馬鹿どものせいで、政府の締め付けが厳しくなる一方だ」

トスランは歯を剝き出して怒りを表した。武器を供給したテロリストたちの事件がヨーロッパで多発していることに頭を悩ませているらしい。また、〝ベルギーにイスラム法を〟という組織は、世界はイスラム法によって治められるべきだと主張し、手始めにベルギーの法律をイスラム法に変更すべきだと活動している組織だ。

アントワープで設立された組織で、創設者の一人であるファド・ベルセカムが街頭演説で会員を増やし、現リーダーであるファウ・バウカソンも活発に活動している。組織に所属するのはモロッコ系移民が多く、ほとんどが前科者で、彼らの活動でイスラム教は著《いちじる》しくイメージを悪化させ、穏健なイスラム教徒との衝突を引き起こした。

「あいつらは、イスラム法と民主主義は対極にあると言っている。世界中の民主主義国家を敵に回しているのも同じだ。だが、俺たちの敵は中国共産党で、ユーロ圏でも民主主義でもない」

ワットは手振りを交えて答えた。取引は価格交渉で決裂したとアリは言っていたが、ヨーロッパで武器を使うことも辞さないアリの組織に対してトスランがいい返事を出さなかったからだろう。

「我々と無関係な土地で、人を殺すのなら大いに結構。気に入った。ウイグルならパキスタン経由で、送ることも可能だ。必要なだけ武器は揃えよう」

トスランは椅子から体を起こして、浩志に握手を求めてきた。わざわざ彼が顔を見せたのは、新しい販路を見つけたかったからに違いない。

「うん？」

スマートフォンが反応した。浩志は立ち上がってトスランと握手をしながら、さりげなく耳元のブルートゥースイヤホンの通話ボタンを押した。

――何台もの警察のバンがやって来ます。念のために脱出してください。

見張りについていた瀬川からだ。二台のルノー・トラフィックをアンギアン通りにあるPCCカーの車両基地の前に停めて、瀬川らは待機することになっていた。

四

北米ではダッジ・スプリンターと呼ばれて人気の車種であるベンツのフルサイズバン、スプリンターは、Vクラスよりも二回りも大きいため、大人が立って乗れるほど居住空間は広い。ベルギー警察では、スプリンターに武装した複数の武装警察官や特殊部隊を乗せて現場に駆けつける。

――四台の警察車両のスプリンターが、アンギアン通りからボンヌ通りへ左折しました。

瀬川が詳しく報告してきた。あえてスプリンターと車種を言ったのは、セダンのパトカーと違って小隊クラスの警官隊か特殊部隊が乗っている可能性があるからだろう。

「警察車両がこっちに向かっているようだ」

浩志は、振り返ってワットにわざと英語で言った。

「馬鹿な！」

トスランが睨みつけてきた。英語は分かるようだ。浩志とワットが耳に装着しているブルートゥースイヤホンは外部からは見えないため、連絡を取っていたことなど分からないので無理はない。

「仲間に見張りをさせていたんだ。脱出口はあるか？」

浩志は、ポケットのスマートフォンを見せて尋ねた。

外からけたたましい急ブレーキ音が響いた。サイレンを鳴らしていないということは、急襲を得意とする警察の特殊部隊という可能性が高い。

「大変です！　武装警官です」

外で見張りに立っていた二人の男が、ドアを開けるなり叫んだ。

「貴様たち、警察の犬か！」

トスランが浩志の胸ぐらを摑んできた。

「馬鹿野郎。警察の犬なら、教えるか！」

ワットがトスランの腕を摑んで捻《ね》じ上げた。

「わっ、分かった。脱出口はある。手を離せ」

トスランは部下たちに木箱の武器を持ち出すように命じた。没収されるのが、惜しいのだろう。

浩志とワットも手伝って、ＡＫ47とＲＰＧ7を担いでプレハブ小屋を出た。フェンスの外が騒がしい。警官隊は到着したものの、どうやって突入するのか戸惑《とまど》っているようだ。

「簡単には、突入できまい。ここは城と同じなのだ」

トスランが葉巻片手に笑っている。

ダーン！

門が轟音《ごうおん》を立てた。外からショットガンで鍵を壊したようだ。鍵を破壊したら次は、バットリング・ラム（破城槌）で門を突き破るのが常道だが、門の後ろにブルドーザーがある。特殊部隊ならそれに気付くだろう。とすれば、門にロープをかけて車で牽引《けんいん》して壊しにかかるに違いない。

「門は外に向かって引き剝《は》がせば、壊れる。壁も乗り越えずにフェンスを切断すれば、侵入可能だ」

浩志は鼻で笑った。相手がリベンジャーズのような特殊部隊なら、侵入は容易いことである。おそらく五分とかからないだろう。ベルギー警察を嘗《な》めないほうがいい。

「……こっちだ」

さすがにまずいと思ったのか、トスランは葉巻を地面に投げ捨て、プレハブ小屋の裏に回った。

彼の手下が、壁際に置いてある台車に山積みにされた古タイヤを右に動かした。台車に乗せられているために簡単に動く。背後から鉄製のドアが現れた。

「隣りの倉庫に通じているのか？」

「そうだ。倉庫にはベンツVクラスが二台隠してある」

トスランは隠してあると言っているが、スクラップ工場の敷地内に走れそうな車はない。隣りの倉庫に車を停めて、抜け穴になっているドアから出入りしているのだろう。

ドアを抜けると、手下は古タイヤを元に戻してからドアを閉めた。

天井まで六メートル近くある倉庫は、六十坪ほどの広さがあり、木箱が沢山置かれている。木箱に武器がストックされているのだろう。二台のベンツVクラスは、シャッターの近くに停めてあった。

「ここで隠れてやり過ごすのだ。いざとなれば、いつでも逃げることができる」

トスランは気持ちにゆとりが出てきたらしく、ポケットからシガーケースを取り出した。甘い香りがするベルギー産のゴールドである。

「表の通りにいる警官隊に気付かれずに車で逃げることは不可能だ。それに警官隊は、タイヤで隠した抜け穴を見つけるぞ。この倉庫の武器も没収されるな」

浩志はわざと渋い表情で言った。抵抗しなければ銃で撃たれることはないが、逮捕は免れない。それではこれまでの苦労が水の泡になる。何としてもトスランと一緒にここから脱出せねばならない。

付いたらしい。

「どうしたらいいんだ」

トスランの顔が青くなった。武器が没収されると聞いて、ようやく事態の深刻さに気が付いたらしい。

「スクラップ工場の裏の建物は何だ?」

「運送業者と中古車屋と車の保険屋だったが、不況で運送業者以外は潰れて今は誰も使っていない」

「中古車屋のビルは、どの位置にある?」

「真ん中にあるレンガの四階建てだ」

トスランは答えたものの首を捻っている。

浩志はスマートフォンを出して瀬川に電話をかけた。

「俺だ。車をボンヌ通りの一本西側のニコラ・ドワイヤン通りに回してくれ」

いつものことだが、作戦を遂行する際は、周辺地図を頭の中に叩き込んである。

——了解。急行します。

瀬川は落ち着いた声で返事をしてきた。浩志の意図はわかっているはずだ。

「どうするつもりだ?」

トスランは青白い顔で尋ねてきた。ハリードと二人の部下も当惑した様子だ。

「RPG7のロケット弾を二発よこせ」

浩志とワットはスクラップ工場からRPG7の本体を持ち出していた。だが、プレハブ小屋にあった木箱には、武器だけで銃の実弾もロケット弾も入っていなかったのだ。

「どうするつもりだ？」

様子を窺っていたハリードが今度は首を傾げる。

「時間がない。さっさとしろ！」

浩志が怒鳴りつけた。

「はっ、はい」

飛び上がったハリードは、二人の部下と共に奥に積んである木箱を下ろし、中からロケット弾を二発持ってきた。

「行くぞ！」

受け取った浩志は、一発をワットに投げ渡した。

「面白くなったな」

ロケット弾を受け取ったワットは、ニヤリとする。作戦が分かっているのだ。

浩志とワットは、抜け穴からスクラップ工場に戻った。案の定《あんじょう》警官隊は鉄製の門にワイヤーをかけて、外側に引っ張っている。破壊されるのは時間の問題だ。

「警官隊を相手にするのか？」

恐る恐るついてきたトスランとハリードが、不安げな顔で見合わせている。

「いいものを見つけたぞ。待っていろ」

ワットはペンキの缶を拾い上げた。錆止めの塗料らしい。蓋をあけると、敷地の奥の壁に赤いペンキをぶちまけた。

「どうだ」

RPG7にロケット弾を装填《そうてん》しながら、ワットは自慢げに言った。ペンキは約二メートルの高さに巨大な血飛沫《ちしぶき》のように広がっている。

「気に入った。カウントは3だ」

浩志はRPG7を肩に担ぎながら、笑った。

「0か、それとも1の次はファイヤーにするか？」

トリガーのタイミングだが、ワットは冗談を言っている。楽しくて仕様がないらしい。

門を背にした二人は、三メートルほど間隔《かんかく》を開けて並んで立った。

「どうでもいい。3、2、1」

浩志は0で、ワットはファイヤーでRPG7のトリガーを引く。

爆音を上げて発射されたロケット弾は、白煙を引きながら二発ともペイントの的に命中し、轟音を立てた。

粉塵を上げる正面の建物の壁に直径二メートルの穴が空いている。

「撤退するぞ」

浩志は、RPG7を投げ捨てた。

五

スクラップ工場の裏手にある中古車屋だった四階建てビルの壁をRPG7で破壊した浩志とワットは、トスランら武器商人の四人を連れてビルの一階を抜け、警察の特殊部隊で埋め尽くされたボンヌ通りと反対側にあるニコラ・ドワイヤン通りに出た。待つこともなく瀬川らが運転する二台のルノー・トラフィックに回収されて脱出に成功している。

浩志らは非常線が張られる前にモーレンベークからも離れ、トスランの希望でブリュッセルの北東に位置するスカールベークに向かった。

浩志らはトスランの連絡先を確認し、彼と三人の部下を街角に下ろしてすぐに車を出した。トスランを信じたわけではなく、加藤と黒川を尾行につけたために彼らを解放したのである。

加藤らはトスランの新たなアジトを程なくして突き止めたので、そのまま見張りに就かせた。スカールベークは中層の比較的治安がいい住宅街で、警察も武器商人のアジトがあるとは夢にも思わないだろう。

だが、二〇一六年三月二十二日に発生したベルギー同時多発テロで、空港で自爆テロを行ったイブラヒム・バクラウィと地下鉄で自爆した弟のハリド・バクラウィは、スカールベークにあるアパートの最上階を借りていた。この街もイスラム系移民は多い。二人はアパート最上階で爆弾を製造していたのだ。

一旦浩志とワットは、瀬川らが宿泊しているアンデルレヒトにあるビジネスホテルで休息がてら身を隠した。

午前一時半を過ぎて、モーレンベークのアリのアジトで監視役として居残った辰也から警察の非常線もないと安全が確認されたため、浩志とワットは瀬川に車で近くまで送ってもらい、レモン・スティジャン通り沿いのアパルトマンに戻って来た。

エレベーターもないビルなので、薄暗い階段を四階まで二人は疲れた足取りで上る。

「酷い目に遭ったそうですね。怪我はありませんか？」

ロフトの部屋に戻ると、辰也がつまらなそうな顔をしていた。瀬川らから浩志らの状況について連絡を受けている。一緒に暴れたかったからに違いない。

「まったく、疲れた」

浩志は、不機嫌に答えた。肉体的に疲れたわけではない。まるでデジャブーを見るが如《ごと》く、ことあるごとに警察に追われる羽目《はめ》になる。精神的にいささか疲れたのだ。

「俺は街中でＲＰＧ７をぶっ放して、ストレスが発散できて元気だぞ」

ワットは屈託《くったく》ない。

二人とも瀬川らがチェックインしたアンデルレヒトにあるビジネスホテルで夜食を食べていた。そのため、体力的には回復している。

ドアがノックされ、アリが顔を見せた。浩志とワットが階段を上る足音に気が付いたのだろう。

「ずいぶん遅かったが、契約はどうなったんだ？　眠る前に教えてくれ」

アリは眠そうな顔で尋ねてきた。浩志とワットが、まるで遊び歩いていたかのような口ぶりだ。

「おまえが、白々しく俺に質問するのか？」

浩志は封印していたフランス語で、聞き返した。

「フッ、フランス語が喋れるのか！」

アリは甲高い声を上げた。

「おまえは、俺たちを最初から騙してきた。お互い様だ。そろそろ正体を現したらどうだ？」

浩志は腕を組むとアリの前に立った。仲間はくつろいだ様子で、遠巻きにしている。観客を決め込んだらしい。

「おまえたちは、ウイグル人じゃないのか？」

アリはドアの前まで後ずさりした。額にうっすらと汗を掻いている。

「啓吾、俺の言葉を訳してくれないか」

浩志は啓吾を呼び寄せ、日本語で彼の耳元で言った。

「はっ、はい。本当ですか？」

啓吾は一瞬目を丸くしたが、何度も頷く。二人が日本語を話している間、アリは首を傾げている。中国語でないことは分かるらしい。

「アリ、おまえはイラク人じゃない。そうだな」

啓吾が聞きなれない言葉でアリに向かって迫った。ワットと辰也も無論理解できずに、ぽかんと口を開けている。

「なっ、どうして……」

アリの顔面からみるみる血の気が引いてきた。

「やはり、そうか。おまえはクルド人、しかも〝ペシュメルガ〟の情報員だろう。違うか？」

浩志はアリの反応を見て、大きく頷いた。啓吾が話したのは、タリッシュ語やペルシャ語とも近いクルド語で、〝ペシュメルガ〟とはイラク領のクルド人によるクルディスタン自治政府の軍事組織のことである。

陸軍歩兵を主体とする軽武装軍隊だが、先進国並みの二十五万人の兵力を有し、欧米諸国は反ＩＳの正規軍として認め、高性能の武器を彼らに供給しているため戦闘能力は非常に高い。

「なっ、何を証拠に……たまたまクルド語が理解できただけだ。クルド人と言われる覚えはない」

後ずさりしてドアにぶつかったアリは、額に浮いた汗を拭《ぬぐ》って反論した。

「世俗的だが時間を気にするなど、おまえと仲間はイラク人のカテゴリーから外れていたんだ。少なくとも俺の知っているイラク人ではなかった。ひょっとすると酒も飲めるだろう？」

啓吾からサラート（礼拝）の仕方もいい加減で、世俗的であると聞いていた。それにいつも時間通りにアリは行動するようにしている。アラブ系としては、珍しいのだ。

「世俗的なのは、トルコ人も同じだ」

アリは苦笑を浮かべてみせた。

「だから、クルド語が理解できるか試したんだ。そもそも俺たちはいく先々で警察に追い回された。偶然も重なれば、偶然でなくなる。誰かが通報していたのだ。俺たちじゃなければ、おまえが通報していたことになる。しかも、おまえが通報した先は、警察じゃなくフランスとベルギーの情報部だ」

浩志はアリを鋭い視線で見つめながら、近づいた。アリの行動に不審を抱いてから浩志は、ヨーロッパと共同で作戦行動を取る組織はどこかと常に考えていた。トルコも欧米と手を組んでいる。だが、潜入捜査という命がけの作戦にチームを出すような危険は絶対しない。ＩＳに命がけで戦闘を挑んでいるのは、クルド人最強の軍隊〝ペシュメルガ〟である。今回も警官隊に急襲されたために、浩志はアリと仲間は〝ペシュメルガ〟の戦闘員だと結論するに至り、確認のために啓吾にクルド語を使わせたのだ。

「ウイグルのテロリストじゃないとしたら、おまえたちは、一体、何者だ？」

ようやくアリは、浩志らが只者《ただもの》でないことに気が付いたらしい。

「俺の質問にイエスかノーで答えろ。俺たちを利用して武器商人の壊滅を狙っていたのか」

「自分の使命を敵か味方か分からない者に、簡単に白状すると思うのか？」

アリは肩を竦めた。開き直ったらしい。

「俺は、日本人、浩志・藤堂。リベンジャーズの一員だ」

あえて指揮官やリーダーだとは言わない。リベンジャーズは志《こころざし》を共にする傭兵の集まりだからだ。

「リベンジャーズ！　馬鹿な。最強の傭兵特殊部隊だと聞いている。スパイのような真似までするのか？」

アリは信じられないとばかりに、右眉を上げて浩志らの顔を一人ずつ見た。

「俺は正直に名乗ったが、信じられないならそれでいい。おまえが質問に答えなければ、代償を払ってもらう。ワット、辰也、アリの仲間をここに連れてくるんだ」

浩志は隠していたグロック26を抜き、アリの額に銃口を当てた。口を割らせるには仲間の目の前でいたぶるに限る。

「待ってください」

啓吾が割って入って来た。

「私は日本政府の者です。現在日本はＩＳのサイバー攻撃を受け、原子力発電所に攻撃すると脅されています。政府は極秘にリベンジャーズに捜査とＩＳのサイバー部隊の壊滅を依頼しました」

啓吾は浩志の銃口をやんわりと外すと、浩志らに分からないようにクルド語で話した。

「ＩＳのサイバー部隊？」

アリは浩志と啓吾を交互に見た。

「あなたは、ＩＳのサイバー部隊の居場所を教えると約束していましたよね。嘘だったのですか？」

優しい言葉遣いをしながらも、啓吾の眼差《まなざ》しは射るよう鋭い。

「嘘は言っていない。クルド語は、他の者は理解しているのか？」

アリは啓吾の視線を外さずに尋ねた。民族の言葉を流暢に使う啓吾が信頼できると見たのかもしれない。

浩志は二人を静観すべく銃を仕舞い、ワットと辰也にも動かないように合図した。

「いいえ、会話できるのは私だけです。私は中東問題の分析官で、多少はそちらの事情に通じているつもりです。彼らがリベンジャーズというのは、本当のことです。それに日本がISのテロの標的になっているのも嘘ではありません」

啓吾は昨年の事件から詳しく説明をした。

傍《はた》で聞いている浩志には理解できない。だが、啓吾の言わんとしていることは、なんとなく理解できた。その上で彼を自由にさせているのだ。

「……なるほど、辻褄《つじつま》は合うな。だからISのサイバー部隊を捜していたのか」

アリは浩志をちらりと見て、頷いてみせた。

「あなたの使命は、先ほどミスター・藤堂が言ったように武器商人の壊滅だったのですか?」

啓吾は改めて浩志の質問をクルド語で復唱した。

「その通りだ。私の任務はフランスとベルギーでISの戦闘員及びISに賛同するテロリストの逮捕と、彼らに武器を供給する武器商人の壊滅だ。両政府に協力する代わりに〝ペシュメルガ〟に武器の援助をしてもらうことになっている。藤堂が指摘した通り、これまでフランスとベルギーの情報部には通報していた。だが、私と仲間の存在は高度な潜入捜査のため、フランスとベルギー側の軍と警察組織には知られないようにしていたのだ」

アリはフランス語で説明をした。浩志にも聞かせるためだろう。

「話を戻そうか。ＩＳのサイバー部隊の居場所を教えろ」

浩志は顎を軽く振って、アリを促した。

「交換条件だ。モーレンベークのアルバニアマフィアのボスと彼の所在を教えてくれ」

アリは首を横に振った。

「虫のいいやつだ」

「私の望みは、テロの撲滅と武器のない世界だ。クルド民族の独立はその先にある」

アリは険しい表情で、浩志に向き合った。銃口を向けた人間に視線を合わせるのだ。度胸はあるらしい。もっとも潜入捜査は、精神的にタフガイでなければできないのだ。

「いいだろう。教えてやる」

幾分視線を和《やわ》らげた浩志は、静かに頷いた。

六

渋谷区松濤《しようとう》にある松濤美術館のすぐ近くに、森本《もりもと》病院という個人医院がある。院長の都合により診察時間が短く、入院患者も受け入れはしていない。そのため、患者は近所の年寄りばかりであるが、耐震強化ということで二年前に建て替えられた。

患者数の少なさから経営を心配する年寄りの患者もいるが、特殊な訓練で負傷した自衛官を密かに治療することもあれば、傭兵代理店を医療面でバックアップもしている。防衛省に特務機関として認定された特別な病院であることを知る者は、一般人ではいない。

午後五時四十分、美香は森本病院の一階にある無人の診察室に入った。

彼女の恋人であり、形ばかりではあるが夫となった浩志は、何度もこの病院の世話になっている。また、九年も前のことだが、彼女も潜入捜査の過程で麻薬中毒となり、この病院で治療を受けた。辛い思い出もあるが、浩志の献身的な介護で復帰することができ、彼と深い絆《きずな》ができたという面では、特別に思い入れがある場所でもある。

「待たせたね。疲れたでしょう」

遅れて院長である森本克之《かつゆき》が、笑顔で入って来た。六十代後半になるはずだが、美香の記憶では、はじめて会った九年前から森本の髪は真っ白で今と変わらない。顔の皺も少ないので、むしろ若返った気がするほどだ。

「大丈夫です。ありがとうございます」

森本の笑顔でホッと胸を撫で下ろした美香も笑みを浮かべた。

昨夜マークしていた盗難車の尾行途中に襲われた美香は、反撃して犯人の一人を車で撥ね飛ばして負傷させた。追っていた車は仲間を残してそのまま逃走している。

美香はその場で上司に連絡を取り、緊急支援プログラムを要請した。単独行動を取ることを許されている〝特別情報部〟の職員が、緊急時に様々な支援を受け取ることができるというもので、超法規的な手段を取る場合もある。

気絶している男を車に乗せた美香は上司の指示を受け、その足で島根県との県境に近い鳥取県の航空自衛隊美保基地に向かった。およそ四十分後に到着した美香は、格納庫で夜明けを二時間近く待ち、待機していたC１輸送機に負傷して動けない男とともに乗り込んだ。

午前七時十五分、薄日が射す中C１輸送機は離陸し、一時間ほどで横田《よこた》航空自衛隊基地に到着している。順調に見えたが、そこからトラブルが発生した。受け入れ先の病院が決まらなかったのだ。

緊急事態に備えて、〝特別情報部〟は内閣官房を通じて極秘に自衛隊の協力を直接求めるシステムを構築していたのだが、職員以外の敵と目される人間が負傷した場合を想定していなかった。というのも相手が後々法的に訴えてきた場合の対処まで、想定していなかったからだ。

負傷した男はとりあえず横田基地の格納庫で応急処置を受け、美香もその場で三時間ほど待たされた。だが、何度上司に連絡をしても、検討中という言葉が返ってくるばかりで事態は進展しない。業を煮やした美香は、傭兵代理店の池谷と連絡を取って森本病院の協力を取り付け、森本から防衛省に報告という形で受け入れを決めたのだ。

結局、美香と負傷した男が森本病院に到着できたのは、午後三時近くになっていた。男はすぐさま精密検査を受け、森本による手術が行われた。手術が終了し、結果を聞くために美香は診察室で待っていたのだ。

「お掛け下さい」

森本は自分の椅子に座ると、患者用の丸椅子を美香に勧めた。

「はっ、はい」

苦笑しながらも美香が座ると、森本はデスクのパソコンのキーボードを叩いて、画面にレントゲン写真の映像を出した。この病院でもレントゲンはフィルムレス化が進んでいるらしい。

「いいでしょう。現像する手間もないし、レントゲンを撮ったらすぐに見ることができる。おかげで長年使っていたシャウカステンは、廃棄しました」

森本は自慢げに言ったが、美香をリラックスさせようとしたのだろう。ちなみにシャウカステンとはレントゲン写真を貼って、蛍光灯の光で見るためのディスプレイ器具である。

「男の右足の腓骨《ひこつ》は、粉砕《ふんさい》骨折、左足の同じく腓骨は、単独骨折、全治二ヶ月かな。それから頭部だが、今の所、異常は見られない。だが、脳震盪を起こして気絶しているために事故があった前後の記憶は失われている可能性はある。気絶してから半日以上目覚めないところを見ると、何も覚えていないかもしれないね」

　森本は画面のレントゲン写真を替えては、説明をした。

「男を尋問したいのですが、いつごろできそうですか？」

　美香はこの件では、〝特別情報部〟から一任されている、というか本部ではあまりかかわりを持ちたくないのだろう。

「今日は様子を見るためにも安静が望ましいですな。明日以降なら、いつでも大丈夫でしょう」

　森本は丁寧に説明した。

「そうですか」

　美香は溜息を密かに漏らすと、同時に空腹と眠気を覚えた。朝から何も食事をしておらず、昨夜からの監視活動で睡眠もとれていないのを思い出したのだ。

「私も気にかけて見るようにするから、一度帰ったらどうかな。患者は眠っているし、気が付いたところで、どこにも行けないから大丈夫だよ」

　森本は優しく言った。

　負傷した男は個室に収容され、〝特別情報部〟から依頼を受けた公安調査庁の職員が交代で警備に当たっている。森本だけでなく応援の医師が防衛大付属病院から来ているので、美香が付きっ切りで見張っている必要もない。尋問は急ぐ必要もないのだ。

「そうですね。何かありましたら、ご連絡をお願いします」

美香の自宅はこの病院から歩いて二、三分の距離で、呼び出しがかかってもすぐに駆けつけられる。

森本のデスクの内線電話が鳴った。

「はい。……分かった。今行くよ」

受話器を取った森本は、腰を上げた。

「患者が目覚めたらしい。一緒に見に行くかね」

「もちろんです」

美香も素早く立ち上がった。

「これを着なさい」

森本は診察室に掛けてあった白衣とマスクを美香に渡した。相手の正体が分からない以上、こちらの身分を隠す必要がある。

二人は三階の個室に急行した。

「何を喚《わめ》いているのか、理解できなくて」

廊下で警備に当たっていたスーツ姿の公安調査庁の職員が、困惑した様子である。

マスクで顔を隠した美香と森本は、病室に入った。

「○○○○！　○○○○○！　○○○○○○○！」

確かに男は大声で叫んでいる。念のために男の両腕両足は、タオルでベッドに結びつけてあった。

「何と言っているんだね？」

暴れる男の肩を摑んで押さえようとしながら、森本は振り返った。彼にも分からないようだ。

「ここはどこだ？　私のスマートフォンを返せ。それにこの拘束を解くように言っています。自分の置かれている立場を理解していないようですね」

「よくわかったね。落ち着くように言ってくれないか」

首を振った森本は、白髪頭をかいた。

「静かにしなさい。あなたは拳銃保持で銃刀法違反及び殺人未遂で緊急逮捕され、現在日本政府の監視下にあります」

美香は毅然《きぜん》と朝鮮語で言った。

紛争地へ

一

一言にクルド人と言っても、トルコ、イラク、イラン、シリア、アルメニアにまたがる広範囲に住んでおり、かつてはオスマン・トルコ帝国領に住む一つの民族であった。

彼らの総人口は二千五百万から三千万人と言われており、少数民族という言葉は当てはまらない。国家を持たない世界最大の民族と言われる所以《ゆえん》だ。

今日のようにクルド民族が各国に分断された経緯は、一九一六年に英国とフランスとロシア間で結ばれたオスマン・トルコ帝国領の分割を約した秘密協定である〝サイクス・ピコ協定〟によるもので、その後一九二〇年に英国とフランス間で行われたサン・レモ会議により中東分割は確定した。

これら三国の植民地政策により、クルド民族は分断されると同時に現在の中東諸国の民族及び宗教紛争の原因となったと言っても過言ではない。

パレスチナ問題といえば、日本人の大多数は耳にしたことがあると思うが、同じように民族独立を目指して戦い続けているクルド問題は、日本のメディアでほとんど取り上げられることはない。というのも、トルコやイラクなどを例にとっても、クルド問題は過激な少数民族の反政府運動として片付けられてしまうからである。

トルコの反政府組織でテロ活動も行うクルディスタン労働者党（PKK）は、トルコでは禁止政治組織であり、欧米もテロ組織だと認定している。

一方クルディスタン労働者党から分派し、シリアで活動するクルド民主統一党（PYD）の軍事部門であるクルド人民防衛隊（YPG）は欧米の支援を受けてISと戦い、二〇一六年三月に制圧したシリア北部三地区を統合して自治政府確立を宣言するほどにまで成長した。

また、クルド人組織の中でISと戦って一番効果を上げているのは、イラク北部クルディスタン自治政府の〝ペシュメルガ〟である。中でも女性だけの精鋭部隊があり、イスラム原理主義のテロリストにとって女性に負けることは最高の屈辱《くつじょく》とされるため、女性部隊を見ただけで敗走すると言われるほどだ。

〝ペシュメルガ〟が携行《けいこう》するロシア製AK47、米国製M16、米国製M4カービン、ドイツ製H&K36、クロアチア製VHSなど、アサルトライフルやサブマシンガンを例に取っても多国籍で、いかに欧米の援助を受けているかが分かる。弾丸の互換《ごかん》性がない多種の銃を使い続けるということは、継続的に弾薬が支給されている証拠だ。

三つのクルド人組織は互いに仲が悪いが、同一民族ということでたまに協力することもある。一方クルド人を敵対視するトルコは、これらのクルド人組織を一切認めてはおらず、欧米諸国が対ISでこれまでトルコの協力を得られなかった事情は、そこにあった。

現在、ISと地上戦を行っているのは、事実上YPGと〝ペシュメルガ〟だけであるが、彼らが欧米を中心としたシリアやイラクの和平会議に加われないのは、会議に参加することで彼らの自治政府の存在を認めることになるため、トルコが猛烈な反対をしているからだ。

スーパーハーキュリーズの愛称で呼ばれる米軍輸送機のC130Jが、グレーの機体を闇夜に紛らせ、トルコ東部上空を飛んでいた。

貨物室中央には武器を入れた木箱が積まれ、ロープでしっかりと固定されている。側壁の折りたたみの椅子には、乗務員の他に米軍の二人の将校と砂漠仕様の戦闘服を着たリベンジャーズにアリも座っていた。

「そろそろシリア領に入るな」

腕時計を見て時間を確認したワットが、独り言のように隣りに座る浩志に言った。

「眠っていなかったのか」

浩志も時間は把握している。

ドイツ南西部にあるラムシュタイン米空軍基地を午後二時に離陸して、六時間経過していた。Ｃ１３０Ｊは、トルコ東部のハッカーリに近い山岳地帯上空を飛行しているはずだ。予定通りなら数分でイラクとの国境を越えて二十分前後で、イラク北部クルディスタン地域にある主都アルビールの空港に到着するだろう。

三日前の未明に〝ペシュメルガ〟の情報員だと分かったアリと取引をして、モーレンベーク地区のアルバニアマフィアのボスであるイヴラヒム・トスランのアジトを教えることで、パリで活動していたＩＳのサイバーテロチームの所在を浩志は聞きだしていた。テロチームは、シリアでアラビア語の狐《きつね》を意味する〝サアラブ〟と呼ばれていたらしく、〝ペシュメルガ〟もコードネームとしてそのまま使っているようだ。

〝サアラブ〟は〝ペシュメルガ〟の監視対象になっていたので、動向はある程度把握されていたらしい。ただし、地上戦を主とする〝ペシュメルガ〟にとってサイバーテロリストは攻撃対象にはならず、欧米の情報部からの問い合わせに対して所在を答えるのみだったようだ。

〝サアラブ〟の存在も動向も欧米の情報部では把握しており、同盟国である日本は何も知らなかったことになる。もっともこれは、今にはじまったことではない。

ＮＳＡ（米国国家安全保障局）とＣＩＡ職員の職員だったエドワード・スノーデンは、ＮＳＡとＣＩＡが通信・衛星情報の傍受や盗聴で世界中から集めた情報は、米国、英国、カナダ、オーストラリア、ニュージーランドの五カ国で共有されていることを暴露《ばくろ》した。

機密情報を共有する五カ国は〝ファイブ・アイズ〟と呼ばれ、アングロサクソンの英語圏の国だけを対象にしている。安倍晋三《あべしんぞう》首相がいくら日米同盟を強化して米国に擦り寄ったところで、彼らは黄色い肌の日本人を相手にしないということだ。

アリによれば〝サアラブ〟は年が明けてからパリのアジトを引き払って、現在はＩＳが首都としているシリアのラッカにいるそうだ。パリ同時多発テロの影響でフランスの警察や情報部の締め付けが厳しくなり、撤収したらしい。

ＩＳの巣窟とも言えるラッカに逃げたのでは浩志もさすがに諦めかけた。だが、アリによれば、シリアで活動するＹＰＧの協力があればラッカに潜入することができるらしく、その橋渡しを〝ペシュメルガ〟がしてくれるという。共通の敵を倒すためなら、仲が悪くても協力しあうということもあるが、派遣される戦闘部隊が〝ペシュメルガ〟でなく、リベンジャーズと知り、ＹＰＧも乗り出してきたらしい。

過去にリベンジャーズはシリアでＩＳを相手に派手な戦闘を行っており、その戦いぶりはシリアやイラクで地上戦を展開する反ＩＳの武装組織の間で有名なようだ。アリも浩志がリベンジャーズと名乗った際、狼狽《ろうばい》したのはそのためである。リーダーである浩志は、彼らにとって英雄になっているらしい。

そこでワットは米軍の知人を通じて〝ペシュメルガ〟への援助物資の便がないか問い合わせたところ、三日後の一月十四日に米国とドイツの武器を主体とした援助物資を載せて米空軍のC130Jが、アルビールに向けて飛ぶことが分かった。さすがに退役したワットから乗せろとは米軍に頼めないので、啓吾から日本政府を通じて米政府に便乗を要請し、許可が下りたのだ。

「いよいよだな」

ワットは腕を組んで椅子に深く座った。飛行機が急な角度で降下し着陸態勢に入ったのだ。紛争地における航空機の離着陸は、敵の攻撃を受ける確率がもっとも高い。誰しも緊張する瞬間である。

ラムシュタイン米空軍基地を午後二時に離陸したのは、着陸地点での攻撃を回避するべく夜間着陸するためであった。クルディスタン地域は、クルド自治政府の支配下にあるとは言っても、ISと一進一退の攻防を繰り返しているのが現状だからだ。

C130Jは急な角度で北西の方角から侵入して高度を落とし、態勢を立て直すと一気に夜間の滑走路に降り立った。

停止したC130Jは、再び動き出して滑走路の端まで行くと誘導路を回って方向転換し、滑走路に入って停止した。物資や浩志らを下ろす前に、いつでも離陸できるようにしたのだ。

後部ハッチが開き、乾いた冷たい空気が流れてくる。外気は五度ほどか。砂漠地帯なので、日が暮れてからの気温の落ち込みは激しい。誘導灯の代わりに松明《たいまつ》が滑走路に並べてあり、民兵が火を消しては回収している。離陸に誘導灯は必要ないからだ。

リベンジャーズの面々は、シートベルトを外して立ち上がった。

辰也、瀬川、宮坂、田中、黒川、加藤、京介、アンディーにマリアノ、それに浩志とワットを入れた十一名である。日本で待機していた村瀬と鮫沼は、日本政府と米政府との交渉がギリギリまでされたので、招集できなかった。

また、ベルギーまで行動を共にしていた啓吾は、テログループの情報を集めるためにベルギーに残った。

「行くか」

浩志は個人装備を詰め込んだバックパックを担いだ。

二

M134ミニガン（機関銃）を搭載した装甲ハンヴィーを先頭に四台の迷彩柄のハンヴィーが、砂漠を通るモスル街道を疾走していた。浩志は先頭から二台目のハンヴィーの助手席で揺られている。運転しているのは加藤だ。

午後八時二十分にアルビールに到着した浩志らリベンジャーズは、装備を整えてわずか二十分後に出発していた。ＩＳの攻撃予告が四日後に迫っている。一刻の猶予《ゆうよ》もないのだ。

一個中隊を引き連れて滑走路まで出迎えてくれた〝ペシュメルガ〟の将校から街で歓迎の宴《うたげ》をしたいと申し出もあったが、時間がないと辞退した。イスラム教徒とはいえクルド人は世俗主義で酒も好んで飲むのだ。

リベンジャーズは二台のハンヴィーに分乗し、前後の車には〝ペシュメルガ〟の兵士が乗り込んでいる。四台とも米軍が支給したものではなく、元は米軍がイラク政府軍に供与し、それをＩＳが奪取したものをさらにクルド人民兵組織である〝ペシュメルガ〟が奪い取ったのだ。

ＩＳは敗走するイラク政府軍基地から武器弾薬だけでなく軍用車両や戦車、ヘリまでも強奪した。そのため、イラク政府軍の緑地のナンバープレートをつけたハンヴィーを先頭にＭ１Ａ１エイブラムス戦車が隊列をなし、各車両に黒地に白のＩＳの旗がひらめいている光景もシリアやイラクでは珍しくない。もっともヘリはパイロットが不足しているためにＩＳでは活用されていないようだ。

「カラクを通過しています」

ハンドルを握る加藤が呟《つぶや》いた。浩志に現在位置を知らせるためであるが、風景が変わらない夜の走行だけに退屈紛れになる。

アルビールから三十キロ西にあるカラクは、グレートザブ川の東岸に位置する小さな街で、カラクから四十キロ西に位置するモスルは現段階でＩＳのイラクにおける最大拠点である。

川を渡り二百メートルほど先で道路に有刺鉄線で作られたバリケードが置かれていた。バリケードの前には、荷台に重機関銃が取り付けられたピックアップが二台停められている。

ピックアップは中東で一番人気のトヨタのハイラックスで、テクニカルと呼ばれる戦闘車両であるが、近年航空機からの標的になりやすいと激減していると聞いていたが、民兵組織では健在のようだ。周囲にはＭ16で武装した兵士の姿もある。ここは〝ペシュメルガ〟の最前線、バリケードの一寸先はＩＳの支配地なのだ。

先頭を走るアリと四人の武装兵が乗っている装甲ハンヴィーは、バリケードの手前を右に曲がった。彼はパリを拠点に情報員として活動していたが、軍では少佐の階級にある兵士らしい。浩志の活躍でパリとベルギーの武器商を潰すことができたため、恩義を感じているらしく、リベンジャーズを護衛する部隊の指揮官を名乗り出てくれたのだ。

「やはり、ここから北に迂回《うかい》するんですね」

加藤の頭の中ではルートが構築されているのだろう。

先頭車に乗り指揮を執《と》っているアリからは、モスルを迂回し、チグリス川上流に位置するモスル・ダムを抜け、イラクとシリアの国境の街アル・ヤウルービヤに行くときいている。アル・ヤウルービヤで、案内と護衛を〝ペシュメルガ〟からクルド人民防衛隊（YPG）が引き継ぎ、ラッカを目指すのだ。

浩志も地図と現地の情報を突き合わせて、ルートは確認していた。ISの拠点であるモスルを避けるのに安全を期すなら、モスル・ダム湖の北部、トルコの国境に近いデイラブンを通るルートもあるが、それでは百五十キロほどロスになり、夜間ということも考えれば三時間以上余分にかかるだろう。ダム湖の南に位置するモスル・ダムを迂回するのが最短ルートなのだ。

完全舗装されたモスル街道から下りた途端、先頭車両が猛烈な砂塵を巻き上げた。舗装されているようだが、道幅が狭く路面が半ば砂に埋もれた状態らしい。車間距離は十メートルほどだが、先頭車両のテールランプが時折霞《かす》んでしまう。

浩志は首に巻きつけていたアフガンストールを鼻の上まで被せた。密封した車両の中でも砂は容赦《ようしゃ》なく入ってくるため、息をしているだけでいつの間にか砂を噛む羽目になる。

アフガンストールがあれば昼間はクーフィーヤ（アラブの布の帽子）のように頭に巻いて昼は日差しを避け、夜は防寒ができ、また砂が首元から服に侵入するのを防ぎ、砂塵が激しい時はマスクの代わりにもなるという砂漠では必須アイテムだ。

三十キロほど北に進み、乾燥地帯の街灯もない砂塵が舞う闇のトンネルをひたすら百キロ西に向かう。

先頭車両の砂塵が不意に収まった。モスルと北部の街を繋ぐ幹線であるデュホックモスル・ロードに入ったのだ。十数キロ南に戻ってから西に向かえば、モスル・ダムに到着する。

デュホックモスル・ロードを十五分ほど走ると、ダムに通じる道の交差点が軍用トラックで塞がれ、テクニカルが三台配置されていた。ＩＳの拠点であるモスルまで二十六キロほどと近いだけに〝ペシュメルガ〟も守りを固めている場所なのだ。アリの話では常時百人以上の守備隊が任務に就いているらしい。

警備についている兵士が、ハンヴィーの車列を唖然とした表情で見つめていた。ＩＳから奪い取った車には違いないが、戦闘車両であるハンヴィーは〝ペシュメルガ〟にとって貴重な装備である。それが四台も連なり、先頭には装甲ハンヴィーが誘導しているということは彼らにとって異常な光景なのかもしれない。それだけ、リベンジャーズは優遇されている証拠でもある。

「あれ？」

加藤が首を捻りながらブレーキを踏んで車を停めた。先頭車両が突然停車したのだ。

「うん?」

助手席の浩志は車から下りて、先頭車両の近くまで走っていくと、アリも車から下りてきた。

三百メートルほど先にダムの村がある。かつてはダムの関係者が多く住んでいたが、今は〝ペシュメルガ〟の守備隊の居住区になっているそうだ。

「戦闘だ」

眉間に皺を寄せたアリがぼそりと言った。

街に小さな閃光《せんこう》がいくつも点滅している。銃撃戦が行われているということだ。

「状況は分からないのか?」

ダムを避けてダム湖の北側を通るルートに戻るとなると、三、四時間のロスになる。現在時刻は午後十一時四十二分、夜が明ける前に少しでもラッカに近づきたい。

「今、確かめる」

アリが車に積まれている無線機のマイクを摑んだ。

「厄介だな」

いつの間にか三台目のハンヴィーに乗っていたワットが浩志の傍《かたわ》らに立っていた。

「紛争地だからな」

浩志は小さく頷いた。紛争地に戦闘はつきものである。珍しいことでない。

「戦闘はたった今始まったばかりらしい。状況はダムの守備隊でも掴んでいない。むしろ救援を要請された」

アリが困惑の表情を見せている。

「どうする？」

ワットが頭を叩きながら顔を向けてきた。苦笑顔なので、本当は迷っていないのだ。

「やるしかないだろう」

浩志は表情も変えずに答えた。

三

一九八四年に建設されたモスル・ダムは老朽《ろうきゆう》化が進み、軟弱《なんじやく》な地盤に建てられたこともあり、ダムの基礎部にコンクリートを打設するなど定期的なメンテナンスが必要であった。

だが、二〇一四年六月、ＩＳにモスルが制圧され、同時にモスル・ダムも支配下に置かれた。一ヶ月後に〝ペシュメルガ〟がダムを奪回するも、イラク人のエンジニアや従業員はダムに戻ることができず、メンテナンスも出来ない状態が続いている。

〝ペシュメルガ〟の守備隊から救援要請を受けた浩志は、チームを二班に分けた。

もともとチーム分けをして車に分乗しており、浩志が率いるＡチームは、辰也、瀬川、宮坂、加藤の五人、ワットのＢチームは田中、黒川、京介、それにアンディーとマリアノの六人である。

守備隊は見晴らしのいいダム上部の道路にテクニカルを二台配置し、ダムを二十四時間体制で見張っていた。だが、敵は守備隊の居住区である村を突然襲ってきたらしい。

守備隊は総勢五十名、その半数以上の三十名が就寝中だったようだ。だが、居住区の見張りがいち早く侵入者に気付き、銃撃戦になったらしい。ダム上部のテクニカルは、夜間のため同士討ちになる可能性があるため、救援できない状態で、居住区に侵入されて孤立しているようだ。

一番近い村に駐屯する〝ペシュメルガ〟の部隊に応援を要請しているが、駆けつけるまでに一時間近くかかるらしい。

また、ダムへの攻撃は陽動作戦の可能性もある。デュホックモスル・ロードを警備する隊に応援させるのが一番手っ取り早いのだが、検問所ともなっている守備隊を移動させ、その隙にＩＳの本隊が北部に侵入すると、〝ペシュメルガ〟は重要な拠点を次々と失う可能性が充分考えられる。そのためデュホックモスル・ロードの守備隊を動かすわけにはいかないのだ。

浩志はリベンジャーズを戦闘が行われている場所から百五十メートルまで近づけ、村の東のはずれにある廃屋の陰で待機している。

戦闘は膠着《こうちゃく》しており、散発的に銃声が聞こえる程度になっていた。同士討ちを避けるために敵も味方も踏み込んで攻撃ができないからだろう。

「今さら、ISがダムを攻撃する意味は、なんだ？」

廃屋の壁際に腰を下ろしているワットは、自分のAK47を膝に置いて言った。

装備はあらかじめ〝ペシュメルガ〟に連絡を取ったアリが本隊に用意させ、アルビールの空港で受け取っている。あえてAK47にしたのは、敵地に潜入するにあたり、銃弾不足になっても敵から奪って補充できるからだ。

AK47の他にグロック17Cとサバイバルナイフ、通称アップルと呼ばれるM67手榴弾を二発ずつ個人装備として、それに二つのRPG7も供給された。

無線機と声帯電動型マイクとイヤホンが付いた首に巻くタクティカルインカムは、パリの傭兵代理店で瀬川が人数分用意しているので最低限の装備は整っている。また、無線機や携帯電話などの通信を妨害するジャミング装置も用意してきた。戦闘中に通信を遮断することで、敵が援軍を呼べないようにすることは重要なのだ。

「俺も不思議に思う。ISがダムを支配下に収めても、奴らがメンテナンスを行うとは思えない。むしろ事態は深刻化するに決まっている。それとも攻撃しているのは、ISじゃないのか？」

辰也がワットの疑問に同調した。

「モスルのＩＳの動きに変化はないか？」

浩志は二人のやりとりに頷きつつ、アリに尋ねた。アリは九人の部下を連れているが、浩志の指示で四台のハンヴィーに分乗させて、ダム上部に通じる道路を封鎖させている。ＩＳが道路まで進攻すると、村の守備隊は逃げ場がなくなるからだ。

「去年の暮れからＩＳの幹部がモスルからタルアファルに移動しているという報告は、モスルに潜入させてある同志から聞いている。タルアファルを固めることで、ラッカまでの支配地域の利便性を高める狙いだと我々は見ているが」

アリは明確に答えたが、浩志は首を捻った。モスルの六十キロ西に位置するタルアファルの備えを強固にすることで、ＩＳはシリアのラッカまでのルートを磐石《ばんじやく》にするというのは確かであろう。正論ではあるが、何かが引っ掛かるのだ。長年軍人をしているために物事に裏があると勘ぐる癖《くせ》かもしれない。

「モスル・ダムが決壊するとどうなると思う？」

散発的に銃声が聞こえる西側を気にしながら、浩志は再びアリに質問をした。

「最悪な結果になる。まず、すぐ下流にあるモスルは洪水で数十万の住民が死亡する。そしてチグリス川沿いにあるティクリート、サーマッラーなどの都市を次々と飲み込みながら、洪水はバグダッドまで到達するだろう。最終的に百数十万の死者が出るはずだ。バグダッドは水浸しになり、首都機能を失うだけでなく、電力の供給も絶たれたイラクは、確実に崩壊する」

アリはうっすらと額に汗を浮かべながら答えた。彼はイラクと言ったが、クルディスタン自治区のことは何も言及していない。位置関係上、モスル・ダムが決壊しても北部のクルド人支配地域に影響はないと思っているのだろう。

「被害はそんなところだろう。だが、メンテナンスをせずにダムを守り切れなかったクルド人は世界中から非難され、洪水の被害にあったイラク人の難民が北部にも押し寄せる可能性は考えたか？」

浩志は表情もなく尋ねた。

「そっ、それは……」

アリは両眼を見開いて口を閉じた。ダムが決壊すれば、クルド人もイラク人と一緒に心中する羽目になるのだ。

「帰ってきましたよ」

見張りに立っていた瀬川が、浩志に報告した。

西側の闇から二つの影が抜けてきた。加藤と黒川である。浩志は二人を斥候《せっこう》として、戦闘エリアの後方に偵察に行かせていたのだ。

「ご苦労さん」

浩志が声をかけると、顔面を黒く塗った加藤と黒川がニヤリと笑った。

「藤堂さんの読みは当たっていたようです。チグリス川沿いの道路にテクニカルが一台とピックアップが二台、それに軍用トラックが二台停めてあります。ＩＳの旗がテクニカルに掲げてありました。侵入者の数は車両や装備から見て、おおよそ五十人ほどと思われます」

加藤は淡々と報告をした。人数に関しては目視ではないが、大いに参考にして間違いないだろう。

以前は加藤を一人で斥候に出していたが、黒川の身体能力が高くなったため二人を組ませている。サポートをつけた方が安全ということもあるが、二人とも息が合っているために効率が良くなったからだ。

「トラックの荷台は確かめたか？」

浩志はダメ元で尋ねた。

「九人の見張りが立っていたので、確認していません」

加藤はすまなそうに答えた。見張りとしては多少人数が多い気もするが、車両の守備をするには妥当《だとう》だろう。それ以下の人数だったら加藤なら簡単にトラックの荷台を確認できたはずだ。

「無理する必要はない」

報告を受けて浩志はワットに頷いてみせた。

頷き返したワットは、Bチームを引き連れて南の方角に消えた。すでに作戦は全員に指示してあったのだ。

「私も戦闘に加えてくれ。世界屈指《くっし》の傭兵部隊の戦い方をこの目で見たい」

Bチームを見送ったアリが、真剣な眼差しで言った。加藤と黒川の報告を聞いたら部下が見張っているハンヴィーに戻るはずだったのだ。

「足手まといだ」

浩志は冷たく答えた。

「邪魔だと思ったら、撃ち殺してくれ。それが〝ペシュメルガ〟の兵士だ」

アリは鋭い視線でゆっくりと首を振ってみせた。意志の強い目である。いつでも死の覚悟ができているのだろう。〝ペシュメルガ〟とはクルド語で「死に立ち向かう者」という意味だ。

「行くぞ」

浩志は仲間の顔を順に見て最後にアリを見つめると、立ち上がった。

四

午後十一時五十四分、間もなく日付が変わり、ＩＳによる日本の原子力施設への攻撃予告日である十八日まで、残すところ三日になろうとしている。

海外と違って日本では爆薬や銃が手に入り辛いため、欧米で起きているようなテロは国内では起こらないと考えている日本人が多い。だが、手に入れようと思えば、いくらでも爆薬や銃は入手できる。また、簡単な化学の知識があれば、爆薬を作ることも可能だ。誰しも油断している日本こそ、テロリストにとって狙い目であると認識すべきだろう。

政府はマスコミの目を誤魔化すために、ＩＳに恫喝されていることを隠し、パリ同時多発テロの影響で各地の原子力施設の警備は厳重に行われていると発表している。二〇一一年の東日本大震災で福島第一原子力発電所が被災し、国民は原子力が危険であることを知ってしまった。政府は理由の如何《いかん》にかかわらず、原子力施設が危険にさらされていることを国民に知られるのを恐れているのだ。

音もなく暗闇を進んでいた浩志は、拳を握りしめて立ち止まった。リベンジャーズのメンバーは誰しも夜目が利く。後ろに従っていた者は、片膝をついて銃を構えた。

チグリス川沿いの道路に停めてあるＩＳの車両は、二十メートル先にある。警備のためにテクニカルの後ろにピックアップとトラックが二台ずつ並べられ、前後も隙間なく停められていた。

見張りはテクニカルの荷台に二人、ピックアップとトラックの右側面に残りの七人が等間隔で立っている。左側面は川岸になるために見張りは立っていない。

――ピッカリだ。応答せよ。

首に巻かれているタクティカルインカムから伸びているイヤホンからワットの声が聞こえてきた。

「リベンジャーだ。配置についたぞ」

――こっちもだ。

「こっちは、テクニカルの二人と、ピックアップの二人だ。トラック側面の敵は頼んだぞ」

敵の配置を確認した浩志は、ワットに分担を伝えた。

――任せろ。

ワットらBチームは川岸を進み、車列の左側面から見張りに近づくことになっている。

浩志は仲間の肩を叩いた。

辰也、瀬川、宮坂、それに加藤は匍匐《ほふく》前進で移動し、サバイバルナイフを抜いた。距離は十二、三メートルまで詰めている。

「銃を使わないのか？」

アリが首を横に振った。見張りは九人いるが、味方は十二人いるので狙撃すれば簡単に制圧できると思っているのだろう。不意をつけば一瞬で倒すことはできるが、それでは散開している敵兵を呼び戻すことになる。

「付いて来い」

浩志はアリの肩を叩くと、トラックからダム寄りに三十メートルほど移動した。

「俺にも手伝わせてくれ」

アリが小声で言った。トラックから離れたことが不満らしい。

「見張りが気付いて銃を撃つかもしれない。銃声に気が付いて、トラックに戻ろうとする敵をここで待ち伏せるのだ」

浩志はトラックに背を向けると、首のマイクを少し押さえてゴーと言った。

背後で微《かす》かに呻き声が聞こえた。

——ピッカリだ。終わったぞ。

十秒とかからずワットから無線連絡が入った。

「行くぞ」

「なっ、もう終わったのか？」

呆然とするアリを浩志は無視して、車列まで戻った。

Ａチームの四人はナイフを投げて見張りを倒し、それを合図に左側面から車の下に潜り込んでいたBチームが残りの敵の足を引っ張って車の下に引きずり込んで倒したのだ。一瞬の出来事で敵は誰一人抵抗できなかったに違いない。

「辰也、付いて来い。残りの者は見張りだ」

浩志が指示すると、仲間はアフガンストールで顔を隠して、敵がいた場所で見張りに立った。暗いため、すり替わっていることなど、敵に気付かれる恐れはない。

最後尾のトラックの荷台に上がった浩志は、トラックの幌《ほろ》を閉じると、小型のハンドライトを出して積まれている荷物を見つけた。

「やはりそうか」

荷台には二つの木箱があり、浩志は蓋をこじ開けて唸った。

「こいつはビル二、三個をぶっ飛ばすだけの量がありますよ」

辰也も木箱を覗いて声を上げた。

木箱には、米軍の百五十五ミリ榴弾がぎっしりと積まれ、弾頭の先端が分解されてケーブルで繋がっていたのだ。米軍がイラク軍に供与したものだろう。繋がれたケーブルの先には無線機が付いている。手製ではあるが、榴弾は無線の起爆スイッチで爆発させる強力な爆弾に改造されているのだ。

「まさか……」

アリは眉を釣り上げて振り返った。

「ダムを爆破させる気だ。爆弾を仕掛けてISの本部に連絡し、住民を残して奴らだけ下流の街から逃げ出す算段に違いない」

口にするのも悍《おぞ》ましい敵の作戦に、浩志は眉間に深い皺を寄せた。

「ISは百数十万人もの罪もない人々を抹殺してイラクを崩壊させ、支配地域を拡大するというのか」

辰也も拳を握りしめて怒りをあらわにした。

「局地戦で陣地を広げるのが、面倒になったのか」

浩志は自問し、首を捻った。

爆弾でダムに亀裂が入れば、間違いなく決壊するだろう。その結果洪水が下流の街を襲い百数十万の人々の命を奪うだけでなく、川沿いの街や農園などイラクの経済基盤の全てを押し流す。残ったものは数年にわたって使い物にならなくなった土地と腐臭を放つ死体だけである。

ISにとって、税金を納めていた数十万人の住民を失うことになるのだ。洪水によるジェノサイドは、ISにとって自分の首を絞めるようなものである。

「起爆スイッチがありました。どうしますか？」

荷台を調べていた辰也が、無線機を改良した起爆スイッチを見つけた。

「ここで爆発させた場合の被害は？」

「ダムまでは六百メートル近く離れているので影響ありませんが、村までは百メートルほどです。爆風で倒壊する家はないかもしれませんが、爆弾の破片は広範囲に飛びますから人的被害はあるでしょうね」

「半分の量なら、村への影響は抑えられるか？」

「おそらく」

浩志の質問に辰也は大きく頷いた。

五

午前零時十六分、浩志はAチームを引き連れて東の方角からダムの村へ入った。

入れ違いに〝ペシュメルガ〟の守備隊兵士が負傷者を連れて村を離れ、ダムに通じる道路へと向かっている。アリの部下が見張っているハンヴィーが停めてある場所まで後退させているのだ。

守備隊が使っている村はダムがある斜面に沿って二つに分かれており、ダムの上部に近い場所に二十六戸、低い場所に三十戸ある。

上部の二十六戸のうち四戸を守備隊の隊長とダム上部の監視をしている十名が使い、残りの三十九名は下部の八戸に宿泊しているらしい。

上下の村に五名ずつ夜間でも見張りが立っていたらしく、ＩＳに気が付いた下の村の見張りが最初に発砲し、上部の村に就いていた見張りも駆けつけて銃撃戦になったようだ。下部の村の見張りが二人死亡したと現在までに報告されている。ＩＳの兵士は寝込みを襲うつもりだったに違いない。

守備隊にはアリを通じて無線で、浩志の命令を伝えている。下手に守備隊がいてはＩＳの兵士と間違えて誤射しかねない。またその逆もありうるからだ。そのため、戦闘エリアから守備隊を一旦退避させている。

「全員撤退できたか？」

浩志は傍らのアリに尋ねた。村から移動している守備隊の兵士は、途絶《とだ》えている。彼らは一つの家に四、五人ずつ寄宿し、各グループのリーダーと無線で繋がっているらしい。そのため、浩志の命令は守備隊全員が聞いているはずだ。

アリはハンヴィーの部下と無線で連絡を取って確認をしていた。

「五名が、まだだ。そのうちの二人は死亡したようだ。無線機の故障か、あるいは負傷して動けないのか分からないが、一つのグループと連絡がつかないらしい」

無線で確認したアリは苦り切った表情を見せた。

「位置は？」

「12番の番号が振られた家だ」

アリはしゃがんで地面に村の見取り図を描き始めた。

番号は高い位置から振られており、上部の村にある隊長が寄宿する家の1番から始まっている。下部の村は細い道路を挟んで左右に十五戸ずつある。守備隊は右側を使っているので、12番は右中央にあるらしい。四十人前後のISの兵士は左側の家に潜んでいるか、家の陰に隠れているのだろう。

「負傷して身動きが取れなくなった可能性もあるな」

浩志は図面を頭に入れ、腕を組んだ。

——ピッカリだ。始められそうか？

ワットから無線連絡が入った。

彼が率いるBチームは、ダムの斜面の高い位置を迂回して下部の村の西側で待機している。守備隊が村から退却するのを待っているのだ。作戦は、下部の村の守備隊がいた家を徹底的に捜査し、負傷者の救助と敵の洗い出しを行い、守備隊がいないことを確認したら、道路を挟んで反対側の家に潜む敵を攻撃する。実に単純な作戦だ。

「五名確認できていない。二人は死亡しているようだが、それも未確認だ。12番と玄関にペンキで書いてある家にいたらしい」

——試合開始のゴングは？

「時計を合わせろ。今から二分後だ」

浩志は腕時計で時間を確認すると、右手を前に振った。

一旦北に向かって走り、下部の村の背面から侵入する。元々ダムを建設するための工事関係者のために作られた仮設の家が残されて村が作られた。そのため、どの家も作りは同じで、平屋の３Ｋらしい。玄関は道路に面した南向きで、裏口は北側にあるが、家によっては使われていないようだ。

浩志は下部の村の一番西側の家の裏に到着すると、宮坂を指差した。玄関に５番の番号が振られている家だ。

宮坂は辰也を踏み台にして、壁をよじ登って屋根に上がった。同じようにＢチームでもマリアノが狙撃手として、西側の家の屋根に上がっているはずだ。彼らに狙われたら敵に逃れる術はない。

――針の穴、位置に就きました。

宮坂からの連絡だ。潜入した時点で浩志とワットは無線をオープンにし、全員の無線をモニターしている。

――〝ヤンキース〟就きました。

待つこともなくマリアノからも連絡が入った。彼は〝ロメオ28〟というデルタフォース時代のコードネームを使っていたが、退役したのでさすがに変えたらしい。ちなみにアンディーは、ＮＢＡのロサンゼルス・レイカーズのファンらしく、コードネームを〝レイカーズ〟に変更している。

腕時計を見るとちょうど二分経過した。ＡＫ47を背中に担いだ浩志は、グロックを抜いて裏口を蹴破った。家の中でＡＫ47は邪魔になるだけだ。

辰也と瀬川、続いて浩志と加藤が突入し、しんがりにアリが付いた。軍用車を護衛していたＩＳの兵士を倒したリベンジャーズの手際を見た彼は、何も言わずただ浩志の後に従っている。

――クリア！

辰也の声が無線機から聞こえる。

突入して二手に分かれて二十秒ほどで三つの部屋を確認し、家から出た。

浩志は無言で隣りの家の裏口に着くと、ドアを蹴破る。まったく同じ手順で次々と家を確認して行った。

――ピッカリだ。12番の家をクリアした。隣りの家の外で二人の死体を発見。家の中には、三人の負傷者がいた。五人とも見張りに立っていたようだ。西側から道路に入り込んだＩＳと銃撃戦になったらしい。

Ｂチームは八つの建物を確認したようだ。

――了解！

浩志らは七つめの11番の家をクリアして外に出た。

「俺たちの勝ちだな」

ワットがにやけた表情で裏口に立っている。三人の負傷者の姿もあった。全員自力で動けるようだ。

「仕事が雑、ということだ。攻撃に移るぞ」

皮肉った浩志はグロックを仕舞うと、ＡＫ47を肩から下ろした。

ドアを蹴破る音を敵も聞いていたはずだが、不気味なほど動きを見せない。こちらの兵力を推《お》し量《はか》っているのだろう。

「こちら、リベンジャー。針の穴、敵の姿を捉えたか？」

――針の穴です。七人を確認。道路を越えて攻撃してくる様子はありません。

「ヤンキース。リベンジャーだ。敵の姿を捉えたか？」

同じ質問をマリアノにもした。

――ヤンキースです。こっちは、六人。動きはありませんね。

浩志は首を捻った。

二人が敵兵を確認できる範囲は限られており、重複している可能性もある。だが、それにしても少な過ぎる。残りの三十名近い兵士は、道路の向かいにある建物の陰にいるのだろうか。

「うん？」

家の裏手の斜面を見上げた。微かに物音がしたのだ。斜面はダム上部まで続き、二百メートル先には上の村がある。

「全員、家の中に隠れろ！」

浩志の命令で、仲間は次々と二つの家に分かれて飛び込んだ。

ダン！、ダン！、ダン！

浩志の頭上をかすめ、家の壁に弾丸が炸裂《さくれつ》した。

斜面の上から撃ち込まれたのだ。

「針の穴、ヤンキース！　屋根から飛び降りろ！」

叫んだ浩志は、膝撃ちで反撃した。

六

ＩＳの兵士は五十人前後いると、斥候に出た加藤と黒川から報告を受けていた。

敵の車両からおおよその人数を割り出したのだ。浩志や仲間も車両は確認しており、加藤らの意見に異を唱える者はいなかった。

車両の警備をしていた九名の敵は、その場で倒しているため、残りの四十名前後が下の村を襲撃したものと推定していた。だが、彼らは少なくとも二手に分かれて行動していたようだ。

村を襲撃したグループとは別にチグリス川沿いにダムの放水路辺りまで行って、爆弾を設置するための調査をしていたグループがいたに違いない。老朽化しているとはいえ、ビルを爆破するのとは違う。ある程度の構造計算をした上で爆破場所を決めなければ、ダムに亀裂を入れることはできない。

下の村の家の屋根に宮坂とマリアノを狙撃手兼見張りとして上がらせていたのだが、彼らは前方の敵が動いていないと認識していた。にもかかわらず浩志らは、背後である斜面の上から襲われたのだ。新手の敵はダムの方から戻って来たとしか考えられない。

宮坂らは、浩志の援護射撃を受けながら屋根から飛び降りて、間一髪家に飛び込んだ。

「Aチームに負傷者はいない。そっちは大丈夫か？」

浩志は無線でBチームに呼びかけた。

目の前にいるのはAチームとアリ、それにクルド人の負傷兵が二人だ。仲間とアリに怪我人はいない。一つの家に逃げ込んでは動きが取れないので、ワットらは数メートル先にある隣りの家に逃げ込んでいる。

――俺たちも大丈夫だ。クルド人の負傷者はそっちか？

ワットからの無線である。

「こっちにいるのは、二人だ」

浩志は舌打ちをして答えた。結果は、見えている。

――クルド人はいない。とすれば、外か。

ワットの舌打ちが聞こえた。

家に入る前に周囲を見て誰もいないかチェックしたが、気が付かなかった。確認する以前に負傷していたクルド人は銃弾に倒れ、闇に紛れてしまったのだろう。

――誰の責任でもない。すべての状況は摑めなかったからな。それよりも次の作戦を教えてくれ。

ワットは浩志の気持ちを察したかのように尋ねてきた。慎重さを欠いた作戦であり、指揮官として反省すべきだが、すでに浩志は気持ちの切り替えはできている。瞬時に次の行動を考えねば、戦場では生きていけない。

「上から狙われるのは圧倒的に不利だ。玄関から外に出る」

――おいおい、それじゃ、前方の敵に撃ってくれって言うようなもんだぞ。

ワットのかすれた笑い声が響いた。冗談だと思っているらしい。

「方法はそれしかない。ただ、少しばかり、目眩《めくらま》しを使うつもりだ」

浩志は鼻で笑った。

――目眩し。いいねえ。

ワットはもう分かったようだ。

「合図はいらないな。出るとき派手にな」

――任しとけ。

ワットは即答した。彼のにやけた顔が目に浮かぶ。

「辰也、この距離でも使えるな」

浩志は廊下を進み、玄関の前に立った。一番先に外に出るつもりだ。

「大丈夫です。一番は俺に任せてくれますか」

辰也は小型の無線機をアリに渡すと、浩志の前に割り込んできた。

「……」

手の平サイズの無線機を見つめたアリは、生唾を飲み込んだ。無線機はＩＳの手製爆弾の起爆スイッチである。

浩志は左の人差し指でアリの起爆スイッチを指した。これまでの働きで彼が実戦で使える兵士だと浩志は認識している。言葉で命じる必要はない。

頷いたアリは、無線機の中央にある赤いボタンを押した。

凄まじい轟音。

家が揺さぶられた。

トラックの荷台にあった木箱入りの爆弾の一つを車から下ろし、一つの爆弾だけ作動するように辰也が用意してきた。ＩＳの兵士が乗ってきた五台の車両は、爆発で吹き飛んだはずだ。もし、二つともダムに仕掛けられていたら大惨事になっていたことだろう。

「行くぞ！」

浩志は声を張り上げた。

「おう！」

辰也が雄叫《おたけ》びで呼応する。

幅が三メートル弱の道を浩志と辰也が走り抜ける。隣りの家からもワットとアンディーが飛び出した。彼らの後ろに仲間も続くが、敵からの攻撃はない。

浩志は走りながら、銃を持った敵を容赦なく次々と撃った。外にいた敵は、爆弾の衝撃波で放心状態になっているらしい。音と光で敵を瞬時に無力化するフラッシュバン（閃光弾）やスタングレネード（音響手榴弾）のようなものだ。

銃弾は豊富にあるので、多少無駄撃ち気味に派手に撃つ。こちらが圧倒的に勝っていると思わせるのだ。浩志らを見て慌てて銃を捨てる敵も現れた。爆発した原因を悟り、帰ることができないと分かったのだろう。彼らに許されるのは、降伏だけだ。

リベンジャーズは瞬く間に十数人の敵を倒し、降伏してきた者も十人以上出てきた。

「死にたくなかったら、銃を捨てろ！」

浩志のアラビア語の呼びかけを仲間たちも連呼した。

建物の陰から次々とISの兵士が投降してくる。目視できるだけで二十人近くいるようだ。

「一か所に集めるのだ。アリ、部下と守備隊を呼べ」

浩志はアリに指示を出すと同時に、ワットにハンドシグナルで斜面を示した。

ワットは右手を軽く上げて応えると、すぐさまBチームを率いて村の西側に向かった。正面を迂回して斜面を登るつもりなのだろう。

斜面の闇に銃声が十秒ほど続き、ピタリと止んだ。

——敵兵を二名射殺、三名負傷、二名が投降してきた。味方に被害はない。引き続き残存兵の捜索を行う。

ワットからの無線連絡は、淡々としていた。緊張状態にある時ほど、冗談を言う男である。すでにリラックスしているのかもしれない。

守備隊が村に戻り、アリの部下もハンヴィーを連ねて後からやって来た。

「素晴らしい。見事な戦いだった」

アリは手放しで喜んでいる。

浩志は腕時計を見た。午前零時二十七分、実質的な戦闘に十一分もかけたことになる。ダムに到着してからは、四十分ほどのロスをした計算だ。

「出発するぞ」

アリを無視して浩志は仲間を招集した。

クルド人民防衛隊

一

二〇一六年二月十日、イラク連邦議会は、イラク北部にあるモスル・ダムが決壊する恐れがあるという米陸軍工兵隊の報告書を公表した。

決壊による洪水で五十万人以上が死亡し、数百万人が住居を失うと推定しており、報告書を受けて緊急補修工事がなされることになった。二〇一六年三月現在、〝ペシュメルガ〟が防備する中で、イタリア企業のトレビがダムの緊急補修工事を行っている。

また、同年三月二日に在イラク米大使館は、ダムの下流域の住民に避難勧告を出した。米国はすでに最悪の事態も想定しているようだ。補修工事など、所詮付け焼き刃に過ぎないと思っているに違いない。

リベンジャーズは、一月十四日の深夜から十五日の未明にかけて、モスル・ダムでＩＳ

と戦闘を行った。報告は瀬川から傭兵代理店を通じて日本政府になされ、日本政府はいつものように一方通行であるが米国政府に情報を伝えている。だが米陸軍が現地に工兵隊を派遣したのは、この情報に基づいたものかは定かでない。

午前零時三十分、リベンジャーズとアリが率《ひき》いる〝ペシュメルガ〟の兵士は四台のハンヴィーを連ね、モスル・ダムを出発している。戦闘後に守備隊から弾薬と水の補給は受けたが、休息することはなかった。

チグリス川に沿って南に向かえば、モスルとシリアとの国境の街アル・ヤウルービヤを繋ぐルート1に出ることができる。だが、そこはまだＩＳの支配地域だ。

浩志らはさらに三十キロ西に進んでから南下する道を選んで、ルート1に出るつもりである。

ダムを出発してから一時間近く経過していた。

浩志が助手席に座るハンヴィーの運転は、加藤からアリに替わっている。ダムを出発する際に彼が志願してきたのだ。浩志は、仲間にできるだけ休息を取らせたいために承諾した。ハンヴィーの硬いシートでも、眠れば休息になるからだ。

「聞きたいことがある」

アリはバックミラーで後部座席の辰也や加藤らが眠ったのを確認しながら言った。

「何だ？」

浩志は砂埃《すなぼこり》を上げる先頭車のテールランプをじっと見つめている。アリがわざわざ運転を替わると言ったのは、理由があると思っていた。

「ラッカで〃サアラブ〃を見つけたらどうする?」

「拘束してトルコの米軍基地まで移送するつもりだ。日本政府からは、米軍に引き渡すように依頼されている」

〃サアラブ〃の所在を傭兵代理店の池谷を通じて、日本政府と連絡を取っている。米軍にテロリストを引き渡すのは、事件を解決すると同時に米国に恩を売ることができるという日本政府の思惑《おもわく》である。米軍から報奨金がもらえると言われているので、浩志もあえて拒否はしなかった。

「ラッカから連れて脱出となれば、足手まといになるぞ」

アリは首を振って苦笑した。フランス語で話をしている。彼はクルド語の他に英語とフランス語とアラビア語が話せるらしいが、浩志がクルド語を話せないためにフランス語で会話しているのだ。英語は不得意でアラビア語に関しては、抵抗を感じるらしい。クルド人はアラビア系民族に長年迫害されてきたためだろう。

「足手まといになれば、殺すまでだ」

浩志は表情も変えずに言った。国際法上捕虜《ほりよ》を処刑することなど決して許されない。だが、それは、時と場合によると浩志は考えている。むろん相手が、ISに限ってのことだが。

「相談だが、俺もラッカに連れて行ってくれ」

「自爆テロでもする気か？」

浩志は鼻先で笑った。

「我々はテロリストじゃない。戦って死ぬことはあっても、テロで無関係な人まで殺す卑《ひ》怯者《きょうもの》じゃない。自爆テロを勧める原理主義者の聖職者もいるが、自爆テロは魂を貶《おとし》め、ジャハンナムに行くことになる。もっともＩＳがイスラム教というのも疑わしいがな」

アリは苦々しい表情で答えた。

イスラム教では地獄は七層に分かれており、第一層はジャハンナムと呼ばれ、罪を犯したイスラム教徒の地獄だと言われる。

「ラッカに行けば命の保障はないぞ」

「命が惜しいならこんなことは頼まない。我々と闘っているＩＳが、首都としている街を見たい。必ず今後の戦略に役立つはずだ。頼む」

アリは興奮気味に話し、浩志の顔を見た。

この男は決して功名にはやっているわけではないのだろう。ＩＳとの地上戦でもっとも成果を上げている〝ペシュメルガ〟は世界的に認められ、クルド人を迫害していたイラク政府もその存在に頼らざるを得ない状態である。クルド人が必死に戦って実績を作っているのは、自治領を守るためだけでなく、クルド人による国家創設のためだろう。アリはそのためなら命も惜しまないに違いない。

「おまえも足手まといになるなよ」

浩志はあくび混じりに認めた。

「それと、俺をリベンジャーズの一員として紹介して欲しい。ＹＰＧ（クルド人民防衛隊）は、〝ペシュメルガ〟と本質的に仲が悪い。リベンジャーズとしてなら受け入れてくれるだろう。彼らがクルド語を話したとしても俺は理解できる。ＹＰＧのガイドが、陰でコソコソと話をするのは嫌だろう？」

アリは悪戯っぽい目で笑った。

浩志の車に乗ったのは、リベンジャーズの一員に成り済ますためだったようだ。部下にもそう言い聞かせてあるのだろう。

「計算高いやつだ」

浩志は苦笑すると、腕を組んで目を閉じた。あと三、四十分でアル・ヤウルービヤに到着するだろう。それまで、一眠りするつもりだ。

二

トルコのクルディスタン労働者党（ＰＫＫ）は設立当初、マルクス・レーニン主義を掲《かか》げ、過激な反政府運動を展開した。その後マルクス主義は前面に出さなくなったが、現在も爆弾テロを行うなど非社会的な活動を行い、トルコ政府がクルド人を迫害するための理を与える結果になっている。

クルディスタンとは、〝クルド人の地〟という意味で、トルコ東部、シリア北部、イラク北部、イラン西部とアルメニアも含む広大なエリアで、クルド人が多く居住する領域である。そのため、クルド人は好んでクルディスタンを使うのだが、彼らには国家という意識があるのだ。

二〇〇三年ＰＫＫから分派し、シリア・クルド民主統一党（ＰＹＤ）が結成されると、シリア政府は、早速にシリア北部のクルド人居住区に政府軍を派遣して抑圧した。二〇一一年に起きたシリア騒乱の翌年に軍が撤退すると、ＰＹＤがこの地を統治し、独自の軍隊であるＹＰＧ（クルド人民防衛隊）を持つまでに至っている。

午前二時五分、装甲ハンヴィーを先頭に四台の車列は、ルート１の終点である〝ペシュメルガ〟が管理するイラク側の国境検問所を抜け、シリア側の検問所の前で停まった。

検問所の向こうはアル・ヤウルービヤの街である。イラク側とシリア側にそれぞれ違う軍服を着た兵士がＡＫ47を構えて立っているだけで、国境はフェンスやゲートで塞がれていない。

シリア側の検問所を管理しているのは、ＹＰＧである。検問所前のロータリーには大小様々な輸送トラックが列をなしていた。イラク北部とシリア北部のクルディスタン地域は、クルド人が統治しているため治安が安定し、トラックによる物流が盛んにある。

装甲ハンヴィーの前に戦闘服の上からタクティカルベストを身につけた数人のＹＰＧの兵士が、ＡＫ47を手に駆け寄ってきた。

「信頼できる部下が、話をつけてくれる」

アリは自信ありげに言うが、右手の人差し指がせわしないリズムでステアリングを叩いている。

「同じクルド人が管理する国境を越えるのに、何か問題があるのか？」

浩志はアリの様子をちらりと見て言った。

「長らくシリアのクルド人居住区は困窮《こんきゅう》を極めていた。彼らは我々に対してやっかみがあるんだ。素直に受け入れたくないのだろう」

アリは肩を竦ませた。

〝ペシュメルガ〟は、米軍に協力してイラクのフセイン政権を打倒した。以来、米国やドイツから支援を受けているため、クルディスタン自治区は安定している。一方のＰＹＤは、過激なＰＫＫと同一視されているために欧米諸国やトルコからは長らくテロ組織とみなされて支援を受けられず、ＩＳからは無神論背教者集団と見られて攻撃を受けていた。

二〇一四年にクルド人が統治するシリア北部のアレッポ県のコバニ、アラビア語では

「アラブの泉」を意味するアイン・アル・アラブが、ISに三方向から包囲されて攻撃にさらされた。俗に言う〝コバニの包囲攻戦〟である。

当時シリアの難民の多くがコバニに流入しており、この地域がISの支配下に置かれると、難民が一気にトルコに押し寄せる可能性があった。危機感を覚えた欧米は、遅まきながら武器支援をし、〝ペシュメルガ〟は援軍を送ったのだ。

劣勢だったPYDは、これらの支援を受けてコバニを死守した。この戦闘をきっかけにPYDは、欧米の支援を受けられるようになり、彼らが住む西クルディスタンは安定するようになるのだ。

装甲ハンヴィーに乗るアリの部下とYPGの兵士が押し問答をしていると、検問所から八名の兵士が出てきて、浩志らの車両を取り囲んだ。

「いい眺めだ。AK47がよく似合っている」

寝ていたはずの後部座席の辰也が、にやけた表情で言った。新たに現れたのは、女性兵士の部隊だったからだ。検問所の夜間灯に照らされた女性兵士らは、目鼻立ちがはっきりとしたアラブ系の女たちだ。ヒジャブを被った兵士もいる。クルド人は世俗主義なので、シリア人も混じっているのかもしれない。

YPGも〝ペシュメルガ〟同様女性兵は多く、全体の三十パーセントを占めると言われている。違うところは、シリア北部はトルコに近いため、トルコに住むクルド人や地元アラブ系も志願していることだ。いずれも非道なISから故郷や同胞を守ろうと立ち上がった逞《たくま》しい女ばかりである。

「何を揉《も》めている？」

浩志は助手席の脇に立った女性兵士にアラビア語で尋ねた。

「あなたがたに、アル・ヤウルービヤまでの通行許可が下りていない」

女は男のような口調で答えた。

「そんなはずはない。ＹＰＧのムフタール・アルムワッド中佐から、許可は下りていると言ってくれないか」

「分かった」

アリがフランス語で話したのを、浩志がアラビア語で通訳した。彼はベルナール・オタイフというイラク系フランス人としてＹＰＧの兵士の前では一切クルド語を使わないことにし、リベンジャーズの仲間にも話を合わせるように連絡してある。驚いたことにアリは、フランスの偽造パスポートも持っていた。ヨーロッパで諜報活動する上で、イラクとフランスのパスポートを持っているようだ。

「待っていてくれ」

女兵士は、装甲ハンヴィーのアリの部下と話をしている兵士の元に駆けて行った。上官に確認しているようだ。

「通行許可はリベンジャーズだけで、〝ペシュメルガ〟の兵士には出ていないということです」

戻ってきた女兵士の言葉遣いは幾分良くなったが、〝ペシュメルガ〟は帰れと言ってきた。アリの部下は、護衛の引き継ぎを約束しているので国境で門前払いを食らって抗議をしているらしい。

女はタクティカルベストの左肩のベルトに、三角形のYPGの紋章を付けている。他の兵士が黄色地に赤い星であるが、彼女だけグリーン地になっていた。階級が上なのかもしれない。民兵の場合、正規軍と違って階級章がないので、見た目で階級を見分けることは困難である。

「やはりな。嫌がらせだ。なんて奴らだ」

アリは舌打ちをし、部下と話をしている兵士を睨みつけた。

「部下に帰らせるんだな」

浩志はつまらなそうに答えた。世界中の紛争が、政治絡みということを浩志はよく知っている。目的を共にしていたとしても利害で協力し合えないのは、どこも同じなのだ。末端の兵士を恨んだところで仕方がない。

「リベンジャーズの兵士は車を下りて、パスポートの確認をさせてください」

女兵士は外に出るように手招きして見せた。

「ボディーチェックは、俺が一番だ。念入りに頼む」

辰也は浩志よりも先に車を下りると、命じた女兵士の前に立った。女は辰也好みの彫りの深い美形である。年齢は三十代前半か。長い黒髪を後ろにまとめている。クルド人なのだろう。

「ボディーチェックはしません。パスポートを見せてください」

女兵士は首を横に振った。辰也の冗談に気が付かなかったらしい。戦いに明け暮れ、擦れていないのだろう。

「名前を聞かせてくれないか？　俺は辰也・浅岡だ」

辰也はポケットからパスポートを出しながら言った。

リベンジャーズのメンバーは、紛争地で本物のパスポートを使う者は誰もいない。出国する際に、傭兵代理店が作成した偽造パスポートを必ず二つ以上、肌に密着させる防水のポーチに隠し持つのが普通である。

二つというのは、一つは紛争地から脱出する際に使うためである。また、捕虜になった場合や死亡した際に、本物のパスポートでは本籍地まで調べられて家族や仲間に迷惑がかかるからだ。

本籍地はデタラメだが、名前は変えていない日本国籍のパスポートを辰也は渡した。

「……セダ・イスマイロール」

パスポートを受け取った女兵士は、戸惑い気味に答える。

「独身かい?」

辰也は本気でナンパする気らしい。

「えっ?」

パスポートを返そうとしたセダは、目を見開いている。

「その辺にしとけ。全員車から下りるんだ」

浩志は辰也の背中を叩き、仲間に合図をした。

三

アリの部下が乗った二台のハンヴィーを見送った浩志らは、YPGの兵士が乗るテクニカルに先導されて、アル・ヤウルービヤの街に入った。

午前二時二十分、ひっそりと静まり返った街の中心部にある三階建ての建物の前で、テクニカルは停まった。この街にあるYPGの司令部のようだ。検問所からは一キロほどである。

建物の前にはロータリーがあり、エントランスもあるので、紛争前は市役所のような公的な施設だったのだろう。テクニカルはロータリーの中心に停まったが、乗員は車から下りる様子はない。彼らは先導役をしただけらしい。

「何だかついている気がするな」

ハンヴィーの後部座席で辰也がしまらない顔をしている。検問所でリベンジャーズのパスポートを調べた女性部隊が、二台のトヨタのピックアップに分乗してついてきたのだ。彼女たちは、リベンジャーズの護衛を任されているらしい。

ピックアップを次々と下りた女性兵士らは、三階建ての建物の周りに一定間隔で並んで銃を構えた。かなり訓練を積んでいる部隊のようだ。銃の扱い方しか知らない民兵ではなさそうだ。

辰也に名乗ったセダ・イスマイロールが、助手席のドアを開けた。

浩志が睨んだとおり彼女は女性部隊のリーダーだが、階級は特にないらしい。ＹＰＧの指揮官クラスは階級をつけられるが、一般の兵士に上下関係はないようだ。正規の軍隊は、同じ階級でも経験年数が上なら先任ということで身分は上になるなど、命令系統が乱れないように上下関係は厳しい。

「ＡＫ47は車に置いてください。司令部に部外者のアサルトライフルの持ち込みは禁止されています」

浩志がＡＫ47を右手に車を下りようとすると、セダが首を振って制した。

「それなら、中佐をここに呼んでくれ。俺たちはラッカに夜明け前までに到着したい。急いでいる」

紛争地で見知らぬ人間に会うのにアサルトライフルがダメだというのなら、会わないほうがいい。信頼しているのなら武器を持たないというのは、よほどの馬鹿かお人好しの言うことである。味方に銃口を向けないというのが戦場のルールであり、武器を取り上げる時点で信頼関係どころか敵対関係にあると言っても過言ではない。

もっとも浩志らは傭兵である。トルコ政府に雇われて、ＹＰＧの重要人物を暗殺するという仕事をしたとしてもおかしくはない。疑われたとしても仕方がないのだ。

「まさか！　そのままラッカに入るつもりですか！」

セダは高い声を上げた。

「ラッカに入るとは、言っていない。偵察に丸一日かけるつもりだ。夜が明けてからの移動は避けたい」

ルートにもよるが、ＹＰＧの支配地である北部シリアを抜ければ、ラッカまでは三百五十キロほどである。飛ばせば四時間で行けるはずだ。

「待ってください」

セダは慌てて、タクティカルベストに下げていた無線機で連絡を取り始めた。上官と話をしているらしいが、クルド語なので浩志には分からない。

「まさか、拒否されるとは思っていなかったようだ。彼女は、アルムワッド中佐と話をしている」

アリは、セダの会話を聞きながらフランス語で囁くように言った。彼の言ったように、ガイドとなるYPGの兵士にクルド語を話されてはまったく理解できない。アリは早速役に立っているようだ。

「作戦を立てたいので、司令部にお越しください。司令部にはあなたも含めて三人、そのうちの二人はAK47を持って入っても構いません。ただし、司令室では銃は預かります。それでよろしいですか？」

セダは難しい表情で言った。

「いいだろう」

浩志が車を下りると、仲間も全員武器を持って車から下りた。浩志は耳に手を当てて無線機のスイッチを入れるように合図をした。

「司令部には俺も含めて三人で入る。辰也とベルナールだ。後の者は、無線をオープンにし、車で待機。ピッカリ、テクニカルを頼むぞ」

近くにセダがいるため、命令は日本語でした。攻撃に備えるように、仲間に命じたのだ。YPGが味方と決まったわけではない。また、味方だとしても裏切られることもある。それが戦争というものだ。

一番厄介なのは、ロータリーの中央に置かれたテクニカルである。荷台の重機関銃の掃射で簡単にやられてしまう。みなまで言わなくてもワットには分かったはずだ。

浩志の命令で辰也とベルナールことアリがＡＫ47を肩に担ぐと、ワットを除いた他のものは車に戻った。

「案内してくれ」

浩志はセダを促した。

「こちらへ」

セダは辰也とアリにも目配せをして歩き出した。

ハンヴィーにもたれかかり浩志らを見ていたワットは、さりげなくポケットからタバコを出すとテクニカルの運転席に近づき、煙草を勧めた。普段は決して煙草は吸わないが、紛争地で煙草は強力なコミュニケーションツールになる。無駄話をしながら、ワットはテクニカルを見張るのだ。下手に離れて見張るよりも堅実である。

司令部の建物は、以前はホテルだったらしい。ロビーにはフロントとして使われていたであろうカウンターが埃を被っていた。

「以前は兵舎として使っていたけど、トルコ空軍機に爆撃され、屋根に穴が空いてしまったので、使えるパーティールームを司令部として使っている」

セダは砂にまみれた屋内を苦笑まじりに説明した。

夜間のため分からなかったが、建物は爆撃で使い物にならないらしい。乾燥地帯なので屋根に穴が空いていても雨の心配はないのだが、砂塵の侵入で実際には使えないようだ。

後ろを振り返ったセダの視線の先に辰也の姿があった。積極的にアプローチしたので気になっているに違いない。

廊下の奥にあるドアの前に二人の兵士が立っている。辰也とアリはＡＫ47を預けた。もっともグロック17Ｃがあるので、丸裸というわけではない。

「お入り下さい」

セダはドアを開けて上目遣いに頭を下げてみせた。一応敬意を払っているらしい。

浩志は軽く頷き、中に入った。

四

司令室として使われている部屋は五十平米ほどか。中央に置かれた大きなテーブルの周りに、椅子が沢山並べられている。右奥の壁際に地図が書き込まれたホワイトボードが置かれ、背の高い二人の男がその前に立っていた。一人は四十代前半、もう一人は五十前後の白人である。

辰也とアリを伴って部屋に入った浩志は、油断なく二人の男の前に立った。

ドアを閉めたセダは、両手を後ろに組んでドア口に立っている。

「ミスター・藤堂だね。私は、ムフタール・アルムワッド、YPG東部方面隊の中佐だ」

右側に立っていた四十代前半の黒髪の男が、笑顔を浮かべ右手を前に近付いてきた。左腕にYPGの軍旗の刺繍《ししゅう》があるカーキ色の迷彩戦闘服を着ている。アリと同じでアラビア語に抵抗があるのか、英語で話しかけてきた。

「急いでいる」

浩志はアルムワッドの右手には目もくれずに、白人をちらりと見て言った。男はロシア陸軍の制服を着ている。つい最近までロシアの爆撃機はシリアの要請を受けて、クルド人居住区を爆撃していたので、実に興味深い光景である。

ロシアはこれまでアサド政権を支援し、ロシアの海軍基地をシリアに設けるなど、中東や地中海に軍事プレゼンスをするためにシリアを利用している。

そのため、シリアにとって目障りなクルド人を掃討《そうとう》すべく空爆を行ってきたのだ。ロシアはアサド政権を生かすためならどんなこともする。というのも、シリアに供与してきたロシアの武器は長期借款《しゃっかん》でほとんど返済されていない。今アサド政権が倒れれば貸し金の回収ができなくなるからだ。

また、ISが占拠している石油施設を爆撃し、闇石油の流出を止めると同時にシリアの石油生産能力を奪うことで石油価格の上昇を狙っている。ロシア経済の低迷は、世界的な石油価格の下落が原因で、米国がISの資金源を奪うとして石油施設や輸送トラックを爆撃する理由とまったく同じなのだ。プーチンの「ISは人類の敵」という言葉は、あくまでもロシアの損得勘定《かんじょう》の問題で、ISに戦いを挑むというのは綺麗ごとに過ぎない。

ロシアがYPGに接近しているとしたら、敵の敵は味方という論理だろう。紛争が終わるまではYPGを利用して、ISをシリアから駆逐《くちく》しようとしているに違いない。

「あちらは、……アレクセイ・ジャゴエフ少佐です」

アルムワッドは、ジャゴエフが頷くのを確認してから紹介した。

「ミスター・藤堂、お目にかかれて光栄です。あなたのような有名な軍人に会えるとは、思ってもいなかった」

ジャゴエフはゴムまりのように口の端を歪めて笑って見せた。軍人の癖に愛想笑いをする奴は信用できない。

「〝サアラブ〟の情報を教えてくれ」

浩志はジャゴエフに目もくれずに、アルムワッドに尋ねた。

「ラッカにホワイトガーデンという大きな公園があります。周囲には未だにレストランや薬局など、空爆後も残った店がある場所です。公園の南側にアルベイク・チキンというファーストフードの店があり、その隣りにあるビルにISの電子戦略部門が入っています。電子戦略と言っても、ISに入った外国人ハッカーを寄せ集めたサークルのようなもので、〝サアラブ〟はそのビルの一室を使っているそうです」

「よくそこまで調べたな」

ラッカの北に位置するホワイトガーデンは、ずいぶん昔だが浩志も公園前にあるレストランに行ったことがある。

「ラッカには何人もの情報員を送り込んでいます。ＩＳの情報は、手に取るように分かります。そこまで、セダのチームが案内します」

「馬鹿な。ラッカはＩＳの首都だぞ。女が潜り込んでただじゃ済まされない」

ＩＳの戦闘員は女と見れば強姦《ごうかん》し、気に入らなければ簡単に殺す。彼らはただの犯罪者集団に過ぎず、思想信条などとってつけたようなものなのだ。

「無論彼女たちは、決死の覚悟がある。ラッカに潜入するには、作戦が必要なのだ。詳しくは、後で彼女と打ち合わせをしてくれ」

アルムワッドは、セダに部屋から出て行くように顎で合図をした。

「どういうことだ？」

浩志は部屋を後にするセダを横目で見ながら首を傾げた。

「彼女は、ヤジディ教徒だ。彼女のチームは、ヤジディ教徒とイスラム教のアレヴィー派のクルド人、それにキリスト教のシリア人の混成チームだ。共通するのは、ＩＳからは異端とされて、男は死刑、女と子供は奴隷にされることだ。彼女たちはいずれもＩＳの戦闘員に夫を殺害され、強姦されて奴隷となったが、脱出してＹＰＧに入隊した。しかし子供はISに拉致《らち》されたままなのだ。彼女たちの願いは、囚われの身の子供たちの救出だ」

二〇一四年八月、ISはイラク北部のヤジディ教徒の街シンジャルを制圧し、多くの住民を殺害し、六千人を超える女性や子供を奴隷として拉致した。

翌二〇一五年十一月十五日、〝ペシュメルガ〟が街を奪回し、約八百人の乱暴された女の遺体を発見している。

セダが〝ペシュメルガ〟ではなく、YPGに入隊したのは、我が子がラッカに囚われていることを知っているからだろう。

「協力に条件があるということか？」

浩志は右眉を釣り上げた。

「条件と思ってもらっても構わない。彼女たちは危険を顧《かえり》みずに〝サアラブ〟の元へ、リベンジャーズを案内する。その代わり、彼女たちの子供を奪回して欲しい」

「それは、YPGの考えか？」

民兵とはいえ、あまりにも私的な作戦になる。

「どちらかというとYPGの作戦行動とは言い難い。〝ペシュメルガ〟から今回の作戦の提案を聞きつけたセダと彼女のチームが、自ら志願してきたのだ」

アルムワッドは溜息を漏らした。作戦を肯定《こうてい》的に捉えていないのだろう。

「子供の奪回か」

浩志は腕を組んで唸った。彼女たちの境遇には同情するが、作戦に私情を挟んではならないという鉄則がある。もっともそれは正規軍に限ってのことで、リベンジャーズには当てはまらない。浩志にとってはむしろ闘う理由になるが、リスクが高くなる分、仲間には説明が必要である。

「藤堂さん、引き受けましょう。これまでにない、最高のミッションです。こういう時にこそ、リベンジャーズは必要とされるのです」

いきなり辰也が騒ぎ始めた。

「戦場で私的な感情で行動する者は、破滅する。作戦行動を起こすにはリスクが高すぎる」

浩志は冷めた表情で言った。一時の感情で行動してはならない。闘う衝動は、心に秘めるものなのだ。

「それは一般論でしょう。リベンジャーズは、これまでも常識じゃ考えられない理由で戦ってきました。今回の作戦を放棄したら、俺たちは永遠に浮かばれませんよ」

辰也はまくし立てた。

「そうだな」

浩志は苦笑を浮かべながら首を縦に振った。

五

地平線から顔を覗かせた太陽が、浩志らを乗せたハンヴィーの背中を赤く染めている。

前方を走るピックアップは、午前二時四十分にアル・ヤウルービヤを出発してからひたすら西に向かって走り続けていた。

シリア北部はYPGが制圧している。そのため、幹線であるM4号線とトルコとの国境沿いを通る712号線を使って何の障害もなく、走り続けることができた。

「間もなくテル・アビアッドに到着します」

運転はアリから加藤に替わっていた。浩志は後部座席に座って休んでいたが、三十分ほど前から起きている。

M4号線はラッカの近くでISの支配地域を抜けるため、途中でルートを変えていた。ハサカからトルコの国境に向かう716号線で一旦北に向かい国境の街ラス・アルアインに出て、712号線に入ったのだ。

加藤とアリは、716号線とM4号線が交差するトール・タマーという小さな街で、休憩した際に運転を替わっている。

「タフな連中だな」

助手席に座っている辰也が呟いた。彼の目線の先には、先頭を走るトヨタのピックアップがある。女性部隊のリーダーであるセダと三人の部下が乗り、最後尾を走るピックアップにも四人の女兵士が乗り込んでいた。辰也は連中と言っているが、セダのことが気になっているらしい。

彼女たちは半年ほど前にトルコやシリアのIS支配地域を脱出した後で、YPGに入隊して厳しい戦闘訓練を受け、この二ヶ月ほどはISとの戦闘に明け暮れているという。女兵士の中でも群を抜いて射撃の腕がいいセダは、同じ境遇の仲間を募《つの》ってチームを作り、作戦に志願した。地域の司令官だったアルムワッドは、彼女たちの意気込みに押されて任務を与えたようだ。

彼女たちのチームは特にコードネームやニックネームもなかったが、無線で連絡するのに不便なため、ワットがギリシア神話に出てくる虹の女神の〝イリス〟と名付けた。野暮《やぼ》ったい男だが、意外とロマンチストなのだ。

午前七時二十五分になっている。周囲は田園風景に変わっていた。しかも農作物を作っているのか、ISが支配していた頃と違って畑は手入れされている。

二〇一四年六月にシリア北部の国境の街テル・アビアッドをISは武力制圧した。ISはテル・アビアッドを物資補給拠点にし、トルコの国境の街アクチュカレ経由で武器や食料だけでなく外国人戦闘員を密入国させていたのだ。その間、この地域で悪行の限りを尽くしたので、街や周囲の農園は荒廃した。

一年後の二〇一五年六月に米軍主導の有志連合の空爆の支援を受けたYPGはシリア軍と共同でISを包囲攻撃し、テル・アビアッドの完全制圧に成功する。ラッカから約八十キロ真北に位置し、物資補給の最重要拠点を失ったISには大打撃となった。またトルコへの石油密輸ルートも絶たれたことになり、これを機にシリア国内のISは衰退し始めたと言っても過言ではないだろう。

道路沿いに民家が見えてきた。テル・アビアッドに入ったのだ。この街をYPGが制圧してから半年近く経ち、復興はかなり進んでいるらしい。街並みは整然としており、修復工事がされている建物もあちこちに見かけられる。

先頭のピックアップが、街の中心部にある二階建てのレンガの建物の前にある駐車場に乗り入れた。黄色地のYPGの旗がはためく出入口の前に、テクニカルが置いてある。テル・アビアッドのYPGの司令部のようだ。

ピックアップからセダらが下りると、建物から数人の兵士が出てきた。車列が到着することが分かっていたらしい。何気なく街に入ったが、いくつか通り過ぎた民家の中に見張り所があったようだ。

五十歳前後の兵士がセダと二言三言話すと、浩志の乗ったハンヴィーに近付いてきた。

「下りるか」

浩志は車を下りて背筋を伸ばした。昨日から硬いシートに揺られたせいで、筋肉が凝り固まっている。こんな時に急に体を動かせば、故障してしまう。戦闘で負傷する前に足腰を痛めていたのでは、洒落《しゃれ》にもならない。

「この地域の情報将校を務めるアハメド・ダルウィシュです。すぐに打ち合わせをしますので、司令部にお越しください」

男は挨拶もそこそこに踵《きびす》を返して建物に戻って行った。情報将校とは敵の情報収集と分析を行う将校だが、戦況の分析を行うということはYPGが単なる民兵ではなく正規軍並みの戦略を備えた組織だということだ。

セダが困惑した表情をしている。

「雲行きが怪しいぞ。打ち合わせには俺も出る」

ワットが浩志の肩を組んできた。外で待つのに飽きたのだろう。

「ベルナールいくぞ。辰也、出発は早くなるだろう。みんな飯でも食っていろ」

浩志はアリを呼び寄せ、建物入り口に急いだ。食料はドイツのラムシュタイン米空軍基地で米軍のレーションを三日分各自用意してきた。食べられる時に食べるのも軍人の仕事である。

「私も一緒に行きます」

仲間と話をしていたセダが、小走りに後を追ってきた。やはり顔色が優れない。ダルウイシュから、あまりいい情報を聞かされなかったのだろう。

四人は、司令部として使われている建物に入った。大きな建物ではないが、作りはしっかりとしている。廊下の一番手前のドアが、開いていた。

「こちらです」

セダに促されて浩志は部屋に入った。

四十平米ほどの部屋の三方にスチール棚が置かれ、窓はぶ厚い板で覆われている。大きな丸テーブルの周りに椅子が並べられていた。作戦室かもしれない。

「お掛け下さい。最新のラッカの情報が先ほど情報員から得られましたので、報告します」

ダルウィシュは、立ったまま話し始めた。

「続けてくれ」

浩志らも席には座らずに、テーブルを囲む形で耳を傾けた。

「まず、〝サアラブ〟ですが、構成員は、英国人一人とフランス人二人の三人です。現地の二人の情報員が監視していますので、動きがあれば連絡が来るでしょう。次にセダらの子供たちですが、全員少年兵訓練施設にいます。彼らはすでに一ヶ月以上訓練を受けているので、そろそろ最前線に送られるでしょう」

セダの顔色が悪い理由が分かった。少年兵として最前線に送られたら、連れ戻すことは不可能になる。救出するのに時間の余裕はないということだ。

ＩＳはヤジディなど彼らが異端とする教徒の子供を奴隷にし、改宗させてＩＳの兵士に仕立てあげ最前線に弾除けか自爆要員として送り込んでいる。

「それと、ラッカから外国人戦闘員の逃亡が年を明けてから激しくなっています。彼らは住民からパスポートを奪うなどして、難民に紛れ込んでヨーロッパに逃亡を図っています。また、ＩＳは部隊単位でラッカを離れて砂漠地帯に向かっているという情報も入っています。おそらく彼らの故郷ともいうべきイラクを目指しているのでしょう。ひょっとするとＩＳはラッカを捨てる可能性すらあります」

ダルウィシュは、早口で報告を続けた。

ＩＳの資金源だった支配地域の住民からの税金は、恐怖政治で住民が逃亡するため激減している。外国人の誘拐《ゆうかい》ビジネスも肝心の外国人が紛争地からいなくなったために成立していない。原油の密売は有志連合の爆撃で壊滅状態になった。また、シリアやイラクの銀行から強奪した資金はモスルに集められていたが、米軍の爆撃で数百万ドルが灰になったという。ＩＳの資金は枯渇《こかつ》し、兵士への給与の支払いは停止状態に陥《おちい》っているのだ。また、二〇一五年一月から二〇一六年三月にかけてＩＳは支配地域を二十二パーセントも失っている。

「噂には聞いていたが、ＩＳは崩壊状態にあるということか」

腕組みをしたワットは、ニヤリとした。

「だからこそ、危ないんだ。シリア、イラクの基盤を失ったＩＳは主戦場を世界中に広めることで、生き残りを図っていく可能性がある」

浩志は険しい表情になった。パリ同時多発テロのような事件がこれからも起きるということである。

「そっ、その通りです」

ダルウィシュは、大きく頷いた。彼は浩志と同じように考えているようだ。

「テロの拡散か」

ワットは唸り声を上げて首を振った。

六

午前九時二十分、ＩＳの黒い旗を掲げた二台のハンヴィーと二台のピックアップが、ラッカに向かって南下している。

ピックアップの荷台には、ヒジャブを被った女が四人ずつ乗せられ、ＡＫ47を構えたＩＳ独特のバラクラバで顔を隠した兵士も座っていた。

ハンヴィーやピックアップに乗っているＩＳの兵士は変装したリベンジャーズで、全員ＩＳのマークが入ったバラクラバを被っている。荷台の女たちは軍服を脱いで一般人になりすましたセダ率いるイリスのメンバーであり、服の下に米軍から支給されたグロック19とコンバットナイフを隠し持っていた。

「もうすぐ、M4号線との交差点です」

ハンドルを握る加藤が、淡々と言った。

十数分前にYPGの検問所を通過している。そこでISの旗を掲げ、バラクラバで変装したのだ。テル・アビアッドから三十一キロ走っており、検問所を過ぎた時点でISとの緩衝《かんしょう》地帯に入っている。

前方にM4号線とのロータリーが見えてきた。M4号線を越えれば完全にISの支配地域になる。

ロータリーといっても交差点で右左折の誘導路がある簡易なものだ。そのまま道路を直進すると、二百メートルほど先に道路の左右にテクニカルと幌《ほろ》付きの軍用トラックが停車しているのが、見えてきた。ISの検問所である。リベンジャーズの車列を見つけ、荷台に重機関銃の射手が乗り込んだ。ISの旗を掲げているが、北の方角からやってきたので、警戒しているのだろう。

速度を緩めてテクニカルの前で四台の車が停まると、トラックの陰から十数人の黒装束の男が飛び出して車列を取り囲み、AK47の銃口を向けてきた。さすがに最前線の検問所だけに頭数は揃えているようだ。

「俺たちは、モスルからやってきた。大した歓迎ぶりだな」

浩志の隣りに座っていたアリが車から下ると、バラクラバの口元を下げて煙草をくわえて火を点けた。素顔を見せても怪しまれないアリが出ることが、決まっていたのだ。

「おまえたちは、まっすぐ北からやってきた。どうしてだ?」

一人だけ銃を構えていない男が、不審そうな目で応対した。検問所の指揮官なのだろう。モスルからラッカに行く場合、中間に位置するハサカはYPGが占拠しているため、タルアファルを経由し、ハサカを南に迂回してISの支配地域である砂漠を抜ける道を通るのが彼らにとっては安全である。YPGの支配する北部を通ることなどありえない。

「俺たちは、ラッカの少年兵訓練施設で兵士を受け取ることになっている。だが、連絡したら少年兵の受け取りに条件を出されたんだ。分かるだろう?」

アリは煙草の煙を吐き出しながら、ピックアップの荷台をちらりと見た。

「どういうことだ?」

男はピックアップを見たが、首を捻った。

「勘の悪いやつだ。八人の女奴隷を土産に持って来いと言われたんだ。だから、俺たちはテル・アビアッドの近くの村を襲ってきた。YPGの鼻を明かしてやったぜ」

アリはわざと卑猥《ひわい》な笑い声を上げてみせた。さすがに潜入捜査をしていただけに演技はうまい。

「なんだって！」

甲高い声を上げた男は、ピックアップの荷台まで走り寄り、セダらを舐《な》め回すように見た。戦場で女に飢《う》えているとはいえ、異常な目つきだ。

「奴隷をやるわけにはいかないが、つまみ食いする程度ならいいぞ。好きに選ぶがいい」

「本当か！」

男は目にも留まらぬ速さで荷台に乗ってセダの手を取り、軍用トラックの裏に消えた。部下たちが銃を下げて苦笑している。彼らの警戒心はすでにない。

「他にもつまみ食いしたい奴がいるなら、ピックアップの後ろに並べ！」

アリが両手を上げて扇動している間、浩志たちはさりげなく車を下りて散開した。

「俺が先だ！」

「俺だぞ！」

ＩＳの兵士たちは我先と争って、二台のピックアップの前に並んだ。

「そこまでだ。全員手を上げろ。無駄な抵抗はするな」

テクニカルの荷台から射手が下りたのを確認した浩志は、トラックの後ろに並んだＩＳの兵士にグロックを向けた。

周囲に散らばっていたリベンジャーズの仲間が、いつの間にか兵士たちを取り囲んでＡＫ47を構えている。

「何！」

二人の兵士が、肩に下げていたＡＫ47を慌てて手に取った。

乾いた破裂音。

眉間に空いた穴から血を噴き出させ、銃を構えた二人の兵士が倒れた。

「ジャハンナム（地獄）に行きたい奴は、誰だ！」

浩志は銃口から煙を吐くグロックを男たちに向けて叫んだ。

兵士たちは一斉に両手を上げた。

二人一組になった仲間が兵士たちを武装解除し、黒のジャケットも脱がせて後ろ手にして樹脂製の結束バンドで縛り上げていく。手際よく縛り上げた兵士らを、ピックアップにロープで固定しておけば、後でＹＰＧの兵士が回収することになっているのだ。

トラックの陰から、セダが一人で出て来た。

駆け寄った辰也が、首に巻いていたアフガンストールを無言で彼女に渡した。普段気が利かない男としては上出来である。

「ありがとう」

にこりと笑ったセダが、手に付いた血をストールで拭った。声を上げないように彼女をトラックの陰に連れ込んだ男の頸動脈《けいどうみゃく》を切り裂いたのだろう。すでに息絶えているに違いない。

「時間がない。準備しろ！」

浩志はハンドシグナルで仲間に指示を与えた。

辰也と宮坂、それにアンディーとマリアノという組み合わせで二台のテクニカルに、宮坂と加藤の二人は残ったピックアップに、瀬川と京介が軍用トラックに乗り込んだ。ハンヴィーには、浩志とアリ、ワットと田中というコンビで乗る。

イリスの女兵士たちは、バラクラバを被ると、ＩＳの兵士たちが脱ぎ捨てた黒いジャケットと弾薬を入れたタクティカルベストを着た。目元しか出ていないので、女と気付かれることはない。彼女たちは、トラックの荷台に収まった。

ラッカに潜入しているＹＰＧの情報員の知らせでは、少年兵訓練施設に収容されている五歳から十二歳までの子供たちは、六十人前後いるらしい。敵の車両を奪ったのは、囚われた子供たちを全員救出するつもりだからだ。

「出発！」

浩志の号令で、辰也の運転するテクニカルを先頭に六台の軍用車は唸りを上げて走り出した。

真昼の脱出

一

二〇一六年一月、CNNはISの少年兵に関する衝撃的なニュースを発信した。

イラク北部クルド人自治区にある難民キャンプで、十二歳のヤジディ教徒の少年がCNNの記者に恐ろしい体験を告白している。

彼は村を襲撃してきたISにラッカまで連れ去られ、少年兵訓練施設に入れられた。施設には六十人ほどの子供がおり、絶えず空爆に怯えながら、過酷な訓練を受けたという。彼らは強制的にイスラム教に改宗させられ、「おまえたちの親は不信心だ。家へ戻って彼らを殺すことが初仕事だ」と教え込まれた。言うことを聞かなければ、繰り返し殴られて洗脳されるらしい。また、別の少年は、訓練施設への入所を拒否したために足を三箇所も骨折するほどの半殺しの目にあった。

〝ペシュメルガ〟の司令官によると、戦闘でISの最前線に訓練を終えた少年兵が配置されるケースが年々増えているという。彼らは総じてやせ細って、自爆ベストを着せられているそうだ。

〝ペシュメルガ〟の兵士は子供たちが向かってきた際、逃げて来たのか攻撃しにきたのか判断を迫られる。銃を向けられれば、たとえ五、六歳の少年だろうと銃弾を浴びせなければならない。また武器を携帯していなくても、自爆する可能性がある。まさに悪魔の選択を迫られるのだ。

リベンジャーズの六台の車列は、ラッカに入る直前で二手に分かれた。

浩志は、二台のテクニカルとピックアップ、それと軍用トラックの合計四台の車両を少年兵訓練施設に回した。というのも訓練施設は街の西の外れにあるが、〝サアラブ〟がいるとされているビルはホワイトガーデンという大きな公園に面しており、周囲にはレストランもあるため、人目に付きやすい。車列を組んで乗り込む場所ではないからだ。

浩志は新たにチームを編成し、ワット、田中、アリの三名を率いるAチームを指揮し、Bチームは辰也をリーダーとし、瀬川、宮坂、加藤、黒川、京介、アンディーにマリアノの八名、それとイリスの八名を加えた。

少年兵訓練施設にISの兵士がどれほどいるか分からないが、少年兵として囚われている子供たちが六十名前後と聞かされているため、救出に必要とされる人材と車を回したのだ。

午前十一時十二分、ホワイトガーデンの西側の角に二台のハンヴィーが停められた。

車を下りた浩志とワット、田中、アリの四人は、道を渡って交差点の反対側の角にある三階建てのビルの一階にある〝アルベイク・チキン〟と看板が出された店に入った。店舗の外装は赤く塗られ、道路に面した窓は大きなガラス張りになっている。通りの反対側は、公園の緑が続く。一見紛争地とは思えない風景だが、通行人は一般人よりも銃を担いだＩＳの兵士の方が多い。

店は開店したばかりらしく、数人の客しかいない。

「メニューはないのか？」

カウンターに肘をかけて立ったワットは、店の壁やカウンターを見て首を傾げた。ファーストフードの店なら注文するためのメニューがあるはずだが、どこにも見当たらないのだ。後ろには浩志と田中とアリが並んでいる。

「冗談を言っているのか？　ここはリヤドじゃないんだ。物資が滞《とどこお》っているのを知らないのか？　メニューはフライドチキンとポテトがセットになったアルベイクチキン・ミール一種類だ」

髭を伸ばしたカウンターの中年男が、仏頂面《ぶっちょうづら》で答えた。

「それじゃ、俺がまとめて注文する。アルベイクチキン・ミールが四つだ。俺たちはこの間までベルギーに居たんだ。ラッカのことはよく知らない。今度鶏を捕まえてくるから、別のメニューを出してくれ」

ワットはニヤリと笑って見せた。

「そうしてくれ。飲み物は、コーラだけだ。付けるか？」

「もちろんだ。四つくれ」

指を四本立てたワットは嬉しそうに言うと、両手を擦り合わせた。この数日間で食べたものは、米軍のレーションや豆の缶詰ばかりで、たまには作りたての食事を摂《と》りたいと誰しも思っている。

さほど待たされることなく、カウンターに四つのトレーが並べられ、アルミニウムの皿に三つの小ぶりなチキンとフライドポテトが載せられていた。コーラはペプシの五百ミリ缶である。

浩志らはそれぞれのトレーを持って、ＡＫ47を肩にかけたまま窓際の席に座った。

「サウジアラビアのリヤドにスペルは違うが、アルベイクというチキンのファーストフードの店があるがもっと量は多いぞ」

ワットは文句を言いながらチキンにかぶりついた。

ほぼ同時にチキンを口にした浩志は、思わず顔をしかめた。油が悪いのか焦《こ》げ臭い、何とも言えない臭みがあるのだ。

「これが豚の餌《えさ》だと思えば、悪くない」

ワットはわざとらしくうまそうに頬張り、まだ食べていない田中に食べるように促した。

「豚も食わん」

何とか一つ平らげた浩志は、すぐ近くの席に座る男に視線を移した。先ほどからチラチラとこちらを見ている。

「どこから来たんだ?」

一人で席に座っている男は、ポテトを食べながら尋ねてきた。AK47を隣りの席に立てかけている。食事をしている客はみな銃を持っていた。紛争で収入源を絶たれた一般市民は、外食などできないに違いない。

「俺はウイグルから来た。どこにあるか知っているか?」

浩志は聞き返した。

「知っている。南米にあるんだろう。白砂の海岸が綺麗だと聞いたことがある」

「そんなところだ。海があるとは、初耳だがな」

適当に相手をした浩志は残ったチキンとポテトをゴミ箱に捨てると、一人で店を出た。

店の前で通りを眺めていると先ほど質問をしてきた男が現れ、店の裏手にある狭い路地に入って行く。浩志はさりげなく後を尾けた。

　ワットらは遅れて店を出ると、路地裏を塞ぐ形で立ち、煙草を吸いながら談笑をはじめた。ラッカやモスルなど、ISが治める大都市には〝SS〟と呼ばれる治安警察があり、彼らは常に街の様子を窺《うかが》っている。油断ならないのだ。

　男はビルの陰に隠れると、辺りを用心深く見渡した。

「私は、サッドだ。藤堂か？」

　サッドと名乗った男は、聞き取れないほどの小声で尋ねてきた。

「そうだ」

　浩志はYPGの情報員と〝アルベイク・チキン〟で待ち合わせをしていたのだ。合言葉は、浩志が「ウイグル」で、サッドは「南米」と「白砂の海岸」だった。傍で聞けば、サッドがウイグルとウルグアイを勘違いしているように聞こえただろう。もっとも、地理に詳しい者が周りにいればの話だが。

「特殊部隊と聞いていたが、四人だけか？」

　サッドは訝しげな目で首を傾げた。

「〝サアラブ〟の逮捕は、俺たち四人だけで十分だ。多人数だと目につくからな。仲間は他の場所で待機させている」

「なるほど、そういうことか。〝サアラブ〟の三人のメンバーは、まだ眠っているはずだ。いつでも案内できる」

サッドはホッとしたのか、溜息を漏らした。見張りや尾行は骨の折れる仕事だ。気持ちは分かる。

「すぐ頼む」

浩志は顎を引いて促した。

二

ラッカの西の外れに高い塀に囲まれた学校の跡地があり、校舎は三階建てのコンクリート製で立派であるが、爆撃で一部が崩落している。

ホワイトガーデンの二キロ西に位置し、周囲は住宅街だったが多くの住民が難民として街を出てしまったためにゴーストタウンのようにひっそりとしていた。

だが、学校の跡地から怒鳴《どな》り声や叫び声が聞こえてくる。跡地は少年兵訓練施設で、常時六十人前後の子供たちを校舎に寄宿させて、ISの兵士が厳しい訓練をするのだ。少年兵訓練施設はラッカの中心部にもあった。そこは、支配地域から志願した少年を訓練する場所で、西の学校跡地にある方は、拉致してきた子供を収容し、脱走できないように監視がつけられている。

——トレーサーマンです。校庭の四隅に見張り台がありますが、監視兵は外ではなく全員校舎の中を見張っています。

斥候に出た加藤からの報告だ。

「了解、監視を続けてくれ」

辰也は呟くように答えた。首に巻かれたベルトに付けられたマイクは骨伝導なので声を上げる必要はない。

四台の車列は、訓練施設から五十メートルほど離れた住宅街に停めてある。辰也はテクニカルの荷台に腰をかけていた。

「監視兵を先に片付けたいが、狙撃できるか？」

辰也は傍に立つ宮坂に尋ねた。彼が聞きたいのは、狙撃の条件である。

「ラッカの中心部までは二キロだが、北西の風が吹いている。耳のいいやつなら銃声だと気付かれる可能性がある。だが、ハンドガンなら大丈夫だろう」

宮坂は苦笑した。

この街はISの拠点であり、何千人もの兵士がいるはずだ。二年前にシリア東部のISが支配する国境の街アブー・カマールから脱出するのに、リベンジャーズは全員死を覚悟したほどの激しい戦闘を経験した。できれば、敵に気付かれずに密かに脱出したいと誰でも思っているはずだ。

「逆の発想もあるんじゃないか？」

二人の会話を、テクニカルの荷台に寄りかかって聞いていたマリアノが言った。彼とアンディーは、米軍最強の特殊部隊デルタフォースの元隊員としての様々な戦闘経験ある。

「監視は気にしないということか。となると潜入するということだな」

身を乗り出した辰也は、荷台から下りた。

「ラッカはＩＳの兵士が数え切れないほどいる。だから、奴らも油断しているはずだ。堂々としていれば、怪しまれない。現に俺たちは検問所を通過しても、誰にも咎《とが》められなかっただろう」

マリアノは悪戯っぽい顔をしてニヤリと笑った。思いつきではなく、確かな経験の裏打ちがあるのだろう。

「面白い」

辰也もニンマリと髭面を綻《ほころ》ばせた。

午前十一時三十一分、少年兵訓練施設の正門の前にリベンジャーズとイリスを乗せた四台の軍用車両が停まった。先頭のテクニカルの運転席にはマリアノ、助手席にはアンディー、辰也はバラクラバを被って、荷台に立っている。マリアノは黒人、アンディーはスペイン系だが、顔立ちは二人とも北アフリカ出身と言ってもおかしくはない。

「門を開けろ！」

マリアノはアラビア語で怒鳴り、クラクションをせわしなく鳴らした。

「うるさい、何事だ！」

門の近くに立っていた二人の兵士が駆け寄ってくると、目を見開いて車列を見ている。

「ラッカから移動命令が出たんだぞ。グズグズするな。俺たちは、少年兵をモスルに連れて行くように命じられている。おまえたちも早くラッカを出るんだ」

「馬鹿な、そんな命令は聞いていないぞ」

門を半開きにした兵士が、マリアノに詰め寄って来た。

「ラッカは、米軍の通信攻撃で外部と遮断されている。間もなく大規模な空爆があるはずだ。空爆の後で、ＹＰＧと〝ペシュメルガ〟の大部隊が進軍してくるらしい。ラッカはもうだめだ。嘘だと思ったら、どこかに携帯電話をかけてみるといい。俺たちは急いでいるんだ」

マリアノは両手を頭の上で振って、喚《わめ》くように答えた。

「……本当だ。通じない。ちょっと待っていてくれ。責任者に聞いてくる」

ポケットから出したスマートフォンが使えないことが分かると、男は血相を変えて校舎の中に入って行った。ジャミング装置を使って、通信を遮断しているのだ。

「さっさと車を誘導してくれ。ここで待たせる気か！」

ハンドルを叩きながらマリアノは、残った別の兵士に怒鳴った。

「わっ、分かった」

マリアノの剣幕に恐れをなした男は門を完全に開けると、右手を上げて小走りに校舎の前まで行き、手を振った。

荷台から下りた辰也は男の背後に立つと、無言で男の首を捻って車の陰に転がした。一人でも多くの敵を減らしていく。それが今回の作戦である。四台の車から仲間が下りて、校舎に入っていく。リベンジャーズの仲間とイリスの女兵士が二、三人で組んで行動することになっている。

「行くぞ」

辰也は車から下りてきたマリアノとアンディーに合図すると二人を先に行かせ、校舎を抜けて校庭に向かった。

校庭は奥行きが百メートル、幅は七十メートルほどある。手前にL字型の校舎があり、一番奥の左右の塀の角と校舎の端と端にＡＫ47を構えた兵士が、二メートル近い高さの木の台の上に立っていた。

リベンジャーズとイリスの四組の二人ペアが、手を振りながら見張りに向かって走っている。残った者は、校舎内を探っているはずだ。

数十人の幼い顔をした子供たちが隊列を組んで走らされている。最後尾に五、六歳と思われる子供が、涙を流しながら遅れまいと頑張っていた。少年兵訓練施設では声をあげて泣くと、教官から殴られるそうだ。

先ほどマリアノに怒鳴りつけられた男が、こちらを見ながら四十代半ばの男と話している。訓練施設の責任者なのだろう。右手に鞭《むち》を持っており、近くを通り過ぎた少年を殴りつけた。それが仕事だと、辰也らに見せつけているのかもしれない。

「俺たちの使命は伝えてくれたか？」

マリアノは、二人を交互に見て言った。

「ここの責任者のモハメド・ハザジだ。ラッカを捨てる可能性があるとは、上層部からも聞いていた。だが、許可を得ないでここを出るわけにはいかない」

ハザジは肩を竦めてみせた。

「街は通信妨害《ぼうがい》されている。確かめに行っている間に空襲がはじまるぞ。仲間があんたの部下にも事情を説明している。残りたいのなら、勝手にしてくれ。だが、俺たちは命令通り、子供たちを連れていく。命令違反で処刑されたくないからな」

マリアノは校庭の四隅を指して言った。リベンジャーズとイリスの各ペアは、見張り台の下から監視兵と話をしている。見た目は不穏な雰囲気ではない。だが、少しでも怪しまれるようなことがあれば、監視兵を撃ち殺すことになっている。

「モスルの誰に命令されたか知らないが、私は、この一ヶ月間苦労してクソガキどもを奴隷から兵士に仕上げたんだぞ。連れて行くというのなら、私が自らモスルまで連れて行く。見ず知らずのおまえらに渡すつもりはない！」

ハザジはマリアノの目の前で鞭を振って激しく首を振った。この男は少年兵に仕立て上げることが、手柄だと思っているらしい。

「それは困ったな」

マリアノの後ろから出た辰也は、右手を差し出した。握手をするのかと首を捻ったハザジの右手首を辰也は捻り上げて背後に回り、左手に握ったグロックの銃口を男のこめかみに当てた。

「おまえの意見など聞くつもりはない。俺たちは、子供たちを連れていく。抵抗すれば、裏切り者として殺す。分かったか」

辰也は銃口を押し付けながらハザジの耳元で言った。

「わっ、分かった。言う通りにする。だが、後でモスルの指揮官に抗議させてもらうぞ」

異常な強硬手段に出られても、ハザジはまだ味方だと思っているようだ。組織の中でも暴力がモノを言う、ＩＳが狂気の集団だからだろう。

「少年兵、集まれ！」

マリアノが校庭を走っている子供たちに両手を振った。

三

浩志は時折腕時計で時間を気にしながら、ノートパソコンに向かって作業する田中を見ている。

クルド人のサッドの案内で、〝アルベイク・チキン〟の隣りにある四階建てビルの三階のフロアに浩志とワット、田中、アリの四人は踏み込んだ。

ビルの屋上には衛星電話のアンテナが設置してあり、インターネットが使える環境になっていた。一階は爆撃に備えて防空壕の入り口になっている。ISが支配する街は、どこでも防空壕やトンネルが張り巡らされているのだ。そのためISの電子戦略部門は二階から上の三フロアを使っており、一つのフロアに一グループの作業場兼宿泊施設があった。

電子戦略部門という名は仰々《ぎょうぎょう》しいが、気のあったハッカーがグループを作っているというだけで、それが三つあり、ISのホームページの管理や世界中のサーバーに対してハッキングやウイルスを流すといった電子テロが主な仕事らしい。

浩志らが踏み込むと、サッドの言った通り、〝サアラブ〟の三人の男たちはだらしなくベッドで惰眠《だみん》を貪っていた。

フランス人のヨアン・デュガリー、同じくフランス人のアディル・グルキュフ、英国人のグレン・シェリガムの三人で共に二十五歳と若い。彼らはインターネットのハッカーが利用する掲示板で知り合ったらしい。

「おまえたち、まだことの重大さが分かっていないようだな」

ワットは、椅子に縛り付けて猿轡《さるぐつわ》をした男たちのパスポートを順番に見ながら英語で言った。捕まえた男たちの尋問は任せている。簡単な質問には、男たちは抵抗なく答えたが、肝心の仕事の内容を聞いた途端無言になったため、ワットは猿轡をしたのだ。

「……」

真ん中の男が猿轡をくわえて何か言っている。

「何を言っているのか、さっぱり分からない。俺を馬鹿にしているのか？」

ワットは相手が話せないことを知りながらいたぶっているのだ。

三人をトルコの米軍基地に移送し、そこで尋問していては三日後に迫ったＩＳのテロ予告日に間に合わない可能性がある。また、移送中にＩＳと交戦し、巻き込まれて彼らが死ぬかもしれない。できるだけ情報を引き出してから連れ出すつもりである。

だが、タイムリミットは、辰也らＢチームが少年兵訓練施設から子供たちを救うまでと決めていた。数十人の子供たちをトラックやピックアップに乗せたら、すぐにでもラッカを脱出するつもりである。

「やはり、私ではこのパソコンの解析はできませんね」

田中は振り返って首を横に振ってみせた。機械オタクの彼はプログラミングにも詳しいが、三人のハッカーが使っているパソコンのパスワードを解除することはできなかったようだ。

「パソコンは、持ち帰る。梱包《こんぽう》してくれ」

浩志は田中に命じた。米軍に渡してもいいが日本に持ち帰れば、友恵がパソコンの解析をしてくれる。

「こいつらを連れて帰るのか？」

ワットは欠伸をしながら聞いてきた。

「殺してパスポートと一緒に写真に撮れば、米軍から懸賞金はもらえる。連れて帰れば、足手まといになるだけだ」

浩志は冷たく言い放った。

三人の男たちが途端に口を動かしはじめた。

「大きな声を上げなければ、言いたいことは聞いてやる」

ワットはグロックを抜くと、真ん中に座らされているフランス人のグルキュフの顎の下に付け、猿轡を緩めた。

「何でも聞いてくれ。何でも話す」

男は早口な英語で答えた。

「日本の原発施設へのテロを示唆《しさ》したハッキングは、おまえらの仕業だろう?」

ワットはこれまで場違いな質問をしてきた。すぐに質問しては足元を見られるからだ。

「あれか、そうだ」

グルキュフは他の仲間の顔を見て答えた。

「本当に一月十八日にテロを実行するつもりか?」

「あれはビジネスだった」

グルキュフは肩を竦め、鼻をピクリと動かした。馬鹿にして笑ったのだ。

「原発施設にテロ行為を行うことが、ビジネスだと? ふざけているのか!」

ワットはグルキュフの胸ぐらを両手で掴んで揺さぶった。演技だろうが、怒らせると凶悪な形相《ぎょうそう》になる。

「乱暴は止めてくれ。俺たちは金をもらってハッキングを依頼され、ISとしてテロの名義貸しをしただけだ。本当にテロを実行するかどうかは知らない」

ワットの剣幕でグルキュフの顔面が真っ青になって白状した。

「テロの名義貸し?」

ワットは突き飛ばすように手を離して睨んだ。

「ISはインターネットで世界中に主義主張を訴えている。だから世界中からISに兵士が集まってくる。それだけじゃない。ISの主張に賛同し、自分の国でテロを行う者もいる。最近では、利害関係が一致すれば、他の組織がテロを行い、ＩＳが犯行声明を出す場合もある。意味は分かるだろう」

「個人的な殺人や政敵の抹殺、あるいはライバル会社への恐喝や妨害をＩＳの犯行だと誤《ご》魔化《まか》す場合もありうるということか」

やりとりを聞いていた浩志は、大きく頷いた。

「そういうことだ。金を払ってもらえれば、ＩＳが犯行声明を出す。犯行が無差別テロになれば、犯行の動機や犯人は分からなくなるからな。世界中を恐怖に陥れることが、ＩＳの目的でもある。合理的な戦略だ」

グルキュフが答えると、他の二人も頷いてみせた。嘘ではないらしい。

「それじゃ、誰に頼まれた？」

「分からない。俺たちはミスター・Ｂと名乗る人物とメールでやりとりし、前金を指定口座に振り込んでもらった。先月の二十九日に日本の川内原子力発電所のホームページをハッキングして書き換えた時点で、仕事は終了している。口座には残りの報酬も振り込まれていた」

ワットの質問にグルキュフは浩志の目を見て答えた。嘘はついていないようだ。

「本当のことらしいな。供述は録音した。ついでに写真を撮れば、こいつらを連れて行くこともないだろう」

ワットは、三人の男たちの顔の隣りにパスポートの身分証明書欄を開いて自分のスマートフォンで撮影した。撮影した画像データは、米軍を経由してマスコミに流れるだろう。男たちは破滅したも同じだ。

「勘弁してくれ。ここまでバラしたら、今度はISに処刑されてしまう」

グルキュフが声をあげた。彼も結果がどうなるか分かっているようだ。

「うるさい」

ワットの強烈なパンチがグルキュフの顎を捉えて椅子ごと床に倒した。

「Bチームの応援に行くか」

床に椅子ごと倒れたグルキュフには目もくれずに、浩志は壁に立てかけておいたAK47を担いだ。

――こちら爆弾グマです。リベンジャー、応答願います。

辰也からの連絡だ。Bチームの作戦はジャミング装置を使っていたので、連絡が取れなかった。

「俺だ」

――少年兵訓練施設を制圧し、囚われた少年を五十二人救出しました。ただ、大変なことが分かりました。

辰也らはISの兵士を装っていたが、結局少年兵訓練施設を武力制圧した。少年らを集めて施設にあったトラックを奪って乗せることには成功したが、施設を去った後で、上層部に事実確認されると嘘がバレるからだ。追っ手が来ないようにするには、施設にいたISの兵士の口封じをするほかない。そのため、辰也は施設にいた十人の兵士をロープで縛り上げて、防空壕に監禁した。

「どうした?」

――三人の子供が、数時間前に施設からテロを行うために連れ出されていたのです。その中にセダの息子が含まれていたようです。

辰也の悲痛な声が、イヤホンから伝わってきた。

四

ラッカ北部にかつて三つ星のエクストラホテルがあった荒地がある。

ホテルは米軍とシリア軍の爆撃で瓦礫《がれき》と化しており、西側に隣接していた市の陸上競技場と境目《さかいめ》がなくなっている。ホテルをISが宿泊施設として使っていたために、標的とされたのだろう。

「本当にあのホテルの廃墟《はいきょ》にヘリが隠されているのか?」

浩志は傍に立っているアディル・グルキュフに尋ねた。

「秘密のヘリポートというところだ。陸上競技場をヘリポートとして使っている。爆撃で崩落した、隣接するホテルの宴会場の壁を爆破してヘリを入れられるようにしたのだ。穴の空いた天井部と壁はシートで隠してあるので、軍事衛星でも見つけられないはずだ。競技場は爆撃対象ではないため、これまで被害はない。平坦で広い、ヘリポートとしてはもってこいなのだ。ただし、ヘリは幹部の移動に夜間だけ使うらしい」

グルキュフは自慢げに答えた。協力する代わりに、解放するという条件に乗ってきたのだ。もっとも作戦が終了するまで、解放するつもりはない。他の二人は彼らの部屋に監禁してある。

「どうして知っている。ISの兵士なら誰でも知っているのか?」

「俺の趣味は、ハッキングなんだ。だからISの幹部連中のメールも時々盗み見しているんだ」

この男は宗教や思想の問題でもなく、ただ単にハッカーとしての技術を活かすためにISに入ったに違いない。

「廃墟を利用して格納庫にしたのか」

浩志はなるほどと頷いた。

少年兵訓練施設から救出した五十二人の少年は、瀬川をリーダーとしたリベンジャーズの仲間とイリスに託し、ラッカを脱出させた。彼らは来た道を辿り、テル・アビアッドに向かっている。テクニカルが二台、ハンヴィーが二台、軍用トラック、ピックアップ各一台と訓練施設から盗み出したトラックも含めて七台の車列が堂々とラッカの街を出て行った。

Ｍ４号線交差点近くの検問所は、ＩＳの兵士に扮装《ふんそう》したＹＰＧの兵士に入れ替わっている。ラッカから約五十キロ、そこまで到達すればＹＰＧの支配地域に入ることができる。三十分近く前に出発しているので、かなりの距離を進んでいるはずだ。

浩志の他にラッカに残ったのは、ワット、辰也、加藤、田中、アリ、それにセダの六人である。

少年兵訓練施設を制圧し、子供たちを保護したが、セダは自分の十歳になる息子ヤヒヤを見つけることはできなかった。そこで辰也は、少々手荒い方法で施設の責任者であるモハメド・ハザジを尋問し、三人の少年の行方が分かったのだ。

施設では一、二ヶ月ごとに訓練した少年兵の入れ替えをする。つまり戦場に送り込むのだ。空になった施設に新たに入れられるのは、占領地で拉致してきた子供であるが、ＩＳの支配地域が縮小してきたために、それまで奴隷として使っていた子供まで投入することになってきたらしい。セダの息子は奴隷として使われていたが、少年兵が不足したために訓練施設に送り込まれたようだ。

ヤヒヤの他に九歳と八歳の男の子が選ばれ、一般人の扮装をしたＩＳの兵士に連れられて午前六時頃に施設を出たらしい。目的地はトルコ中南部のアダナとだけ、ハザジは子供たちに同行するＩＳの兵士から聞かされたようだ。現在時刻は午後一時十分、七時間ほど前のことである。

ラッカからＩＳの支配地域を抜け、途中でクルド人支配地域を通れば、戦闘が激しいアレッポを避けることができる。国境が開いているキリスからトルコへ出国するはずだ。難民を装い国境の検問所で、普通なら長時間かかるところをＩＳなら裏の手口を使い一、二時間で通過するだろう。

出国後はトルコのガズィアンテプを経由し、Ｅ90号線で西に向かうことになる。ラッカからの距離は約五百七十キロ、休みなく走れば八、九時間でアダナに到着する。だが、検問所や給油、休憩も考えれば、十時間前後かかるはずだ。

浩志たちは、ＩＳからヘリコプターを強奪して後を追うつもりである。ラッカからアダナまでは直線距離で三百四十キロ、ヘリコプターなら多少迂回しても二時間以内で到達可能だ。うまくいけば、先回りすることもできる。

「それにしても、子供三人をどうするつもりなんでしょうね？」

辰也は日本語で尋ねてきた。近くにいるセダに聞かせたくないからだろう。

「どうして目的地が、イスタンブールじゃなく、アダナだと思う？」

浩志は崩れた壁の隙間から格納庫とされる元ホテルを見つめながら、質問で返した。加藤を斥候に行かせている。戻ってくるのを待っているのだ。

「単純にセキュリティの問題じゃないですか。イスタンブールは、テロを警戒して厳戒態勢ですから」

辰也も元ホテルを見ながら答えた。

「NATO軍基地があるのを忘れたのか？」

苦々しい表情のワットが浩志に代わって言った。アダナ市街から十二キロほど東にNATOのインジルリク空軍基地ある。

「まっ、まさか、空爆の報復として空軍基地で自爆テロを計画していると……」

辰也は絶句した。

シリア紛争が勃発《ぼっぱつ》してから、トルコは紛争に介入するのを拒んできた。むしろトルコ経由で武器やテロリストの流入を黙視してきたことを考えると、反体制派を助長していたとも言える。だが、欧米諸国から激しい批判を浴び続け、それに折れる形でトルコは米国主導の有志連合に対してインジルリク空軍基地から爆撃機が出撃することを認めたのだ。

「それ以外考えられない」

浩志は表情もなく言ったが、ＩＳの手口に心底腹を立てていた。

たとえ空軍基地内に入れなくても基地のゲートで三人の子供が自爆テロを起こせば、ＩＳは有志連合に強烈なメッセージを送ることができる。

ワットが珍しく冗談を言わないのは、彼もよく分かっているからだ。

「インジルリク空軍基地に知らせたほうがいいんじゃないですか？」

セダにかかわるせいか、辰也は必死の形相である。

「なんて言うんだ？　自爆テロをする子供三人を保護してくれとでも言うのか？　米軍に限らず、爆弾を巻いたテロリストなら女子供であろうと撃ち殺しても誰も文句は言わない。逆に知らせたことで、発見次第射殺される可能性の方が高いんだ」

ワットは不愉快そうに答えた。

「……戻ってきました」

意気消沈していた辰也が、元ホテルの東側を指差した。

加藤とアリが、煙草を吸いながらゆっくりと歩いてくる。ＩＳの兵士の格好をした彼らは、元ホテルまでぶらぶらと歩いて行き、加藤だけが内部にまで忍び込んで調べてくることになっていた。二人は非番の兵士を装って、元ホテルに近づいたのだ。周囲は、もともと競技場と駐車場だったため隠れる場所がない。こっそりと接近することはできないのだ。

二人は元ホテル側から見えない二百メートル近く離れた建物の陰に入ると、浩志らの方に向かって走ってきた。

「無人かと思いましたが、警備の兵士が塀の陰に交代要員も入れて八人、内部に四人、その他に整備係と思われる兵士が三人いました。格納されていたヘリは、イラク軍から奪ったベル407です。整備中のようで、すぐに飛べる状態かどうかは、分かりません」

加藤はいつものように淡々と報告した。見張りに気付かれないように元ホテルの建物によじ登って確認したのだろう。

ベル407は輸送や報道関係でも活躍する四枚ブレードのヘリコプターで、パイロットも含めて八名乗ることができる。イラク軍では人員の輸送や偵察用として使っていたようだ。

「警備は、十二人だな」

浩志は小さく首を縦に振った。ヘリコプターを盗もうとする者はまずいないはずだ。また一機あったところで、戦略的に重要な役を果たすものでもない。そのため、見張りが少ないのだろう。

「楽勝ですよ」

辰也は気色ばんだ。

「稼働中の施設と見られないように、二十四時間、施設に車を近付けてはいけないことになっているそうだ。加藤が潜入している間に暇そうな見張りに近づき、煙草を勧めて色々聞いてみたんだ。さすがに内部がどうなっているのかは、教えてくれなかったけどな」

アリは加藤が忍び込んでいる間、見張りがてら情報収集をしていたらしい。

「欧米の軍事衛星でこの街も常に見張られているのだろう」ＩＳも相当気を使っているのだろう」

辰也は苦笑いをして見せた。

「ただ、気になることがある。ここから二百メートルほど南に、彼らの宿舎としている住宅があるらしい。おそらく夜中に飛行する関係上、すぐに出動できるように用意されているからだろうな。問題は、その隣りに〝ＳＳ〟の宿舎があることだ」

アリが渋い表情で告げた。〝ＳＳ〟は治安警察である。陸上競技場の百五十メートル南にはラッカの北部を東西に通る鉄道があり、その線路沿いに日本でいうところの団地があるらしい。〝ＳＳ〟に限らずＩＳの兵士は、空爆から身を守るために民間人が住むアパートに潜り込んだり、逆に民間人を強制的に宿舎に同居させる。住民をいわゆる「人間の盾」にしているのだ。

「異変に気付けば、大勢駆けつけてくるということか」

余裕の態度をみせていた辰也が、表情を強張《こわば》らせた。線路があるため車では近くの陸橋を通る必要があるが、徒歩なら紛争で廃線状態の線路を渡ってくることなど容易い。数十人の敵兵が線路を渡って押し寄せてきたら防ぎようがない。

「昼間で、宿舎に誰もいないことを願うんだな」

浩志はふんと笑った。どんな条件だろうと、三人の子供を救ってテロを防ぐにはこの計画は遂行しなければならない。

五

午後一時十五分、一台のピックアップが、エクストラホテルに隣接する競技場に突然侵入した。セダが一人で運転しているのだ。

ホテルで見張りをしていた二人のＩＳ兵士が、慌てた様子で持ち場を離れて競技場に飛び出してきた。

「ここは立ち入り禁止だ！」

「すぐに車を外に出せ！」

競技場側にいた二人の見張りの兵士たちは叫びながら、車を走って追いかける。反対の東側にいた見張りも騒動に気付き、競技場側に出てきた。

ピックアップは、兵士たちをからかうように時折クラクションを鳴らしながら競技場の中を猛スピードで二周ほど走り回ると、西の方角に去って行った。

「なんて奴だ。地獄に行きやがれ」

兵士の一人が荒い息をしながら毒突《どくづ》いた。

「くそっ！　今度来たら、ぶっ殺してやる」

よほど腹が立ったらしく、別の兵士が空に向けてＡＫ47を撃った。

爆撃で崩れた塀の陰に四ヶ所テントが設営されており、彼らは交代要員と二人一組で見張りに立っている。競技場を走り回った二人は建物の東側で分かれ、一人は南側の瓦礫の陰にあるテントまで戻って来た。

「まったく、頭が変な奴が多すぎるぜ」

男は仲間に愚痴を言いたかったのか、テントを覗き込んだ。

途端、引きずりこまれて入れ違いにテントから浩志が出てきた。

テントには今しがたやって来た見張りと別の見張りが気絶している。

セダが囮《おとり》となって競技場で車を暴走させている隙に、見張りがいなくなった東側から浩志は仲間を引き連れて侵入し、一気に建物の内外にいた見張りを倒して制圧していたのだ。

加藤が見張りの兵士のジャケットと弾薬ベルトを身につけてテント前に立った。他の三箇所もすでに辰也と田中とアリがＩＳの兵士と入れ替わっている。

「まさか発砲するとは思いませんでしたね」

加藤は瓦礫が積み上げられた塀の隙間から外を覗きながら言った。視線の先に百五十メートルほど離れた三階建てのアパート群がある。一部は〝ＳＳ〟の宿舎として使われているのだ。

「想定内だ」

浩志は気にすることもなく、シートがかけられた建物の隙間から中に入った。

内部は、天井までの高さが七、八メートルあり、宴会場だったというだけに十分な広さがある。真ん中にベル407が置かれており、近くにヘリコプターを競技場まで牽引《けんいん》するためと思われるピックアップが置かれていた。

中を見張っていた四人の見張りと三人の整備兵は、縛り上げて倉庫の片隅に座らせてある。ここまで案内してきたフランス人のアディル・グルキュフも、縛って一緒に転がしてあった。セダがクラクションで気を惹《ひ》いてくれたので、浩志らは元ホテルの建物へ容易く潜入することができたのだ。

「飛べそうか？」

浩志はヘリの屋根に乗って作業を進めている田中に尋ねた。

「ローターのボルトの交換をしていたようです。作業はすぐに終わりますが、点検に二十分ほど時間をください」

加藤が偵察の報告でしたように、ISの整備兵はヘリコプターのオーバーホールをしていたらしい。ヘリコプターに限らず、航空機は日々のメンテナンスが安全上必ず必要となる。ISは少数ながらパイロットと整備兵も確保していたようだ。

「そんな時間は、なさそうだ」

イヤホンを指で押さえて無線を聞いていた浩志は、険しい表情になった。作戦中なので、全員の無線をオープンにして浩志は仲間の動向をモニターしていたのだ。

「セダ、応答せよ」

浩志はセダに無線で呼びかけた。彼女にはコードネームは付けられていないので、名前で呼んだ。

——〝SS〟に追われている。戻ろうとしたら、見つかった。

彼女の悲痛な声が返ってきた。彼女はバラクラバで顔を隠していたが、一人でピックアップを運転しているところを〝SS〟に怪しまれたのだろう。

浩志はマイクが拾った彼女の荒い息遣いと舌打ちを、聞き取っていたのだ。

「五分だけ時間を稼いで、陸橋を通って競技場に来い！」

——先に行って！

セダの叫ぶような声がマイクに響いた。

「馬鹿野郎！　ヤヒヤの顔を知っているのは、おまえだけだぞ。息子を死なせてもいいのか！」

浩志は怒鳴りながら、ハンドシグナルで仲間に準備をするように合図をした。

ワットが仲間に指示を出すと、辰也の肩を叩いて建物から出て行った。迎撃するポイントに向かったのだろう。

ヘリコプターの屋根から飛び降りた田中が、加藤とアリに指示を出している。

——分かった。必ず行く。

セダは力強く返事をした。

目的がなければ、戦場で生き抜くことはできない。彼女は忘れかけていたようだ。

遠くから銃声が聞こえてきた。セダを追っている〝ＳＳ〟が発砲したに違いない。

「離陸まで、四分三十秒、急げ！」

無線を終えた浩志は、ＡＫ47を担いだ。

六

砂漠仕様の迷彩柄にペイントされたベル４０７が、ピックアップに牽引されて競技場に姿を現した。

浩志が残り「四分三十秒」と宣言してから三分が経過している。

田中はすでに操縦席に座って、計器類のチェックをしていた。

「牽引ロープとホイールを外したぞ」

ヘリコプターから牽引ロープと脚部であるスキッド（ランディングギア）に取り付けてあった移動用の車輪であるグランド・ハンドリング・ホイールを外したと、アリが声を上げて手を振った。彼はまるで長年一緒に働いてきたかのように反応している。もともとスキルが高いのだろう。

ピックアップを運転していた加藤が、急いでヘリコプターから車を離した。

「OK、エンジン始動!」

すでに操縦席のバッテリーや計器類のボタンをオンにしていた田中は、エンジンスターースイッチを捻った。

ターボシャフトエンジンを搭載《とうさい》しているため、ジェット機のようなエンジン音が響き、ローターが回転し始める。オペレーターのプロというよりマニアである田中にとって、ヘリコプターはもっとも馴染《なじ》みがある航空機だ。

ベル407は電子コントロール装置が付いているため、エンジン始動は自動的に行われる。従来のピストンエンジンと違い、異常がないか慎重に見極めながらスターターボタンを押し続けたり、燃料スロットルの調整をしたりする必要はない。

田中は各計器を見て細心の注意を払い、浩志に向かって親指を立てようとしたが、エンジン音が急速に低下し、ローターは止まった。

「どうした!」

「電気系統の故障かと、あっ!」

田中は手を叩いて大きく頷いた。原因が分かったらしい。

「アリ、先に乗っていろ。田中にいつでも上昇できるように言ってくれ」

浩志がヘリコプターを牽引していたピックアップの助手席に乗り込むと、加藤はアクセルを踏み込んだ。セダに告げた四分三十秒はすでに過ぎている。

ワットと辰也は、ホテルから百五十メートルほど離れたラウンドアバウトの中央にある石のモニュメントの台座の陰に隠れ、ＲＰＧ７を構えていた。彼らが狙いを定めているのは、五十メートル先にある鉄道陸橋だ。

セダには逃げ回って、陸橋を越えて来るように連絡してある。橋の中央が高くなっているので、追っ手の車を狙い撃ちするにはもってこいの場所だからだ。

「セダ。用意は出来たぞ。まだか！」

浩志はセダに無線で呼びかけた。

――陸橋の四百メートル手前。三台の車に追われている。

覇気があるセダの声が聞こえてきた。先ほどと違って悲愴《ひそう》感はない。

銃声がはっきりと聞こえてくる。追っ手は執拗《しつよう》に銃撃しているようだ。

「台座の後ろで待機」

浩志は加藤に指示を与えると車から飛び出し、ラウンドアバウトの右前方にある朽《く》ち果てた装甲車の陰に隠れた。シリア政府軍の装甲車で、砲撃か爆撃で大破し、野ざらしになっているのだ。

「来たぞ！」

ワットが叫んだ。

陸橋の中央部をセダのピックアップが猛スピードで通り抜けた。続いてISのピックアップと二台のテクニカルだ。

石の台座の左右からワットと辰也が、ほぼ同時にRPG7のトリガーを引いた。

二発のロケット弾は後尾から吐き出す白煙を絡ませながら、セダの十数メートル後方を走るピックアップとテクニカルに命中する。

凄まじい爆発音が連続し、二台の車は陸橋から転落して爆発炎上した。

浩志はAK47で三台目のテクニカルの運転席を狙い撃ちする。

三連射し、二発が運転手の頭部に命中した。

テクニカルはスピンしながらも道路脇に停まった。助手席の男がサイドブレーキを引いたのだろう。

荷台の射手が重機関銃を乱射してきた。敵も仲間があっという間にやられただけに死に物狂いである。ワットらがいるラウンドアバウトに向けて銃弾の雨を降らせた。

荷台には中東やアフリカのテロリストが好んで使うソ連製対空用重機関銃、DShKM（ダッシュKM）が備え付けてあった。ソ連時代に退役した機関銃だが、未だに中国やパキスタンやルーマニアでライセンス生産され、後進国やテロリストにとっては強力な武器として重宝されている。

ドッ、ドッ、ドッ、ドッ！

まさにラウンドアバウトに差し掛かったセダの車にもＤＳｈＫＭの銃弾は命中し、タイヤを吹き飛ばされたピックアップは横転した。

「援護射撃を頼む」

叫んだ浩志は、装甲車の陰から身を乗り出してＡＫ47を連射し、テクニカルの射手と助手席の男を撃ち殺した。

辰也が横転したピックアップに駆け寄って、セダを引っ張り出した。

「どうだ？」

遅れて浩志も走り寄り、辰也に尋ねた。

「私なら、大丈夫」

辰也に抱き起こされたセダが、足元をふらつかせながらも自力で立ち上がった。ＤＳｈＫＭの直撃を受けたのではないらしいが、頭から血を流している。

「早くしてください！」

車で待機していた加藤が、大声をあげた。

「まずい。車に乗れ！」

浩志は三人に命じた。

線路向こうの団地からＡＫ47を下げた無数の兵士が、現れたのだ。

ワットは助手席に、辰也はセダを抱き上げて荷台に飛び乗った。

「先に行け！」

浩志はピックアップを先に行かせると銃撃したテクニカルに駆け寄り、運転席から死体を引き摺《ず》り下ろして乗り込むと、アクセルを踏んだ。

線路を越えて百人、あるいはそれ以上の黒装束《くろしようぞく》の兵士が続々とピックアップを追って競技場に向かっている。

ラウンドアバウトから競技場までは三百メートル、先に到着したピックアップの荷台からセダを抱きかかえた辰也が、走ってヘリコプターに乗り込んだ。セダは気丈に振舞っていたが、まだ歩けないに違いない。

浩志は少しでもヘリコプターの壁になるように、ピックアップの隣りにテクニカルを並べて置くと、荷台に駆け上がり重機関銃のハンドルを握った。

「田中、まだか！」

振り返って叫んだ浩志もさすがに焦ってきた。ヘリコプターのローターはまだ回っていないのだ。

キュイン！

弾丸が衝撃波を立てながら頭上を抜けていった。

それを皮切りに無数の銃弾が飛んでくる。

テクニカルの脇でＡＫ47を構えていたワットと加藤が、反撃し始めた。

「くそっ！」

浩志はＤＳｈＫＭのハンドルを握りしめ、ＩＳの兵士が近づいてきた南の方角に銃口を向けてトリガーを引いた。

ドッ、ドッ、ドッ、ドッ！

耳を劈《つんざ》く重低音が響き、十二・七ミリの銃弾がレンガの塀や壁を粉砕《ふんさい》していく。人間に当たれば、木っ端微塵《こっぱみじん》のミンチと化す。

敵は瓦礫の陰に隠れて銃撃は一斉に止んだ。元ホテルの建物はだだっ広い駐車場と競技場のせいで孤立しているが、敵も近付くには身をさらけ出すことになるので簡単に動くことはできない。

背後でエンジン音が聞こえてきた。

「浩志！　援護する。乗れ！」

先にヘリコプターに乗り込んだワットが、叫んだ。振り返ると、ヘリコプターはすでに一メートルほど浮いている。

浩志は再びＤＳｈＫＭのトリガーを握って弾丸を撃ち尽くすと、荷台から飛び降りて必死に走り、ヘリコプターのスキッドに摑まった。途端、敵の猛攻撃が始まる。

「ゴー、ゴー！」

ワットの号令とともにヘリコプターは急上昇していく。

「うっ！」

スキッドから機内に乗り移る瞬間、浩志は左足に激痛を覚え、機内に転がり込んだ。

銃撃音が聞こえなくなった。ローターの爆音で掻《か》き消されているのかと思ったが、眼下を覗くと競技場が小さく見える。

地上からＲＰＧ７が二発撃ち込まれたが、ロケット弾はスキッドをかすめるように円弧を描きながら落下していった。ヘリコプターはすでに六百メートル以上上昇しており、ＲＰＧ７の射程圏外を飛んでいるということだ。

胸を撫で下ろした浩志が、機内を見渡すとワットが左肩を押さえ、加藤は右腕から出血していた。操縦している田中と辰也とアリは大丈夫そうだ。

「二人とも具合はどうだ？　他に怪我人はいないのか？」

床に腰を下ろした浩志は、仲間の様子を順に見ていった。

「俺は左肩を貫通した。加藤は跳弾が当たったらしい。腕に弾丸がめり込んでいる。その他はおまえだ」

首を左右に振ったワットが、浩志の左足を指差した。

「そうか」

苦笑した浩志は、左足を両手で抱えて投げ出すように前に伸ばした。

アドレナリンのせいで、さほど痛みはない。銃弾が左腿《もも》を貫通したようだ。戦闘服に血が滲《にじ》んでいる。浩志が自分のバンダナで腿の付け根をきつく縛り上げると、辰也が止血帯を傷口に押し当てて応急処置をした。誰しも怪我には慣れているので、この程度なら一般人が絆創膏《ばんそうこう》を貼るような感覚だ。

リベンジャーズでは紛争地に入る際は、米軍のファースト・エイド・キットの携行を心がけていた。専用のポーチには、止血帯の他に胸腔《きょうくう》減圧用脱気針や静脈路確保用留置針など、重篤な負傷者に対してもある程度対応できる専用器具を含めた、十八品目にも及ぶ救急医療品がセットになっている。

特に医療経験者であるマリアノは簡単な手術用具まで個人装備としていた。これは、数年前にワットがリベンジャーズに参加した際に彼のアドバイスに従って揃えたのだ。

ちなみに陸上自衛隊の採用している救急セットは、医療知識がなくても使える程度の止血帯や包帯などの十二品目で、米軍の軍用犬の医療キットより粗末と言われている。日本政府は海外で紛争に巻き込まれたり、人質に取られたりした邦人の救助を自衛隊が行えるように審議している。だが、負傷時に対処できない現状では自衛官に「死んでこい」と言っているのと同じである。

「田中、前を見ろ」

浩志は振り返ってみている田中に心配するなと手を振った。

決死の救出

一

午後一時二十八分にラッカの市営競技場跡を飛び立ったベル407は、ガズィアンテプから七十キロ西の上空を飛行していた。

ラッカから直線的に目的地のアダナまで北西に向かって飛行すると、アレッポだけでなく大小の街や村の上空を通過することになる。だが、戦闘中のアレッポに限らず、反政府軍や政府軍の支配下では地対空ミサイルで狙われる危険性が高い。

そのため遠回りではあるが、高高度を維持しながらラッカから西に飛んで砂漠地帯に入り、ユーフラテス川と平行に北に進路をとってシリアを抜け、トルコに入ってからは空軍のレーダーに捕捉されないように低空で西に飛行していた。

脱出時に浩志とワットと加藤の三人が負傷したが、なんとか出血は止まっている。また、車を銃撃されて負傷したセダの怪我も大事には至っていない。

数え切れないほどの敵がいたが、この程度の怪我で済んで幸いである。だが、奇跡ではない。敵も隠れ場所がなかったために、人数の割に狙撃できる場所が限られていた。また、浩志がＤＳｈＫＭで威嚇《いかく》射撃をしたことも功を奏したのだろう。誰しも顔を出してミンチにはなりたくないのだ。

だが、一番の要因は、ＩＳの拠点としてラッカが堕落《だらく》したからだろう。戦った彼らに戦意というか手応えを感じられなかった。敵襲にもかかわらず、積極的に浩志らを倒そうという意思が彼らになかったのだ。銃で反撃しながらも、ラッカはもうだめだと彼らは悟っていたに違いない。

——そろそろやばいですよ。

浩志のヘッドセットに田中の声が響いた。機内で会話できるように浩志とワットはクルー用のヘッドセットをかけており、パイロットの田中と機内会話装置を通じて繋がっている。

「やはり、燃料切れか？」

離陸時に田中に最終チェックをさせることができなかった。そのため、上昇して初めて燃料タンクが満タンでないことに気付いたのだ。すでに二時間近く飛んでおり、いつ燃料切れになってもおかしくないらしい。

瀬川をリーダーとする別働隊とイリスは、少年兵訓練施設から救い出した子供たちを一時間半前にYPG支配下のテル・アビアッドに無事送り届けたと、衛星携帯を使って報告があった。彼らは休むことなく車でアクチャカレの国境を越えてトルコに入り、浩志らを追いかけている。

救出された子供たちは洗脳教育を受けていたはずだが、イリスの女性の呼びかけで反抗することもなく、涙を流しながら素直に従った。もし、彼女たちがいなかったら、救出に現れた辰也らに銃を向ける者もいたかもしれない。母性の勝利なのだ。

——たぶん、十分もてばいい方でしょう。着陸しますよ。

「さっき眼下に高速道路が見えたが、E90号線か？」

——そうです。

「E90号線の右の車線に着陸させろ」

——はっ、はい。

首を捻りながらも田中は操縦桿《そうじゅうかん》を操作し、降下を始めた。

「どうするんだ？」

傍でワットが首を傾げている。

「野っ原に着陸しても足がないだろう」

「なるほど」

浩志の答えにワットがニヤリと笑った。

田中は指示通りアダナ方面に向かうE90号線の三車線のうち二車線を塞ぐ形でベル407を着陸させた。

「ムーブ、ムーブ！」

ワットの号令で、辰也と加藤とアリが残りの一車線を塞いだ。三人は通行している車にUターンされても困るので、武器は携帯していない。またISに扮装していた時の黒いジャケットとバラクラバは脱ぎ捨てて迷彩の戦闘服になっているので、見た目でどこの軍隊かは判断がつかないはずだ。

大型トラックが辰也らの前で急停車し、その後ろに三台のトラックが次々と停まった。E90号線は、産業道路としての役割があるためトラックが多いのだろう。

「そこをどけ、邪魔だ！」

クラクションを鳴らした先頭のトラックの運転手が、ウインドウを下げて怒鳴り声を上げた。男はトルコ軍だと思っているのだろう。武器を手にしていないので、馬鹿にしているようだ。

「動くな！」

ベル407の陰から、ワットがAK47を構えて現れた。

「わわっ！」

喚き声を上げたトラックの運転手はアクセルを踏もうとしたが、運転台のステップにいち早く飛び乗った辰也が男のこめかみにグロックの銃口を突きつけていた。

「下りろ！」

ワットが停車したトラックの運転席に、銃口を向けて命じた。四台のトラックから運転手が下りると、アリが先頭のトラックの荷台を確認して首を振った。荷台に荷物が満載されているということだ。

「この車は大丈夫だ」

すぐ後ろのトラックをチェックした辰也が、腕を振った。

「悪いな。緊急事態なんだ。借りるぞ」

ワットは二台目の運転手にことわると、

「急げ、時間がない！」

足を引きずる浩志に肩を貸して荷台に担ぎ上げ、自分は助手席に収まった。

運転席には田中が座り、アリと加藤、それにセダを抱きかかえた辰也が荷台に乗り込んだ。彼女の世話は、いつの間にか辰也が担当になっている。

アダナの手前にあるインジルリク空軍基地までは残り約百十キロ。現在時刻は午後三時四十一分、セダの息子を含む三人の子供たちが少年兵訓練施設を出てから十時間近く経っていた。

「出発します」

田中はアクセルを床まで踏み込んだ。

二

午後四時五十二分、Ｅ90号線を疾走していた浩志らを乗せたトラックは、「直進アダナ、右折インジルリク」というブルーの道路標識を潜った。

「着いたぞ！」

標識を見た助手席のワットが、大声で叫んだ。

「やった！」

普段は寡黙《かもく》な田中もつられて、ハンドルから手を離して右拳を上げた。

Ｅ90号線の右手はすでにインジルリクの街で、すぐ先にある街の入り口である交差点から七百メートル先の左側に基地の第一ゲートはある。

だが、歓声を上げた二人の顔がすぐに曇った。

交差点から基地沿いを通るアタクチュル道路に右折して三百メートルほど進んだところで、車が長い列を作って停まっていた。仕方なく田中は、トラックを最後尾に停車させる。

「見てきます」

加藤は負傷しているにもかかわらず、荷台から飛び下りて進行方向に向かって走った。

「全員、車から下りるんだ」

浩志は命じた。嫌な予感がするのだ。

「くっ」

荷台から下りると、激痛が走った。経験から左足首や指も動かせるので神経や筋は損傷していないはずだが、左足にほとんど力が入らない。弾丸が貫通したせいで筋肉を寸断されているからだ。

「俺たちも行こう」

足を引きずりながら歩き始めると、ワットが肩を貸してくれた。

頭部に巻いた止血帯に血を滲ませたセダも、辰也につかまりながら歩いている。

「百メートル先で、米軍が通行止めしています」

戻ってきた加藤が報告をした。

「理由は？」

「危険だから、下がれとしか答えません」

浩志の質問に加藤は首を横に振ったが、彼にも理由は分かっているはずだ。

「急ごう」

ワットに助けられながら浩志は、半ば右足だけで飛び跳ねるように走った。

「下がれ！」

道路にバリケードが作られ、その前に米空軍の兵士が、Ｍ４を構えて立っていた。襟章《えり》を見ると、空軍の保安中隊の軍曹である。他にもバリケードの内側に三名の保安中隊の兵士が警備をしていた。

「軍曹、俺たちは、陸軍の特殊部隊だ。中に入れろ」

ワットは軽く敬礼すると、命令口調で言った。長年陸軍に身を置いてきたので、彼は軍人の扱いに長《た》けている。特殊部隊といえば、どこでも特別な存在なのだ。

「しっ、失礼ですが、所属は？」

慌てて敬礼を返した軍曹は、聞き返した。

「馬鹿なことを聞くな。任務上言えない。俺たちの戦闘服を見ればわかるだろう。そこにいる上級曹長を呼んでこい」

ワットはバリケードの内側にいる背の高い男を指差した。特殊部隊が作戦行動を取る場合、敵側に情報を与えないように戦闘服には所属や階級章は一切つけないのだ。

「イッ、イエッサー」

敬礼をした軍曹は、バリケードの内側に入って背の高い男を呼んできた。

「特殊部隊とお聞きしましたが、身分が確認できるまでここをお通しできません」

背の高い男は、落ち着いて言った。年齢は三十代後半、上級曹長というだけあって、たたき上げの軍人なのだろう。

「特殊部隊の隊員が所属や姓名を言えないことぐらい知っているだろう。俺たちは数時間前まで、シリアで特殊任務についていた。帰還しようとすると、子供を使った自爆テロがインジルリク空軍基地で行われるという情報が入り、未然に防ぐように命令を受けてきた」

ワットは押し殺した声で言った。

「たっ、確かに子供が……」

上級曹長はワットの引っ掛けとも知らずに狼狽《ろうばい》している。

「いいか、よく聞け。俺たちはついさっきまで何百人ものＩＳの豚どもと戦ってきたんだぞ。この傷がペイントにでも見えるか？　俺たちを舐めているのか！」

舌打ちをしたワットは顔を真っ赤にすると、戦闘服の上着を脱いで肩の止血帯も剝ぎ取って見せた。迫真の演技である。しかも止血帯を取ったせいで、銃創から血が流れ出た。演技とはいえワットは、何一つ嘘をついていない。

「いっ、いいえ、とんでもない」

上級曹長は顔を蒼白にした。

「状況を教えてくれ」

ワットは打って変わって落ち着いた命令口調になった。

「二十分ほど前、第一ゲートに三人の子供が徒歩で現れました。不審に思った警備兵が身体検査をしたところ、三人とも服の下に爆弾を巻きつけていました。先ほど、爆弾処理班が到着し、処理を始めました」

震える声で上級曹長は報告した。すでにワットの術中にはまっている。タッチの差で子供たちの方が早く着いたらしい。

「なるほど。それじゃ、爆弾処理のスペシャルチームが到着したと現場に連絡するんだ。俺たちは最前線で、爆弾の処理もしてきた豊富な経験がある」

「了解しました」

上級曹長は敬礼すると無線で話しはじめた。現場に連絡をしたのだろう。

「現場の爆弾処理班が、意見を聞きたいと言っております」

無線を終えた上級曹長は、改まった態度で対応した。ワットが貫禄勝《かんろく》ちしたようだ。

「案内してくれ」

ワットが頷くと、先ほどの軍曹が敬礼して前に立った。

三

アタクチュル道路のバリケードから三百メートルほど先の左側にインジルリク空軍基地の第一ゲートがあった。

現場に入るために機転を利かせたワットのおかげで、バリケードの傍に置いてあったハンヴィーに乗せられた浩志らは、ゲートの手前に停められている爆弾処理班の装甲車の前で車を下ろされた。周囲には数名の防護服を着た爆弾処理班の兵士がM4を構え、現場は極度の緊張状態にある。

ゲートの出入り口のバーの手前に直径二十メートル、高さ一・五メートルの土嚢《どのう》の壁が出来上がっていた。その中心に三人の子供が手を繋いで座っている。左右の子供たちは泣き疲れたのか、目を腫《は》らしてぐったりとしていた。真ん中の子供はしっかりと前を向いて毅然《きぜん》としている。一番年上に見えるのでセダの息子、ヤヒヤだろう。

子供たちの傍らには、爆弾処理の防護服にフルフェイスの防護ヘルメットを被った兵士がいた。まだ工具を持っていないので、調べているだけらしい。子供たちは爆弾がよく見えるようにハサミで服を切られたらしく、上半身裸である。

「真ん中の子がヤヒヤか？」

浩志はセダに尋ねた。

「そうです」

セダは険しい表情で息子の横顔を見ている。

浩志らは装甲車の陰から覗いているので、ヤヒヤはまだ気が付いていない。

「最前線から帰ってきた特殊部隊だと聞いたが、その怪我の具合から見て本当らしい。私はデール・カスバート、このチームのリーダーをしている」

装甲車の反対側から防弾ベストをした兵士が現れ、気さくに握手を求めてきた。

カスバートは大尉の襟章を付けている。年齢は三十代半ばか。爆弾処理班は危険な職業なので異動が激しい。そのため大尉クラスの若い将校が指揮官になっているのだろう。

「任務上、所属と階級は言えないが、俺はワットだ」

ワットが笑顔で握手に応じた。

「はじめて見る爆弾で少々手こずっている。しかも子供に爆弾が巻き付けられている。失敗は許されないんだ」

カスバートは表情を曇らせた。幼い子供ばかりなので、失敗して非難を受けることを気にしているらしい。

「早速、見せてもらおう。うちのナンバー1プレーヤーが担当する」

ワットは指先を鳴らして、辰也に合図をした。

「任せろ。必ず助けるから心配するな」

辰也はセダの両肩を軽く叩くと、装甲車の前に出た。

「おい、防護服を着ろ！」

カスバートが慌てて呼び止めた。

「あれが爆発したら、半径五十メートルは吹っ飛ぶ。防護服を着ていても衝撃波で結局死ぬ。ミンチになって死ぬか、手足が繋がった状態で死ぬかの違いだ。だったら作業しやすい方がいいだろう」

辰也はすでに爆弾の威力が分かっているらしい。

「たっ、確かに」

カスバートは首を振ったが、それ以上は何も言わなかった。現実的に爆破処理中の爆弾が爆発すれば、防護服を着ていても衝撃波から免れることはできない。

辰也はおもむろに土嚢を越えると、作業をしている兵士に近付いた。

「俺は辰也だ。調子はどうだ？」

「命知らずなやつだな。俺はエリックだ。子供たちの爆弾が繋がっている。一つでも解除すると爆発する仕組みらしい」

防護ヘルメットの下に無線のヘッドギアをエリックはしている。気温は十三、四度だがびっしょりと汗をかいていた。防護服のために暑いということもあるのだろうが、不可解な爆弾に冷や汗を流しているのだろう。

「ヤヒヤ、サッカーが得意なんだって？」

頷いた辰也はヤヒヤにアラビア語で話しかけた。彼をリラックスさせるために、セダから様々なことを聞いてきたのだ。

「僕のことを知っているの？」

それまで強張った表情で正面の一点を見つめていたヤヒヤは両眼を見開き、辰也に顔を向けた。

「君のお母さんから、色々聞いたよ。君は勇敢《ゆうかん》だってね。必ず助けてやる。もう少しの辛《しん》抱《ぼう》だ。頑張れ」

「うん、分かった」

ヤヒヤの顔がふっと緩んだ。

「俺によく見せてくれ」

辰也はエリックの肩をポンと叩いた。

「あっ、ああ」

エリックは辰也が、アラビア語を話したために呆気《あっけ》にとられているらしい。

辰也は子供たちの上半身に巻きつけられた爆弾をゆっくりと観察すると、エリックが持参した道具箱からビニールテープを出して、ヤヒヤの両手と左右の子供たちの手に巻きつけて離れないようにした。

「この爆弾を作ったやつは、悪魔ですよ。一人の子供の爆弾では威力が足りないので、三人の子供を使ったようです。巻きつけた爆弾は脱がせると、断線するために爆発します。しかも子供たちが手を離しても、断線して爆発する仕組みになっている」

辰也は無線を通じて浩志とワットに報告した。

装甲車の陰で浩志とワットは固唾《かたず》を飲んで見守っている。

三人の子供たちの爆弾が同時に爆発することで、威力を増すように作られているらしい。辰也は子供たちの繋いでいる手をわずかに広げて、配線が繋がった銅板を握っていることを確認していた。子供たちが手を離せば銅板も離れ、電流が途切れたことを感知して爆発する起爆スイッチの役割をしていたのだ。エリックは気が付いていなかったらしい。

「誰かに手を繋いでいろと言われたか？」

辰也はヤヒヤに尋ねた。

「僕たちをここまで連れてきたファイセルという男が、死にたくなったら手を離せと言ったんだ。だから、絶対離すまいと思った」

ヤヒヤは男の言葉の意味を理解していたようだ。

「偉いぞ」

辰也はニコリと笑った。もっともこの男の場合は、左の頰の傷が引き攣《つ》る程度である。

「俺は起爆装置についている緑のリード線を同時に切断すれば、いいと思っている」

耳元でエリックが囁いた。

辰也は子供たちの胸の中央にある起爆装置の基盤を見て首を捻った。確かに彼の言う通り、三人の子供たちの基盤の緑のリード線を一斉に切れば停止させることができそうだ。

だが、子供たちが手を離せば爆発する仕組みを作る人間にしては、構造が簡単過ぎる気がする。

「待てよ」

ヤヒヤの背後に回った辰也は、背中の爆弾を少し浮かしてみた。薄い基盤が裏側にもある。どうやら起爆装置が二つ付いているらしい。どちらかがダミーなのだろう。

「やはりな。見てみろ」

辰也はエリックに隣りの子供の背中を覗くように指示した。

「馬鹿な。背中の起爆装置が本物か」

首を振ったエリックは、防護ヘルメットの前面の防護シールドを開け、流れる汗をタオルで拭った。

四

午後五時七分、辰也が爆弾を仕込まれた三人の子供たちの傍についてから、十分経過している。

陽は傾き始め、爆弾処理班が土嚢の外に作業用の照明器具を組立て始めた。

「ところで、ファイセルという男だけど、何か言ってなかったかな？」

辰也は背中の起爆装置の配線に電流計を当てて調べながら、ヤヒヤに尋ねた。

「僕たちを連れてきたのは、ファイセルの他にマレクという大人なんだけど、今日はガズィアンテプのディヴァン・ホテルに泊まって、祝杯だと言っていた。爆弾を作ったのは、ファイセルだよ。自慢していた。車の中ではずっと眠った振りをしていたから、二人からいろんな話を聞くことができたよ」

ヤヒヤは話すことでリラックスしてきたらしい。口調が滑《なめ》らかになってきた。

「犯人の一人はファイセル、もう一人はマレクの二人組、今日は、ガズィアンテプのディヴァン・ホテルに宿泊予定」

辰也はすぐに無線で報告した。浩志が必ず対処してくれると信じているのだろう。

「おじさんは、爆弾が怖くないの？」

ヤヒヤが質問をしてきた。

「俺か？　怖くないと言ったら嘘になる。だから、目の前の爆弾は、爆弾じゃないと思うようにしているんだ」

「爆弾じゃなかったら、何？」

「子供の頃から、パズルが大好きだった。だから、爆弾処理をパズルだと思うようにしたんだ。爆弾が爆発しないように、安全にしたら完成というパズルなんだ」

「面白そうだね」

ヤヒヤは無邪気《むじゃき》に笑った。辰也との会話で爆弾の存在を完全に忘れているようだ。左右に座っている子供たちは、疲れて船を漕ぎ始めている。十時間以上車に揺られてここまで連れて来られたのだ。無理もない。

「どうやら、この赤の線らしいな」

辰也は額の汗を戦闘服の袖で拭った。

「俺もそう思う。だが、正直言ってこんな複雑な爆弾を扱うのは初めてなんだ。いつもは不発弾とか地雷の処理とかだからな」

エリックは自嘲するような乾いた笑いをすると、大きな息を吐き出した。彼も同じ方法で隣りの子供を調べていたのだ。

「紛争地でこんなマニアックな爆弾を作るやつは、そうはいないな。だが、犯人がＩＳなら逆にあり得る」

辰也もつられて溜息を漏らした。犯人はゲーム感覚で爆弾を作り、大きな被害が出ることに喜びを感じているに違いない。

「社会に反発している連中は、ＩＳに入れば、存在意義を見出せると思っているらしい。意味が違うと思うがな」

エリックが相槌を打った。

「どうでもいいが、三人の起爆装置は、同時に切断しないと爆発するのは同じだぞ」

胸に付けられているダミーの起爆装置も巧妙に作動するように見せかけてあり、三人の起爆装置は連動している。

「俺のチームで、直接爆弾処理をできる資格を持っているのは、俺とチーフだけだ。だが、イエスというかな」

エリックが苦笑して見せると、無線で連絡を取り始めた。彼も無線のヘッドギアで会話しているので、相手の声は聞こえない。だが、エリックの口ぶりでは、上司は素直にうんとは言わないようだ。

エリックを横目で見た辰也は、腕を組んで子供たちの爆弾を見つめた。二人を背中合わせにして、両手を使えば二人は一度に切断できるかもしれない。だが、問題は背中の基盤は覗き込まないと見えないため、間違って他の線を切る可能性があることだ。

「何を考えている。さっさと始めようぜ」

「えっ！」

辰也は肩越しに声を掛けられて、びくりとした。いつの間にかワットが背後に立っていたのだ。

「三つの起爆装置のコードを同時に切断しないといけないんだろう。無線でモニターしていたんだ。駆けつけたぜ」

ワットはニヤリと笑った。右手にはニッパーが握られている。

「三人揃ったな」

エリックがヘルメットを外し、ヘッドギアを投げ捨てた。上司の許可が下りずに頭にきたらしい。

「悪いが、おまえは下がっていろ」

ワットはエリックからニッパーを取り上げた。

「何をする！」

興奮したエリックが立ち上がった。

「ここは、俺たちの舞台だ。引っ込んでいろ」

ワットはいきなりエリックの鳩尾《みぞおち》にパンチを入れ、崩れたところに肘打ちを振り下ろして気絶させると、担ぎ上げて土嚢の外に転がした。乱暴だが、ワットなりの優しさである。爆弾処理に絶対安全はないからだ。

基地関係者は半径三百メートル以上避難させているので、ワットの所業を咎《とが》める者は誰もいない。他の爆弾処理班の隊員も照明機具を設置してからは避難している。エリックの上司であるカスバートは、装甲車の陰に隠れているので見ていなかったのだ。

「待たせたな」

「主役が遅れるな」

ワットが苦笑を浮かべると、浩志が、足を引きずりながらも右手を軽く上げた。

「……」

ゆっくりと近づいてくる二人を辰也は呆然と見ている。

「さて、始めるとするか。赤い線だったな。辰也、おまえはヤヒヤだ」

右端の子供の背後に座り込んだ浩志は何気に二人に命令し、子供の背中を覗いた。

「よし、それじゃ、俺はこっちの子供を担当する」

ワットは浩志の反対側に跪くと、いつものように笑顔を浮かべる。

「ちょっと、待ってください、二人とも！　これは爆弾処理なんですよ。もしも、ということもあるんです」

我に返った辰也は声をあげた。

「それがどうした？」

ワットが首を捻っている。

「間違えば、全員死ぬんですよ！」

辰也はクロスさせた両手を広げて見せた。

「だとすれば、それだけの人生だったんだ。何か問題でもあるのか？」

浩志は辰也を見て、ニヤリと笑った。傭兵とは、いつ人生にピリオドを打つか分からない職業である。そのタイミングを恐れていては、務まらない。

「わっ、分かりました。それでは、赤い線をニッパーで挟んでください」

辰也はいつになく神妙な顔になった。額から大粒の汗が流れている。

「カウントは3だ。0で、切断。いいな。3、2、1」

浩志は二人の顔を交互に見るとカウントを始め、0と呟くと同時に赤い線を切断した。

「ちょっと待ってくれ。俺は、やっぱりカウントは2がいいなあ、3は長すぎる」

ワットは首を振ってみせた。しかもニッパーを持った右手を上げて、肩を竦めてみせたのだ。

「まさか切断していないのか！」

辰也の声が裏返り、浩志はピクリと右眉を釣り上げた。

「嘘に決まっているだろう。騙されやがって」

ワットは、辰也を指差して笑った。

「きっ、貴様！」

真っ赤な顔をした辰也がワットの胸ぐらを摑むといきなり吹き出し、二人は肩を組んで笑い始めた。呆れた連中であるが、これほど息が合ったコンビもない。

「ヤヒヤ！」

土嚢を乗り越えてきたセダが、駆け寄ってきた。ワットらの笑い声が聞こえたので、安全だと思ったのだろう。

「おっと」

辰也はセダに待つように右手を上げ、慌ててヤヒヤの両手のテープと巻きつけられていた爆弾を脱がせた。爆発する危険性はないが、衝撃は加えない方がいいからだ。

「ママ！」

ヤヒヤは両手を上げて駆け出し、セダに抱きついた。セダは涙を流しながらヤヒヤを抱き上げて頬を寄せてキスをすると、辰也に手招きしてみせる。辰也が照れながらも二人の傍に近付くと、振り返ったヤヒヤは片膝をついていた辰也にも抱きついた。

「いい光景だ」

ワットが目を潤《うる》ませて見ている。この男は意外と涙脆《もろ》いのだ。

「そうだな」

浩志は大きく頷くと、笑みを浮かべた。

悠久の日本海

日本海は暗く閉ざされており、北風が吹き荒れていた。

上空は厚い雲が凄まじいスピードで流れ、耳元で渦《うず》巻く風が唸りを上げている。

浩志は島根県出雲市の日御碕の展望台に松葉杖をついて立っていた。革のジャケットの前を合わせても、冷たい空気は容赦なく吹き付けてくる。だが、刺すような風を肌で感じるのも悪くはない。

一月十八日、午前十時になっている。今日がＩＳのテロ犯行予告日であったが、今のところ、何の報告も受けていない。

浩志とリベンジャーズはシリアのラッカで、ハッカーグループ〝サアラブ〟の三人のメンバーを尋問し、ＩＳが実質的にかかわりはなくテロの意思がないことを突き止めた。

また、トルコで行きがかり上ではあったが、ヤジディ教徒の少年を助け、彼らに爆弾を仕掛けた二人のＩＳの兵士も捕まえている。浩志は辰也が爆弾を仕掛けられた少年ヤヒヤから聞いた情報で、すぐにインジルリクに向かっていた瀬川のチームに二人の男が宿泊しているガズィアンテプのホテルに急行させて身柄を拘束し、トルコ警察に引き渡していたのだ。

日本に帰ってきた浩志は、美香から意外な情報を得ている。彼女が島根原子力発電所に対してテロを計画していた男を逮捕したというのだ。現段階で男は肝心のテロ行為に対しては黙秘を通しているが、男が朝鮮語を話していたことから、北朝鮮の工作員である可能性が浮上してきた。

浩志は〝サアラブ〟のリーダーだったアディル・グルキュフから、ミスターBという人物の依頼を受けてハッキングを行ったと聞いているが、ひょっとすると美香が捕えた工作員と関係があるのではないかと思っている。ISと北朝鮮の繋がりは見出せないが、どちらも陰謀やテロをビジネスとしている共通点に浩志は注目しているのだ。いずれにせよ、犯行予告のあったテロが行われないのは、美香の活躍も不可欠だったに違いない。

「あなたのお父様のことなんだけど……」

傍で終始無言で歩いていた美香が、突然口を開いた。

いつもなら傭兵の仕事を終えると、ランカウイ島の大佐の水上ハウスで静養するはずだが、彼女からなるべく早く帰るように言われていた浩志は任務の後始末を終えると、仲間と別行動をとって急遽《きゆうきよ》日本に帰って来たのだ。めったに帰れとは美香は言わないだけに気になった。

辰也は命を助けた少年ヤヒヤの母であるセダに一目惚《ひとめぼ》れしたらしく、しばらくシリアに残ると言いだした。YPGで軍事教官として働くとも言っていたが、惚れた女と少しでも一緒にいたいのだろう。見てくれと違って一途《いちず》な男らしい行動である。

別に彼に刺激を受けたわけではないとは思うが、なぜか美香に会いたくなった。自分でも珍しい気持ちだけに、逆らうことなく身を委《ゆだ》ねたのだ。

彼女も待ち受けていたかのように、帰国するとすぐに島根県へ温泉旅行に行こうと誘ってきた。昨日松江市内の観光をし、郊外の玉造温泉に宿泊している。料理も温泉も最高で、左足を怪我しているだけに温泉浴は静養するにはもってこいであった。

「親父……？」

浩志は断崖に打ち寄せる白波を見つめたまま尋ねた。彼女とは長い付き合いだが、家族のことを聞かれるのは初めてである。

「実は、昨年の十一月十五日にお亡くなりになったの」

美香は浩志の顔色を窺うように囁くような声で言った。

「それで？」

一瞬、右眉を上げた浩志は、冷たく聞き返した。

「この柵を越えて、目の前の断崖から飛び降りたらしいわ」

美香の声はますます小さくなる。

「そうか……」

浩志は短く答えた。

「あなたのお父様のことよ。気にならないの？」

美香の声が急に荒々しくなった。なぜか怒っているらしい。

「傭兵だからな」

答えにならない答えを浩志は言った。それしか言いようがないのだ。

「あなたのお父様は、北朝鮮の工作員にあなたと間違われて尾け回されてここから飛び降りた可能性もあるのよ。それでも気にならないというの？」

「……何？」

険しい表情になった浩志は、美香に顔を向けた。

「私が捕まえた工作員は、昨年たまたまあなたのお父さんと同じホテルに宿泊したらしいの。フロントでお父様の名前を知った工作員は、あなたかもしれないと思ったと白状したわ」

北朝鮮の陰謀に、浩志とリベンジャーズは過去にかかわっている。北朝鮮の情報局で浩志の名は知れ渡っていることだろう。一度、死亡したと情報が流れたはずだが、流石にリベンジャーズの活躍で嘘とばれているに違いない。父親とは名前もよく似ている。子供の頃、知り合いからよく勘違いされたものだ。

美香は捕らえた工作員を公安調査庁に引き渡し、工作員はそこで監禁されて尋問を受けている。その中で浩志の父親の死と間接的に繋がっていることは認めていた。工作員は日御碕まで尾行したが、浩一が勝手に飛び降りたので、無罪だと主張しているのだ。

工作員は浩一が乗っていたエスティマを盗んで現場から逃走し、ナンバープレートを替えて隠蔽《いんぺい》工作を図っている。美香が松江で追いかけていた車は、浩一の車だったのだ。

「親父は、余命わずかと聞いていた。お袋も去年亡くしている。自殺と言うより、死んだ女房の後を追ったのだろう」

浩志は展望台を離れて岬の灯台に歩き出した。

北朝鮮や中国では浩志のプロフィールは、すべて知られているとみていい。父親とは名前は似ているが、年齢も違うし勘違いされたとは考え難い。

「余命わずか……。どういうこと？」

美香は遅れて浩志を追った。浩志の話は初耳だったからだろう。

浩志は答えずに岬の突端まで歩き、空を見上げる。

その時、風が鳴り、雲が切れた。

「おお」

「まあ！」

二人はほぼ同時に声を上げた。

それまで空を覆っていた厚い雲が、強風に蹴散らされて青空になり、天に向かって聳《そび》え立つ出雲日御碕灯台の白く美しい肢体が、空を二分したのだ。

「嘘のような美しい景色」

美香は両手で風景を抱きしめるように広げた。

「親父は、この美しい景色に魅入《みい》られて、お袋に会いに行ったのかもしれないな」

浩志は父親が、自殺を図《はか》るような人間だとは思っていなかった。だが、先に亡くなった母親に会いに行くというのなら納得できる。

北朝鮮の工作員が付け回していたというのなら、彼らは浩一を殺すようなことはしないだろう。年寄りを殺害したところで、何の益にもならないからだ。

「たまには運転させろ」

浩志は無言で駐車場まで歩くと、停めてあるアルファロメオの４Ｃスパイダーの運転席のドアを開けた。左足はギプスで固めてあるので、強く踏み込まなければ痛みはない。

「運転できるの？」

浩志から松葉杖を受け取った美香は、苦笑を浮かべて助手席に座った。

「ほお、いいねえ」

エンジンをかけた浩志は、意外とエンジン音が静かなことに驚いた。４気筒オールアルミニウム千七百五十直噴ターボエンジンを搭載した４Ｃスパイダーは、スタイルもそのままレースに出られるような美しいフォルムである。

「いいでしょう」

美香の顔が綻《ほころ》んだ。少々不機嫌でも愛車を褒《ほ》めると、いつも上機嫌になる。意外と単純なのかもしれない。

浩志は岬から海岸線沿いのカーブの多い道を足が不自由なため華麗とは言えないが、見事なハンドリングで抜けると、国道431号を経由し、山陰自動車道に入った。やはり伝統のあるスポーツカーだけにスピードを上げると安定する。4気筒エンジンの音が少し高いのは、大して気にならない。

あっという間に宍道湖の脇を抜けて、一般道に降りた浩志は、松江城の西に位置する阿《あ》羅《ら》波《わ》比《い》神社がある通り沿いの花屋の前で車を停めた。花屋と言っても木造二階建ての一階が店舗で仏壇花を扱う昔ながらの店である。

浩志は店で花と線香を買い求めて助手席の美香に渡すと、運転席に戻った。

「よくこんなお店を知っていたわね。前にも来たことがあるの？」

高速道路を下りてから、一度も迷わずに真直ぐ店に来ている。美香が疑問に思うのも当然であろう。

「まあな」

浩志は簡単に答えると、車を出して花屋からほど近い正妙寺という小さな寺の駐車場に車を入れた。

「えっ」

寺を見た美香が、驚きの声を上げた。彼女も前回松江に来た際にこの近くを通りかかっているからだ。

浩志は彼女の様子を横目に車を下りると、寺の正門から入って本殿の左側を塀《へい》伝いに歩き、裏手にある墓地に入った。墓地と言っても猫の額ほどの広さだが、突き当たりの角に真新しい墓がある。墓石には藤堂家と刻まれていた。

藤堂家の墓の前で立ち止まった浩志は、遅れてついてきた美香から線香を受け取り、ライターで火を点けた。

「この墓は、もしかして……」

美香は持っていた花束を墓に供えた。

「親父とお袋の墓だ」

「でも、お父様の遺骨は……」

美香は島根県警から紛失したと聞いている。

「加藤に頼んで、施設から盗み出してもらった。無縁仏にされては困るからな。俺は日本を留守にすることが多いから、去年から加藤に両親の様子を暇な時に見てもらうように頼んであった。墓は親父が生前にお袋と自分のために建てたものだ」

生真面目な加藤は、何度も松江に足を運んだようだ。

「加藤さんに?」

首を横に振った美香は肩を竦めた。

「俺は傭兵という職業を選んでから、家族と音信を絶っていた。もっとも大学時代に両親は離婚し、一家離散しているので、連絡する必要はなかったんだ。それに仕事の関係で敵が増えるにつれて、かかわりを持てなくなった」

浩志は美香に松葉杖を預けると、しゃがんで線香を供え墓前に手を合わせた。

恩師である明石妙仁《あかしみょうじん》の息子は、浩志と年恰好が似ていたために誤認殺害された。同じことが両親に対しても起きる可能性は常にあった。北朝鮮の工作員ならその狙いは、浩志への復讐《ふくしゅう》、あるいは動きを止めるために浩一を拉致する機会を狙っていたに違いない。

美香は浩志の背中を見つめ、黙って聞いている。

「一昨年の暮れだったかな。たまたま実家の傍を車で通りかかったので、ついでに家の前も通ったら、表札が他人の名前になっていた。それで気になって調べたんだ。親父の転居届がこの寺の墓地になっていただろう。それは死んだらこの寺で供養《くよう》して欲しい、という俺へのメッセージだったと思っている。親父が、俺が生きていることを信じていたらの話だがな」

浩志は美香が調べたように父親の行方を追ったのだ。もっとも元刑事だけに美香ほど苦労することはなかった。

「……そうだったの」

頷いた美香は浩志に松葉杖を返し、しゃがんで墓前に手を合わせた。

「松江に移り住んだ親父は、毎日のように老人ホームで過ごすお袋に会いに行き、市内を連れて散歩していたようだ。お袋は離婚してからどういう生活を送っていたのかは、知らない。俺の記憶にある彼女は、アル中だったからな」

浩志は苦笑すると、話を続けた。自分でも驚くほど口が回る。美香には話しておくべきだという意識が、どこかにあるのかもしれない。

「お袋は体を壊して、一人で生まれ育った松江に帰り、年金と貯金を崩す生活を送っていたようだ。だから親父は実家を売り払い、その金でお袋を介護付きの老人ホームに入れたらしい。お互い、歳をとったからこそ、分かり合えたのだろう。俺は直接見たわけじゃないが、老人ホームの職員の話では、二人は仲が良かったらしい。だが、肝臓を患《わずら》っていたお袋は、昨年の九月に息を引き取った」

浩志は両親に会うこともなく、加藤からの報告を受けていた。

「さっき、お父様もお身体が悪いって、聞いたけど」

立ち上がった美香は空を見上げた。雨が降り出したのだ。

「加藤が二人のことを詳しく調べてくれた。親父は松江市内の病院に通院していた。癌だったらしい。だが、治療を断っている。医者に聞いたら余命半年と言われたらしいが、お袋と会って気力が蘇《よみがえ》ったらしい。宣告を受けてから一年も生きていたようだ。だが、そのお袋も死んで気力が萎《な》えたのだろう」

「お父様は亡くなる前に一人で松江の観光をされていたわ」

美香ははっとした様子で言った。

「おそらく死を覚悟した親父はお袋との思い出をトレースしていたのだろう」

「だから、他殺でも自殺でもないと、あなたは言いたいのね」

美香は目に涙を溜めて頷いた。

「親父はよほどお袋に早く会いたかったんだろう。ひょっとして、崖の向こうでお袋が呼んでいたのかもしれない。俺はそう信じる」

父親は浩志が傭兵になったことを知っていた。というのも浩志の死亡記事が新聞に出た時は、かなりマスコミで騒がれたからだ。そのため、北朝鮮の工作員の存在に気が付き、浩志に迷惑をかけたくないと思って、自ら命を絶った可能性は充分考えられる。だが、浩志は、それよりも浩一が、母との再会を待ちきれずに命を絶ったと、今は信じたかった。

「私、あなたのことを勘違いしていた」

「どう？」

「あなたは両親の死さえ顧みない人かと、一瞬疑ったけど、やはりあなたは温かい人だったのね」

「傭兵としては、失格だ」

浩志はふんと鼻で笑うと、墓地を出ようと振り返った。

「違うわ。だからこそ、あなたは傭兵なの。……よかった」

美香は後ろから抱きついてきた。泣いているようだ。

しばらく浩志は身動きもせず、雨空を見上げた。上空は突風が吹き荒れている。雲の動きが激しい。冬の嵐の予感がする。

「行こうか」

浩志は革のジャケットを脱ぐと、美香の頭から被せ、歩き出した。

この作品はフィクションであり、登場する人物および
団体はすべて実在するものといっさい関係ありません。

一〇〇字書評

切り取り線

購買動機（新聞、雑誌名を記入するか、あるいは○をつけてください）	
□（　　　　　　　　）の広告を見て	
□（　　　　　　　　）の書評を見て	
□ 知人のすすめで	□ タイトルに惹かれて
□ カバーが良かったから	□ 内容が面白そうだから
□ 好きな作家だから	□ 好きな分野の本だから

・最近、最も感銘を受けた作品名をお書き下さい

・あなたのお好きな作家名をお書き下さい

・その他、ご要望がありましたらお書き下さい

住所	〒				
氏名		職業		年齢	
Eメール	※携帯には配信できません	新刊情報等のメール配信を 希望する・しない			

この本の感想を、編集部までお寄せいただけたらありがたく存じます。今後の企画の参考にさせていただきます。Eメールでも結構です。

いただいた「一〇〇字書評」は、新聞・雑誌等に紹介させていただくことがあります。その場合はお礼として特製図書カードを差し上げます。

前ページの原稿用紙に書評をお書きの上、切り取り、左記までお送り下さい。宛先の住所は不要です。

なお、ご記入いただいたお名前、ご住所等は、書評紹介の事前了解、謝礼のお届けのためだけに利用し、そのほかの目的のために利用することはありません。

〒一〇一‐八七〇一
祥伝社文庫編集長 坂口芳和
電話 〇三（三二六五）二〇八〇

祥伝社ホームページの「ブックレビュー」からも、書き込めます。

http://www.shodensha.co.jp/bookreview/

祥伝社文庫

欺瞞《ぎまん》のテロル　新《しん》・傭兵代理店《ようへいだいりてん》

平成28年 6 月20日　初版第1刷発行

著　者　渡辺裕之《わたなべひろゆき》

発行者　辻　浩明

発行所　祥伝社《しょうでんしゃ》
東京都千代田区神田神保町 3-3
〒101-8701
電話　03（3265）2081（販売部）
電話　03（3265）2080（編集部）
電話　03（3265）3622（業務部）
http://www.shodensha.co.jp/

印刷所　萩原印刷
製本所　関川製本
カバーフォーマットデザイン　芥 陽子

 ISBN978-4-396-34211-1 C0193

祥伝社文庫　今月の新刊

中山七里
ヒポクラテスの誓い
遺体が語る真実を見逃すな！　老教授が暴いた真相とは？

渡辺裕之
欺瞞《ぎまん》のテロル　新・傭兵代理店
テロ組織ISを壊滅せよ！　藤堂浩志、欧州、中東へ飛ぶ。

小路幸也
娘の結婚
娘の幸せをめぐる、男親の静かな葛藤と奮闘の物語。

南　英男
抹殺《まっさつ》者　警視庁潜行捜査班シャドー
検事殺しを告白し、新たな殺しを宣言した抹殺屋の狙いは。

梓林太郎
日光　鬼《き》怒《ぬ》川《がわ》殺人事件
友の遭難死は仕組まれたのか。茶屋の前に、更なる殺人が。

佐藤青南
ジャッジメント
法廷劇のスリルと熱い友情が心揺さぶる青春ミステリー。

北國之浩二《きたくにこうじ》
夏の償《つぐな》い人　鎌倉あじさい署
失踪した老女の贖罪とは。新米刑事が暴いた衝撃の真実。

夏見正隆
TACネーム　アリス
尖閣上空で国籍不明の民間機を、航空自衛隊F15が撃墜!?

辻堂　魁
花ふぶき　日暮し同心始末帖
小野派一刀流の遣い手が、連続斬殺事件の真相を追う！

長谷川卓
戻り舟同心　夕凪《ゆうなぎ》
遺された家族の悲しみを聞け。腕利き爺の事件帖・第二弾。

佐伯泰英
完本　密命　巻之十三　追善　死の舞
あれから一年、供養を邪魔する影が。清之助、追慕の一刀。